경본통속소설

京本通俗小說

대산세계문학총서 118

경본통속소설

京本通俗小說

문성새 옮김

문학과지성사
2013

대산세계문학총서 118_소설

경본통속소설

옮긴이 문성재
펴낸이 주일우
펴낸곳 (주)**문학과지성사**
등록번호 제1993-000098호
주소 121-840 서울 마포구 서교동 395-2
전화 02)338-7224
팩스 02)323-4180(편집) 02)338-7221(영업)
전자우편 moonji@moonji.com
홈페이지 www.moonji.com

제1판 제1쇄 2013년 7월 29일

ISBN 978-89-320-2423-3
ISBN 978-89-320-1246-9 (세트)

이 책은 대산문화재단의 외국문학 번역지원사업을 통해 발간되었습니다.
대산문화재단은 大山 愼鏞虎 선생의 뜻에 따라 교보생명의 출연으로 창립되어
우리 문학의 창달과 세계화를 위해 다양한 공익문화사업을 펼치고 있습니다.

차례

일러두기

1. 이 책은 1987년 고전문학간행사(古典文學刊行社)에서 중화민국 초기 판본을 영인해서 펴낸 『경본통속소설』과 1954년 상해의 고전문학출판사(古典文學出版社)에서 펴낸 『경본통속소설』을 원전으로 삼는 한편 1991년 인민문학출판사(人民文學出版社)에서 펴낸 풍몽룡(馮夢龍)의 의화본(擬話本)인 '삼언(三言)' 전집을 참조했다. 또, 번역서로는 1959∼1961년에 요시카와 고지로(吉川幸次郎)가 일본어로 번역한 "중국고전문학전집" 제7책 『경본통속소설 — 청평산당화본』〔평범사(平凡社)〕, 1998년에 장영이 우리말로 번역한 『경본통속소설』(지영사)을 각각 참조했다.

2. 원문을 끊어 읽는 과정에서 앞서 제시한 원전과 선행 역서들을 참조했으나 송·명대 원본을 영인한 고전문학간행사본을 제외한 나머지 판본들은 모두 20세기에 서구에서 문장부호 사용법이 도입되면서 새로 이루어진 것이어서 당시의 호흡이나 리듬을 살리는 데 미흡하다는 판단에 따라 경우에 따라서는 역자가 별도의 끊어 읽기를 적용했다.

3. 앞서 밝힌 방식에 따라 역주 작업을 진행하되 의미나 맥락을 이해하는 데 지장이 없는 한 가급적 직역을 원칙으로 했으며, 독자들이 잘못 이해할 우려가 있는 경우에는 의역을 하고 주석을 붙여 따로 설명을 달아놓았다.

4. 화본소설이 원래는 '판소리'나 '모노가타리(物語)'처럼 일종의 서사예술에서 출발한 점을 감안하여 이야기꾼의 해설 부분은 통상적인 하게체가 아닌 합쇼체로 어투를 조정함으로써 독자들이 공연장에서 직접 이야기를 듣는 듯한 분위기와 느낌을 가질 수 있게 했다.

5. 화본의 원형을 최대한 살린다는 취지에 따라 독서나 이해에 지장을 주지 않는 한 서사예술에서 전형적으로 나타나는 동어 반복이나 상투어, 호칭 변동, 과장된 어투 등의 서사기법의 틀을 최대한 보존했다.

6. 한자어라도 가급적 한글로 표기했으며 간혹 오독의 우려가 있거나 이해를 도울 필요가 있을 경우에는 추가로 괄호 안에 한자를 병기했다.

7. 맞춤법과 외래어 표기는 1989년 3월 1일부터 시행된 「한글 맞춤법 규정」과 『문교부 편수자료』 『표준국어대사전』(국립국어연구원)을 따랐다.

입 화

入 話

인류 역사에서 운문으로 이야기를 들려주는 서사예술(narrative art)의 전통은 인류가 언어로 서로 소통하기 시작한 이래 할아버지가 손주에게, 손주가 부인에게, 부인이 친구에게, 친구가 마을 사람들에게, 마을 사람들이 온 나라 사람들에게 들려줌으로써 면면히 전승되고 발전되어왔다. 신들의 이야기나 영웅의 무용담을 주로 다룬 그리스의 『오디세이아』나 수메르의 『길가메쉬』, 게르만의 『베오울프』, 몽골의 『장게르』, 티베트의 『게세르』, 중앙아시아의 『마나스』, 일본의 『헤이케 모노가타리』 등은 고대 인류의 역사와 지혜를 예술적으로 승화시킨 서사예술의 걸작으로 일컬어진다. 이 신화와 영웅담들은 내용이나 구성에서는 조금씩 차이가 있을 수 있겠지만, 운율을 가진 운문을 낭송하거나 때로는 음악을 연주하면서 이야기를 들려주는 서사방식에서만큼은 기본적으로 차이가 없다.

고대 중국에서 특정한 이야기를 전승할 때 사용한 문체는 시나 노래처럼 고도로 축약되고 정제된 운문이었다. 그러던 것이 국제교류가 활발하던 당대(唐代)에 이르러 시 낭송을 근간으로 하는 기존의 서사방식에 커다란 변화가 나타났다.

연기 — '설화'의 탄생

중국에서 최초로 구어체 중국어, 즉 '백화(白話)'로 지어진 소설의 역사는 신자들에게 들려주던 불교의 가르침이나 이야기를 글로 기록한 '변문(變文)'에서 시작되었다. 당시의 불교는 위로는 왕실에서 아래로는 서민들까지 광범한 계층을 아우르고 있었기 때문에 모두가 이해할 수 있는 구어체 표현을 많이 활용했는데, 그 최초의 문학적 흔적이 바로 '불경을 다른 방식으로 풀이한 글'을 뜻하는 '변문'인 것이다. 그러나 이보다 더 중요한 것은, 변문을 통해 쉽게 알 수 있는 것처럼, 국제교류가 활발하던 당대(唐代, 618~907)에 불교를 수용하는 과정에서 인도 또는 서역으로부터 운문과 산문을 섞어가면서 이야기를 들려주는 서사방식이 함께 중국으로 전래되었다는 사실이다. '속강(俗講)'이라는 서사예술을 중심으로 함축적이고 운율이 있는 서정적인 운문에 직설적이고 자연스러운 어투의 산문을 엇섞어 사용하는 독특한 서사예술이 모습을 드러낸 것이다. 요즘처럼 '퓨전'이니 '통섭'이니 하는 말이 넘쳐나는 사회 분위기에 길들여진 우리들로서는 한 작품에서 운문과 산문을 한 데 '비비는' 것이 뭐 그렇게 대단한 일인가 하고 생각하기 쉽다. 그러나 운문을 대표하는 '시(詩)'와 산문을 대표하는 '문(文)'이 서로 배타적인 장르일 뿐 아니라 문화적인 품격까지도 엄연히 다른, 따라서 결코 한 작품 속에 섞어 써서는 안 된다는 문화적 엄숙주의가 지배하던 중세의 중국에서 이 같은 독특한 서사방식의 출현은 한마디로 경이로움이자 엄청난 문화적 충격이었을 것이다. 이 이국적인 서사방식이 남긴 최초의 예술적 흔적이 바로 당나라 말기, 즉 8~9세기에 모습을 드러낸 '속강(俗講)'이었다.

'속강'이란 '속인들에게 불경을 들려준다'는 뜻으로, 원래는 불교를 국교로 삼았던 당나라 수도 장안(長安)의 각 사찰에서 불승들이 포교 활동의 일환으로 속인에게 변문에 담긴 이야기를 쉽게 풀어서 들려주는 방식으로 공연되었다. 그러다가 시간이 흐르면서 불승들이 들려주는 이야기의 소재가 불교의 영역을 넘어 민간전설로까지 확대되있는데『오자서변문(伍子胥變文)』『왕소군변문(王昭君變文)』『추호변문(秋胡變文)』등이 그 대표적인 사례라고 할 수 있다. 그리고 송대(宋代. 960~1279)에 이르면 이야기의 소재뿐 아니라 이야기를 들려주는 장소도 사찰의 울타리를 벗어나 민간으로 그 영역을 확장하게 된다.

도시—통속문예의 경연무대

건국 이래로 문치주의를 표방했던 송나라는 초기 거란(契丹)과 '전연(澶淵)의 맹약'을 맺고 해마다 엄청난 규모의 세폐(歲幣)와 비단을 평화유지비 명목으로 바치는 굴욕을 당해야 했지만, 그 대가로 1백여 년 동안 인구가 1억 명을 돌파하고 국민총생산이 당시 세계에서 1위를 차지할 정도의 태평성대를 구가한다. 당대(唐代)까지 고수되던 '방리제(坊里制)'의 폐쇄적인 도시는 이때에 이르러 거리를 구분하던 장벽들이 철거되고 통금이 완화되면서 더 개방적이고 자유로운 활동 공간으로 변모하고, 거리에는 상점들이 늘어서면서 야시장이 활성화됐다. 이 같은 도시 환경의 변화는 중국이 황제와 귀족이 주체이던 중세에서 관료와 상공업자 등 시민계층을 주체로 하는 근세로 진입했음을 알려주는 상징적인 사건이었다. 이 같은 변화에 따라 송대에는 건국 초기의 정치적 안정을 바탕으로 농업과 수공업 생산력이 향상되면서 상업경제의 비약적인 발전으로 상공업과 운수업 분야가 급성장하는 한편 크고 작은 도시들이 늘어가고 외부에서 새로운 인구가 끊임없이 유입되었다. 그 결과 북송의 수도 변경(汴京, 지금의 개봉)은 인구가 100만, 남송의 수도 임안(臨安, 지금의 항주)은 인구가 124만에 이르고, 상업 인구가 10만이 넘는 대도시만 해도 50개가 넘을 정도였다. 게다가 도시의 규모가 커지면서 그 구성원의 직업도 복잡해져 전통적으로 거주민의 주류를 이루던 왕족과 귀족·관료·지주·거상은 물론, 상공업 종사자·상인·관리·기녀·지식인·건달 등 중하층의 시민도 크게 증가했다.

도시에서 수적으로 우위를 점하는 중하층 시민들은 생계나 사교라는 현실적 필요에 따라 도시를 중요한 생활 무대로 삼았다. 이 시기에 이들에게 휴식과 오락을 제공하던 유흥가는 '와사(瓦肆)·와사(瓦舍)·와자(瓦子)·와시(瓦市)'로 불렸는데, "올 때는 기와처럼 합쳐졌다가 갈 때는 기와처럼 흩어진다(來時瓦合, 去時瓦解)"(『몽량록(夢粱錄)』)는 말에서 그 이름이 비롯되었다. 이 유흥가는 "사대부와 서민이 구속 없이 신나게 즐기는 장소일 뿐 아니라 자제들이 망가져서 어울리는 곳(士庶放蕩不羈之所, 亦爲子弟流連破壞之地)"(『도성기승(都城紀勝)』)이기도 했는데, 남송 시대에는 임안 한 곳만 해도 남와(南瓦)·중와(中瓦)·대와(大瓦)·북와(北瓦)·포교와(蒲橋瓦) 등 20여 곳의 와사가 인파로 북적거렸다. 와사 내부에는 비바람을 피할 수 있도록 가리개를 씌우고 목판이나 난간으로 사방을 막은 '구란(勾欄)'이라는 오락 공간이 따로 있어, 그 안에서 공놀이·메추리 싸움·씨름 같은 오락과 함께 연극·인형극·그림자극·설화·서커스·마술·씨름 등 다양한 공연예술들이 선을 보였다. 당시에는 구란마다 수백에서 수천 명에 이르는 관중/청중들이 입장료를 내고 오락을 즐겼는데, 이 중에서도 북송(北宋, 960~1126)과 남송(南宋, 1127~1279)을 통틀어 수백 년간 큰 인기를 누린 대표적인 오락거리가 바로 '설화(說話)'였다.

이야기꾼 — 설화의 구연자

'설화'에서 '설(說)'은 '말하다(speech)'가 아니라 '들려주다(tell)', '화(話)'는 '이야기(story)'라는 의미를 가지고 있어서 말 그대로 '이야기를 들려주는 행위(story-telling)'를 말한다. 당대에 사찰 경내에서 불교 포교를 목적으로 불교 이야기를 들려준 것이 '속강'이었다면, 송대에 유행하기 시작한 '설화'는 속강의 독특한 서사기법을 그대로 계승하면서도 이윤 추구를 목적으로 통속적인 이야기들을 들려주는 다분히 세속화된 서사예술이었다. 이와 함께 공연의 공간 역시 모든 세속적 욕망과 번뇌를 초월한 종교의 공간인 사찰과는 정반대로 온갖 세속적 욕망과 찰나적 환락으로 흥청거리는 유흥가, 즉 '와사'로 이동했다. 당시 공연장에서 이야기를 들려주는 일을 맡은 직업적인 이야기꾼을 '설화인(說話人)' 또는 '설화적(說話的)'이라고 불렀는데, 이들은 입장료를 내고 들어온 사람들에게 이야기를 들려주고 그 대가로 생계를 유지했다. 우리는 송대 사람 나엽(羅燁)의 『취옹담록(醉翁談錄)』 중 「소설개벽(小說開闢)」이라는 글의 한 대목을 통해 '설화' 이야기꾼들의 출신이나 소양이 어떠했는지 확인할 수 있다.

대체로 이야기꾼들은 근본이 없는 학문을 한 자들이기는 하나 그래서 유난히 많이 배우려고 애를 쓰기 때문에 평범하고 얕은 학식을 가진 부류는 아니며 두루 살피고 널리 통달한 나름의 철학을 가지고 있다. 어려서부터 『태평광기』를 익히는가 하면 커서는 역대 역사책들을 공부한다. 애정물이나 신기한 이야기는 늘 품속에 담아두고 풍류에 관한 상식들은 그냥 입가에 준비해놓는다. 『이견지』는 보지 않은 내용이 없고 『수영집』에 실린 이야기도 죄다 통달했다. 앞부분의 우스개나 중간의 우스개치고 『동산소림』의 것 아닌 것이 없고 도입부의 맛보기나 막판의 맛보기는 어김없이 『녹창신화』의 이야기들로 귀결되곤 한다. 글재주를 논하자면 구양수·소식·황정견·진사도의 아름다운 가사 구절은 기본이고 옛날 시로 말하더라도 이백·두보·한유·유종원의 당시(唐詩) 구절까지 다 꾀고 있다. 말을 했다 끊었다 하고 장단을 맞추는 모습은 대석학의 기품을 연출해내고 몸짓과 연기를 통해서는 관객들이 저마다 귀를 기울이게 만든다. 단 세 치 혀를 놀리는 것만으로도 세상의 옳고 그름을 평가하고 얼추 만여 자를 입에 담는 것만으로도 고금의 일들을 설파한다. 마무리할 때에는 기본기만 해도 수천수만 가지나 되고 이야기를 시작할 때에도 준비된 소재가 최소한 수천 회분이나 될 정도이다. 구중궁궐 이야기를 들려줄 때에는 마음속 상사병조차 감추지 않고 규방의 이야기를 들려줄 때에는 마음속 은밀한 한조차 숨기려 들지 않는다. 또 초목이며 산천 같은 것들을 일일이 따지고 주·군·현·진의 노정까지 낱낱이 나누는가 하면 역대 왕조의 흥망사를 들려주기도 하고 근래 영웅들의 무용담을 들려주기도 한다. 다루는 소재로는 괴기·애정·기담·공안 등이 있는가 하면 칼·창을 휘두르고 요술을 부리는 이야기나 신선에 관한 이야기들까지 아우르고 있어 자연히 관중이 이목을 집중하도록 만들고 좌중이 모여 앉은 수고가 헛되지 않게 만든다.

인용문에서 보듯이 당시의 이야기꾼들은 기본적인 문자 해독력을 갖추고 다양한 정보에 접근할 수 있는 소양을 갖춘 사람들이었다. 아마도 송대까지 유행하던 민간소설을 모아놓은 소설집들인 『태평광기(太平廣記)』 『이견지(夷堅志)』 『수영집(秀瑩集)』 『동산소림(東山笑林)』 『녹창신화(綠窗新話)』 등은 "관중이 이목을 집중하도록 만들고 좌중이 모여 앉은 수고가 헛되지 않게" 만들고자 고민하는 이야기꾼들에게 유용한 정보와 소재들을 제공해 주었을 것이다.

이 무렵 '설화' 이야기꾼이 가장 중요하게 생각한 것은 자신의 이야기를 듣는 사람이 어떤 성향을 가졌는지 파악하는 일이었을 것이다. 이 시기의 청중은 투철한 신앙심으로 사찰에서 경건하게 승려의 설법에 귀 기울이며 진지한 자아 성찰과 종교적 교화를 갈구하던 당대(唐代)의 청중과는 확연히 다른 성향을 가지고 있었다. 송대의 청중은 많은 경우 도시를 생활의 터전으로 삼으면서 정치·경제·사회·문화·종교·민족직으로도 다양한 배경을 가진 소시민으로서 한때의 오락과 휴식을 위해 공연장을 찾는 사람들이었다. 따라서 이야기꾼의 입장에서는 이들에게 어떤 교훈이나 각성을 줄 것인가 하는 것도 중요하지만 아무래도 이야기 줄거리를 어떻게 구성할 것인가, 얼마나 다양하고 현란한 기법을 구사할 것인가 등, 좌중의 이목을 보다 효과적으로 휘어잡을 오락거리를 개발하는 데 훨씬 더 많은 시간과 노력을 투여했을 것이다. 이처럼 이야기꾼들이 창작/공연 과정에서 다양한 자료와 정보들을 활용하고 부단한 고민과 노력을 기울인 결과 '설화'는 다양한 장르와 공연의 장치들을 갖추고 본격적인 서사예술로 발돋움하게 된다.

"설화 4가" — 이야기꾼들이 들려주는 다양한 이야기들

'설화'는 오락시장에서 대단한 인기를 누려서 이야기꾼마다 독특한 장기와 소재들을 개발해 관중을 끌어모았다. 맹원로(孟元老)의 『동경몽화록(東京夢華錄)』에서는 북송 말기에 동경(개봉)에서 인기를 모으던 공연예술들을 소개하고 있는데, 잡극(雜劇)·괴뢰희(傀儡戱, 인형극)·영희(影戱, 그림자극)·설화 등의 장르들을 망라한다. 이 중에서 '설화' 관련 부분만 추려 보면 다음과 같다.

손관·손십오·증무당·고서·이효상 등은 '강사'를 하고, 이조·양중립·장십일·서명·조세형·가구 등은 '소설'을 하고, 오팔아는 '합생'을 하고, 장산인은 '원화'를 하고, 〔……〕 곽사구는 '삼분'을 하고, 윤상은 '오대사'를 했다.

여기서 '합생(合生)'의 실체에 대해서는 논란이 있지만 '원화(諢話)'는 만담에 해당하며 '삼분(三分)'과 '오대사'는 『삼국지연의(三國志演義)』와 『오대사(五代史)』를 각각 가리킨다. 맹원로 이후에도 주밀(周密)의 『무림구사(武林舊事)』, 내득옹(耐得翁)의 『도성기승(都城紀勝)』, 오자목(吳自牧)의 『몽량록(夢粱錄)』 등은 남송의 수도 임안 지역 서사예술 공연시장의 양상을 상세하게 소개하는데, 이들의 소개에 근거할 때 '설화'는 소재에 따라 크게 다음 네 가지로 구분된다.

1. 강소설(講小說)

'소설을 들려준다'는 뜻으로 당시 민간에 전해지던 허구적인 이야기들을 주요한 소재로 활용했다. 여기서 '소설'이란 특정 장르를 대표하는 문학 개념이 아니라 단순히 '짧은 이야기'라는 뜻으로, 공연 과정에서 '은자생(銀字笙)'이라는 팬플루트를 반주 악기로 사용했기 때문에 '은자아(銀字兒)'로 부르기도 했다. 남송에 이르러 소설은 다시 영괴(靈怪, 괴기물)·연분(煙粉, 유령물)·전기(傳奇, 연예물)·공안(公案, 법정물)·박도(朴刀, 무협물)·간봉(杆棒, 무협물)·신선(神仙, 신화물)·요술(妖術, 환상물) 등 8종으로 발전되었다. 통상 1〜2회 분량의 단편이 주종을 이루었지만 이야기의 주 무대가 도시여서 청중과 공감대를 형성하기에 적합했기 때문에 가장 인기를 모았다. 『취옹담록』에는 남송의 이야기꾼들이 즐겨 사용하던 소설 108종의 제목이 소개되어 있다.

2. 강사(講史)

'역사 이야기를 들려준다'는 뜻으로 초한(楚漢)·삼국(三國)·당(唐)·오대(五代) 등 역대 왕조의 흥망사를 주로 다루었으며 『삼국지연의』를 소재로 삼는 '삼분(三分)'이나 송나라 직전의 다섯 왕조를 다룬 '오대사(五代史)'가 특히 많은 인기를 모았다. '강사'는 역사를 다루는 소재의 특성상 요즘의 대하소설처럼 장편이 많아서 한번 시작되면 짧게는 며칠에서 길게는 몇 달까지 공연이 계속되는 것이 보통이었다. 10〜14세기 사이에는 송나라가 건국 초기부터 준전시상태에서 거란(契丹)·서하(西夏)·여진(女眞)·몽고(蒙古) 등 주변 민족들과의 문화 접촉·군사 충돌이 빈번하게 발생했기 때문에 역사 특히 전쟁/영웅에 관한 이야기들이 많이 지어졌으며, 남송의 수도 임안의 북와(北瓦)에는 '강사' 전문 공연장이 특설될 정도로 큰 인기를 모았다.

3. 설경(說經)·설참청(說參請)

'불경 이야기를 들려준다'는 뜻으로 당대(唐代) '속강'에서 구현된 공연의 전통과 틀을 계승하여 불교 설화나 유명한 고승들의 사적 또는 불교도들의 득도·해탈 과정 등을 곡진한 줄거리와 환상적인 내용으로 엮어냈다. 내표삭으로는 훗날 우리에게도 잘 알려진 『서유기(西遊記)』의 원형인 『대당삼장취경시화(大唐三藏取經詩話)』 등이 있었다.

4. 설원화(說諢話)

'우스운 이야기를 들려준다'는 뜻으로, 현재 남아 있는 작품이나 기록은 없지만 글자의 뜻으로 추정해볼 때 만담이나 개그처럼 우스운 이야기를 전문적으로 들려주었던 것으로 보인다.

이상의 네 장르는 당시 "설화 4가(說話四家)"로 불렸는데, 이 중에서 그로테스크한 이야기로 큰 인기를 누린 '소설'은 당시는 물론 후대에도 가장 널리 알려져 송대 '설화'를 대표하는 대명사처럼 여겨졌다.

화본—공연을 위한 비망록

당시 '설화' 이야기꾼들은 공연장에서 이야기 줄거리를 요약한 일종의 비망록을 활용하고는 했는데 이것을 '이야기〔話〕를 적은 책〔本〕'이라는 뜻에서 '화본(話本)'이라고 불렀다. 공연예술(설화)이 문자기록(소설)으로 이행되는 과정을 잘 보여주는 화본은 단순히 '설화' 공연을 위한 비망록으로서뿐만 아니라 인형극·그림자극 등의 연극을 위한 연출 노트로도 두루 활용되었다.

당시 이야기의 소재나 공연에서 구사하는 기교들은 이야기꾼의 수입이나 명성과 직결되었다. 때문에 초기의 '화본'은 창작에서부터 운용·관리에 이르기까지 공연의 전 과정이 오롯이 이야기꾼 한 사람에 의해 독점적으로 관리되었다. 그러던 것이 시간이 흐를수록 오락시장의 규모기 커지고 이야기꾼들 사이에 경쟁이 벌어지면서 기존의 레퍼토리들과는 차별화된 참신한 소재를 발굴하는 일과 좀더 전문적인 글쓰기가 무엇보다 절실해지기 시작했다. 이 같은 시대 흐름은 지금의 영화나 TV 드라마 제작과정에서도 볼 수 있듯이, '화본' 창작이 분업화하는 계기가 되었다. 그동안은 이야기꾼 혼자 머리를 쥐어짜며 소재를 발굴하고 줄거리를 구성하느라 고군분투했다면, 이제 이야기는 전문 작가 단체인 '서회(書會)'에 맡기고, 이야기꾼들은 그들이 써낸 '화본'의 이야기를 생생하고 재미있게 풀어갈 말재간과 극적 장치의 개발에만 전념하면 되었다.

당시 '서회'에 소속되어 상업적인 글쓰기를 전담했던 직업적인 작가들은 '서회선생(書會先生)' 또는 '서회재인(書會才人)'으로 불렸다. 서회선생들은 단순히 설화 공연을 위한 화본뿐 아니라 운문을 기반으로 하는 다양한 형태의 서사예술, 나중에는 송·원대에 최고의 전성기를 구가하는 희곡 창작에까지 글쓰기의 영역을 확장했다. '서회'는 당시 공연예술에서 문학적 측면을 전담했지만 그중에서도 운문체 서사예술에 더욱 역점을 두었다. 당시의 서회선생은 「서산 굴의 귀신들」의 오홍(吳洪)이나 「보살만」의 진가상(陳可常)처럼 과거에서 낙방한 뒤 이렇다 할 직업도 없이 오랫동안 도시에 머물면서 창작활동으로 생계를 꾸리는 무명 지식인 출신인 경우가 많았다.

이야기꾼과 서회선생들은 공생관계를 유지하면서 당시 다른 업종과 마찬가지로 전자가 '웅변사(雄辯社)', 후자가 '서회'라는 동업조합을 만들어 자신들의 권익을 보장받으면서 오락시장의 열매를 함께 나누었다. 서회의 경우만 보더라도 원대에 이르러 제국의 수도인 대도(大都, 지금의 북경)와 항주(杭州)에 옥경서회(玉京書會)·원정서회(元貞書會)·고항서회(古杭書會)·무림서회(武林書會) 등이 서회재인들의 활발한 창작활동의 산실 역할을 했다. 이들이 이미 1천여 년 전부터 자신들의 동업조합을 운영했던 것을 보면 설화가 당시 사람들에게 얼마나 큰 인기를 누렸으며 또 오락시장에서 얼마나 큰 비중을 차지했는지 짐작할 만하다.

송대 사람이 지은 '화본'은 남아 있는 것이 많지 않아서 현재까지 『경본통속소설(京本通俗小說)』『청평산당화본(淸平山堂話本)』『우창기침집(雨窗敧枕集)』과 함께, 명대 말기에 극작가이자 출판가였던 풍몽룡(馮夢龍)이 당시 유행하던 송대 화본과 명대에 새로 창작된 의화본(擬話本)을 함께 엄선·정리해서 묶은 '삼언(三言)'(『경세통언(警世通言)』『성세항언(醒世恒言)』『유세명언(喩世明言)』을 보통 '삼언'이라고 부른다) 정도가 알려졌을 뿐이다. 풍몽룡의 뒤를 이어 능몽초(凌濛初)가 펴낸 『박안경기(拍案驚奇)』는 모두 그가 송대 화본의 체재를 모방하여 새로 창작한 '의화본(擬話本)' 소설집이다.

설화 공연의 틀

중국의 서사예술은 '설화'에 이르러 비교적 정형화된 공연의 틀을 갖추게 되는데, 그중에서 가장 큰 인기를 모았던 '소설'의 경우 크게 세 부분으로 구성되었다.

1. 도입부

이야기꾼들은 공연장을 찾은 '고객'들의 지루함을 풀어주고 빈자리가
찰 때까지 시간을 끌기 위해 '맛보기' 삼아 시가를 노래하거나 세간의 평
판 또는 짧은 이야기를 먼저 들려주고는 했는데, 이것을 '주된 이야기
(main story)로 들어가기 전에 들려주는 이야기'라는 뜻에서 '입화(入話)'
또는 '득승두회(得勝頭回)'라고 불렀다. 소설가이자 문예이론가였던 루쉰(魯
迅)의 연구에 따르면 '입화'에는 네 가지 유형이 있는데 이것을 『경본통속
소설』의 예에 비추어 구분하면

(1) 주된 이야기와 관련된 시나 가사를 활용한 경우—「옥 관음상」에
서 함안군왕(咸安郡王)의 봄놀이 장면으로 들어가기에 앞서 소개한 봄을 주
제로 하는 11편의 가사나, 「서산 굴의 귀신들」에서 귀신을 만난 선비 이
야기로 들어가기에 앞서 심문술(沈文述)의 가사를 구절별로 분석하는 대목
이 이에 해당한다.

(2) 주된 이야기와 유사한 이야기를 활용한 경우—「고집불통 재상
님」에서 왕안석(王安石)이 신법을 밀어붙이다가 공공의 적이 되는 이야기
로 들어가기에 앞서 들려주는, 처음에는 칭송받다가 나중에 지탄받은 왕
망(王莽)의 일화가 이에 해당한다.

(3) 주된 이야기보다 주제나 분량 면에서 다소 처지는 이야기를 활용
한 경우—「최녕의 억울한 죽음」에서 유귀(劉貴)가 농담으로 죽음을 당하
는 이야기로 들어가기에 앞서 들려주는, 아내와의 농담으로 장래를 망친
위붕거(魏鵬擧)의 일화가 이에 해당한다.

(4) 주된 이야기와 상반되는 이야기를 활용한 경우—「정직한 장 주

관」에서 장사렴(張土廉)이 노년에 재혼하는 이야기로 들어가기에 앞서 들려주는, 백발을 개탄한 왕처후(王處厚)의 일화가 이에 해당한다.

이처럼 도입부를 장식하는 '입화'는 공연장의 빈 자리를 채울 목적으로 임시로 안배된 부분이기 때문에 내용이 가변적으로 운용되었으며, 상황에 따라서는 「보살만」처럼 이 부분을 생략하고 바로 주된 이야기로 들어가기도 했다.

2. 주된 이야기

공연장에 수지 타산을 맞출 적정 인원이 채워지면 이야기꾼은 좌중의 주의를 환기시킨 뒤 그날의 주된 이야기를 들려주었는데, 이를 몸통을 이루는 이야기라는 뜻에서 '정화(正話)'라고 불렀다. 일단 '정화'가 시작되면 이야기꾼은 음악이 반주되는 가운데 이야기를 들려주다가 중요하거나 특정한 대목에 이르면, 우리나라의 판소리처럼, 인물이나 경치·복장·상황 등을 묘사할 때 산문체의 사설과 함께 시·가사·변려문 등 다양한 운문들을 읊거나 노래함으로써 분위기를 고조시켜 청중을 이야기 속 상황에 더욱 깊이 끌어들이고는 했다. 「정직한 장 주관」의 청명절(清明節) 묘사 부분이나 「옥 관음상」의 거수수(璩秀秀) 묘사 부분, 「서산 굴의 귀신들」의 이악랑(李樂娘) 묘사 부분이 그 대표적인 예이다. 화본을 경우에 따라 '시화(詩話, 시가 곁들여진 이야기)' 또는 '사화(詞話, 가사가 곁들여진 이야기)'로 부르는 것도 바로 이러한 이유 때문이다.

이야기꾼은 이야기를 진행하는 과정에서 기본적으로 전지적 작가 시점을 견지했다. 물론 「정직한 장 주관」의 예처럼 한 작품 안에서 시점이 변하는 경우가 없지는 않지만, 대부분의 경우 전지적 작가 시점에서 이야기 속 상황에 수시로 개입하면서 청중을 향해 "이 이야기꾼이 왜 가는 봄을 노래한 가사를 화제로 꺼낸 줄 아십니까?"(「옥 관음상」)나 "여러분, 이 선비 이름이 어떻게 되는지 아십니까?"(「서산 굴의 귀신들」)나 "이 원외는 이름이 무엇이며 어떤 일을 했던 것일까요?"(「정직한 장 주관」) 하는 식으로 질문을 던지는가 하면, "여러분, 이 사건 이야기를 좀 들어보십시오. 〔……〕 이 억울한 사연은 꼼꼼히 따져보기만 하면 금방 알 수 있는 것들입니다. 그런데 재판을 맡은 이 어리석은 관리가 나머지 절차를 서둘러 마무리하기에만 급급한 나머지 아무 생각도 없이 매질만 하면 무엇이든 다 얻을 수 있다고 착각할 줄 누가 알았겠습니까, 글쎄! 남모르게 음덕을 쌓으면 그 보답이 멀게는 자손, 가깝게는 자신에게 미치는 법입니다. 저 두 사람의 원혼이 부윤 당신을 가만히 내버려두지는 않을 것이오! 이래서 벼슬을 하는 사람은 절대로 경솔하게 판결을 내리거나 감정에 휩쓸려 형벌을 가하면 안 되며, 반드시 공평하고 현명한 방법을 모색해야 한다고 하는 게지요. 죽은 사람은 다시 살릴 수 없고 끊어진 것은 다시 이을 수 없다는 말도 있지 않습니까? 참 통탄스럽기 짝이 없는 일입니다!" (「최녕의 억울한 죽음」) 하면서 자신의 철학을 담아 열변을 토하고 사람들의 호응을 이끌어내기도 했다. 이야기꾼은 또 새로운 단락/장면이 시작되는 대목에서 "A 이야기로 들어가도록 하겠습니다(話說A)" "우선 B 이야기부터 해볼까요(且說B)" "이제 C 이야기를 해보지요(却說C)" "객적은 이야기는 그만하기로 합시다(閑話休題)" 식의 상투어로 좌중의 주의를 환기시키거나, 과장된 어조로 화려한 미사여구와 장황한 대구·관용구·정형구 들을 활용하는가 하면, 장내의 분위기를 살피면서 적절한 시점에 즉흥적인 대사를 구사하거나 과장된 몸짓이나 연기를 곁들이기도 하는 등, 현란하고 다양한 극적 장치와 기법들을 최대한 활용하여 청중에게 박진감을 주고 상상력을 한껏 자극했다.

3. 마무리

주된 이야기가 끝나면 몇 구절의 시나 가사로 대미를 장식했다. 이 부분에서 이야기꾼은 "말 그대로(正是)" "그 일을 증명하는 시가 있답니다(有詩爲證)" "후세 사람들이 아주 잘 평가해주었습니다(後人評論得好)"하고 운을 떼면서 시나 노래로 이야기의 유래를 밝히거나 주제를 요약함으로써 개방형 송결 방식으로 이야기를 마무리하는 것이 보통이었다. 제삼자의 시나 가사로 대미를 장식하는 마무리 방식은 성인이나 경전의 문구를 끌어와 자기 주장의 권위/입지를 강화했던 중국 학자들의 전통적인 논증 방식을 모방한 것으로 후대의 백화소설에서도 자주 사용되었다. 작품에 따라서는 시나 가사를 사용하지 않고 간단하게 "이야기를 다 들려드렸으니 일단 파장할까 합니다(話本說徹, 權作散場)"라는 말로 이야기 속 상황을 정리하는 방식을 취하기도 했는데, 이런 표현은 훗날 이야기 길이가 길어져 여러 회로 구성되는 명·청대의 '장회소설(章回小說)'에 이르면 각 회마다 "이 뒤의 일이 어떻게 되었는지 아시려면 일단 다음 회에서 풀어드리는 말씀을 들어주십시오(欲知后事如何, 且聽下回分解)"라는 표현으로 정형화된다.

지금까지 살펴본 '소설'의 공연 구조와 이야기꾼의 기교들은 송대에 그 형태를 갖추었으나 그 후로 원대와 명·청대 그리고 지금까지도 전승되면서 그대로 운용되고 있다.

시민 독자 ― '읽는' 백화소설의 등장

송대는 전통적인 문어체 중국어와는 차별화된 구어체 중국어, 즉 '백화(白話)’가 그 예술적인 가능성과 잠재력을 보여준 시대였다. 당대(唐代)에는 ‘변문(變文)’ ‘선어록(禪語錄)’ 등 불교라는 종교의 영역을 중심으로 제한적으로 사용되던 백화가 이때부터 문예언어로 본격적인 발전을 보여주기 시작한 것이다. 물론, 문예계에서 백화의 위상이 이처럼 강화된 것은 몇 가지 요인들 때문에 가능했다. 우선 경제 생산력의 향상과 도시의 발달로 상공업 인구가 급격하게 증가했고 이 과정에서 현실적인 필요에 따라 요식·숙박·금융·오락·향락·교육·출판 등의 분야에서 다양한 업종이 출현했으며 자연스럽게 그 종사자들이 생겨났다. 또 다양한 업종에 종사하는 시민계층이 사회적으로 성장하면서 이들의 출현이 더 이상 경제적인 사건에 그치지 않고 사회 전반에 걸쳐 백화 사용 인구가 급증하는 결과를 초래했으며, 나아가 이들을 대상으로 하는 새로운 통속문화의 출현을 예고했다. 그리고 이 같은 변화들이 결국 백화를 문예언어로 삼는 통속문예의 확산으로 이어진 것이다.

　중세 유럽에서 교육을 받고 책을 읽는 것은 특권 가문 출신들이나 누리는 호사라는 인식이 보편적이었다. 교육을 받고 책을 읽을 수 있으려면 기본적으로 문자해독 능력을 갖추어야 하는데, 전통사회에서는 멀티미디어가 존재하지 않았고 모든 정보의 기록·보존·전파가 문자를 통해서 이루어졌으므로, 교육의 기회를 얻기가 쉽지 않은 전통사회에서 문자를 해독할 수 있다는 것은 상당한 사회적 특권으로 여겨졌을 것이다. 이 같은 양상은 중국에서도 다르지 않아 당대까지만 해도 이러한 문자해독력은 극소수 지배층의 전유물이었다. 그러다가 송대에 과거제도가 인재 등용을 위한 공식 제도로 확립되면서, 신분상승을 추구하는 시민들이 수적으로 증가하는 한편 사설 교육기관들이 출현하기 시작했다. 물론 귀천의 차별이 엄격한 계급사회에서 누구에게나 이 같은 기회가 공평하게 주어진 것은 아니었겠지만, 백화 서사예술의 유행이나 백화에 기반을 둔 시민 독자의 증가는 결과적으로 이 같은 사회적 변화에 따른 필연적인 산물이었다. 게다가 때맞추어 이루어진 목판 인쇄술의 발전 역시 시민 독자층의 증가 및 통속문예 오락시장의 성장에 크게 기여했다.

이 무렵에 이르러 사람들 사이에서 '설화'를 공연장에서 즐기는 데 그치지 않고 직접 화본을 읽어보고 싶다는 욕구가 생겨났다. 사람들의 이 같은 소망을 현실적으로 가능하게 만든 것은 인쇄술의 상업적 활용이었다. 과거에는 왕실/관청이 주체가 되어 그때그때 필요한 만큼만 필사해서 책을 만들었는데, 이 무렵 인쇄술이 발전하면서 독자들이 원하는 책을 짧은 시간에 대량으로 출판하여 싼값에 공급하는 것이 가능해졌다. 이처럼 출판의 주체 역시 과거의 관청/서원에서 개인이나 서상(書商)으로 그 외연을 확대해가고, '설화' 이야기꾼과 서상이 이 분야에서 공생적인 협력관계를 구축하여 『서유기』의 원형인 『대당삼장취경시화』가 항주 중와자(中瓦子)의 '장가(張家)' 서점에서 출판되기도 했다.

송·원대에 이처럼 상업적인 출판이 가능해지면서 출판과 판매를 겸하는 서상들은 기본적인 문자해독력과 구매력을 갖춘 시민계층을 새로운 문화소비자로 주목하기 시작했다. 이렇게 해서 독서시장에서는 시민들의 취향에 영합하는 통속적인 읽을거리들이 선보이기 시작했고, 그들의 문화적 호기심에 편승하여 공연장에서만 들어야 했던 화본을 집에서 직접 편하게 읽을 수 있도록 만든 백화소설이 모습을 드러내게 된다.

초기 백화소설들은, 『경본통속소설』에서 쉽게 느낄 수 있는 것처럼, 문체가 상당히 유치하고 투박한 것이 대부분이었다. 그러나 시간이 흐르면서 독서시장의 흐름을 통속문예가 주도함에 따라 일부 지식인들이 백화소설 창작에 가세하고 오랜 기간 동안 수많은 사람들의 수정/보완을 거치면서 점차 세련미를 갖추게 된다. 훗날 중국을 대표하는 명작 소설로 자주 거론되는 『삼국지연의』는 '강사', 『수호전(水滸傳)』은 '강소설', 『서유기』는 '설경'에 사용되던 화본이 백화소설로 정착한 대표적인 사례들이다. 중국 학자의 집계에 따르면 송·원대 화본소설 중에서 여러 문헌에 제목만 남아 전하는 것이 2백여 편에 달하며 수정을 거쳐 지금까지 전해지는 것만 해도 50여 편이나 된다.

이 시기에 중국 독서시장의 흐름을 바꿔놓은 백화소설의 출현은 이때부터 중국 문학사에 큰 족적을 남기기 시작했으며, 언어적으로도 그 이후 구어체 중국어 발전에 지대한 영향을 끼쳤다. 중국에서 최초로 시민의 언어인 백화로 지어진 화본소설집 『경본통속소설』이 중국 문학사에서 오랜 기간 주목받고, 또 끊임없이 논란의 대상이 되고 있는 것도 바로 이 같은 이유들 때문일 것이다.

옥 관음상

砥玉觀音

화자는 송대의 명사들이 봄을 소재로 지은 일련의 시와 가사들을 '입화(入話)'로 삼아 도입부를 장식한 뒤 본론으로 들어가 항주 표구장인의 딸로 함안 군왕(咸安郡工)의 왕부(王府)에 시녀로 들어간 서수수(璩秀秀) 이야기를 들려준다. 봄나들이를 나온 군왕의 눈에 들어 왕부로 들어온 거수수는 뛰어난 옥가공 솜씨로 군왕의 신임을 받던 옥 장인 최녕(崔寧)에게 연모의 정을 품는다. 어느 날 술집에서 술을 마시던 최녕은 왕부에 불이 난 것을 발견하고 달려왔다가 마주친 거수수를 자신의 거처로 데려가고 어느 사이 거수수에게 이끌려 하룻밤을 보낸다. 밤새 백년가약을 맺은 두 사람은 군왕의 힘이 미치지 않는 먼 담주(潭州) 땅으로 피신해 옥 공방을 차린 뒤 달콤한 신혼생활을 보낸다. 그러던 어느 날 공무로 담주로 파견된 군왕의 측근 곽립(郭立)이 공방 앞을 지나다가 두 사람을 알아보자 부부는 그를 융숭하게 대접한 뒤 이 일을 비밀로 부쳐줄 것을 신신당부한다. 그러나 귀환한 곽립의 고자질로 두 사람은 도로 항주로 붙잡혀 와 가여운 거수수는 몰매를 맞아 죽고 그녀의 부모 역시 강물에 몸을 던져 죽는다. 원귀가 된 서수수는 내막을 모르는 최녕과 상봉하여 함께 건강(建康)으로 내려가 공방을 운영한다. 그러던 중 우연히 그곳에 나타난 곽립으로 말미암아 자신의 비밀이 탄로 나자 두려움에 사로잡힌 남편 최녕을 길동무 삼아 저승길에 오른다.

京本通俗小說第十卷

碾玉觀音（上）

山色睛嵐景物佳煖烘回雁起平沙東郊漸

覺花供眼南陌依稀草吐芽堤上柳未藏鴉

尋芳趁步到山家朧頭幾樹紅梅落紅杏枝

頭未著花

這首鷓鴣天說孟春景致原來又不如仲春詞

做得好

每日青樓醉夢中不知城外又春濃杏花初

落疎疎雨楊柳輕搖淡淡風浮屋舫躍青驄

상편

산색은 안개가 드리워져 경치도 빼어난데,

날 따스해지니 돌아가는 기러기는 모래밭 박차고 날아가네.

동쪽 교외엔 눈 즐겁게 하는 꽃이 피고,

남녘 밭이랑엔 드문드문 풀이 돋았구나.

강둑 위 버드나무는,

아직 까마귀도 가려주지 못하는데,

꽃 찾아 발 닿는 대로 산속 집에 당도하니,

언덕배기의 몇 그루 붉은 매화가 다 져버렸는데,

붉은 살구꽃은 가지 끝에 봉오리조차 맺히지 않았구나.

이 「자고천」[1]은 이른 봄 경치를 이야기한 것이지만, 사실은 「중춘」[2]사(仲春詞)」만큼 잘 지은 것은 아닙니다.

---

1) 「자고천(鷓鴣天)」: 송사(宋詞)에 사용되던 가락의 일종.
2) 중춘(仲春): 한봄. 중국에서는 각 계절을 세 단계로 나누고 차례로 맹(孟)-, 중(仲)-, 계

매일 기방에서 취해 꿈속을 헤매다 보니,

성 밖에서 다시 봄이 무르익는 줄도 몰랐구나.

보슬비에 살구꽃도 이제 막 져버리고,

살랑 바람에 버드나무만 가벼이 흔들린다.

화려한 놀잇배 띄우고,

총이말 내달리는 사이,

소교문3) 밖엔 푸른 그늘이 드리워졌구나.

길 가던 이 신선경에는 들어가지도 못했는데,

님은 몇 겹이나 되는 진주발 너머에 계시는구나.

이 가사는 한봄의 경치를 이야기하지만, 알고 보면 황부인4)의 「계춘
사」5)만큼 잘 지은 것은 아니지요.

처음엔 봄빛이 숲처럼 무르익더니,

이따금 제비 소리 창 너머로 들리는구나.

소교 어귀 버드나무에서는 향기로운 버들개지 나부끼고,

산사의 복사꽃은 붉은 꽃잎을 흩뿌린다.

꾀꼬리는 조금씩 늙어가고,

(季)- 하는 식으로 불렀다.

3) 소교문(小橋門) : 절강성(浙江省) 항주(杭州)의 지명.

4) 황부인(黃夫人) : 누구인지 정설은 없으나, 일설에 따르면 남송의 여성 시인으로 주희(朱
熹)와 동문인 황수(黃銖)의 어머니 손도순(孫道絢)이라고 한다.

5) 「계춘사(季春詞)」: 이 작품은 『전송사(全宋詞)』(제291권)에 수록되어 있다.

나비는 이리저리 날아다니건마는,

봄은 가버리고 찾을 길조차 없으니 야속하기 짝이 없어라.

계단까지 깃든 풀빛은 아침 비에 젖어들고,

마당 가득한 배꽃 잎은 새벽 바람 따라 흩날리네.

이 세 편의 가사는 왕형공[6]이 꽃떨기가 바람에 한 잎 한 잎 날려 떨어시는 것을 보고 "이제 보니 이 봄이 가는 것이 동풍 때문이었구나" 하면서 지은 다음 시보다도 못합니다.

봄날 봄바람이 좋은 때도 있지만,

봄날 봄바람이 싫은 때도 있다네.

봄바람이 없으면 꽃 필 일도 없다마는,

설사 피더라도 바람에 져버리고 마는 것을……

소동파[7]는 "동풍이 봄을 가게 만든 것이 아니고, 봄비가 봄을 가게 했다"면서 이렇게 시를 지었지요.

---

6) 왕형공(王荊公): 북송의 정치가이자 문학가인 왕안석(王安石)을 가리킨다. 원풍(元豐) 2년 (1079)에 신종(神宗)이 그를 '형국공(荊國公)'에 봉한 뒤 '왕형공(王荊公)'으로 불리기 시작했다. 자세한 내용은 177쪽 「고집불통 재상님」의 각주 6) 참조.

7) 소동파(蘇東坡): 북송의 정치가이자 문학가. 본명은 식(軾), 자(字)는 자담(子瞻)이며 '동파(東坡)'는 그의 호인 '동파거사(東坡居士)'에서 딴 것이다. 22세 때 진사에 합격하고 당시 조정의 실력자이던 구양수(歐陽修)에게 인정받아 문단에 등단했다. 정치적으로는 '구법당(舊法黨)'으로 분류되어 심한 취조를 받고 호북성(湖北省) 황주(黃州)로 유배되었다가 철종(哲宗)의 즉위와 동시에 복귀하여 예부상서(禮部尙書) 등의 벼슬을 역임했다. 그러나 얼마 후 다시 '신법당'이 집권하자 해남도(海南島)로 유배되었다가 7년 후 휘종(徽宗)의 즉위로 사면을 받고 귀환하던 도중 사망했다.

비 내리기 전엔 이제 꽃술을 보나 싶었는데,
비 그치자 잎 속의 꽃들조차 다 져버렸구나.
벌이며 나비들이 앞다투어 담을 넘어 가버렸으니,
봄 풍광은 이웃집에만 남은 것은 아닌지……

진소유[8]는 "바람 때문도 아니요, 비 때문도 아니니, 버들개지가 봄빛을 휩쓸어 가버렸기 때문"이라면서 이렇게 시를 지었습니다.

춘삼월 버들개지는 가벼이 흩어져,
신나게 나부끼며 봄을 배웅하는구나.
버들개지는 원래 무정한 것이라서,
동으로 날았다 서로 날렸다 하는구나.

소요부[9]는 "버들개지와도 상관이 없고, 나비가 봄빛을 따 갔기 때문"이라면서 이렇게 시를 지었지요.

꽃 한창 피었을 때는 춘삼월이라,

---

8) 진소유(秦少游): 북송의 문학가. 본명은 관(觀)이며 '소유(少游)'는 자다. 학문적으로는 소식(蘇軾)을 사사하여 황정견(黃庭堅)·조보지(晁補之)·장뢰(張耒)와 함께 '소문 사학사(蘇門四學士)'의 한 사람으로 알려졌다. 정치적으로도 구법당으로 분류되어 신법당으로부터 오랫동안 정치적 탄압을 받다가 휘종의 즉위와 함께 복권되어 선덕랑(宣德郎)에 임명되었으나 스승 소식과 마찬가지로 부임 도중에 사망했다.

9) 소요부(邵堯夫): 북송의 유학자. 본명은 옹(雍)이며 '요부(堯夫)'는 자다. 자세한 내용은 192쪽 「고집불통 재상님」의 각주 43) 참조.

나비들 날아들어 바쁘기도 하더니만,

봄빛을 따다가 하늘가로 날아가버리고 나니,

나그네는 길가에서 서글픔만 복받치누나.

증양부[10]는 "나비와도 상관이 없고, 꾀꼬리가 우짖는 바람에 봄이 갔다"면서 이렇게 시를 지었고요.

꽃 한창 필 적에는 화사함도 한껏 흐드러지더니,

봄날 밤 어이하여 꽃풀들이 시들어버렸는고?

꾀꼬리 우는 바람에 봄은 다 가버리고,

그 넓은 뜰이 어느새 텅 비고 말았구나.

주희진[11]은 "꾀꼬리와도 상관이 없으며, 두견새가 우짖는 바람에 봄이 가버렸다"면서 이렇게 시를 지었습니다.

두견새 우짖는 바람에 봄은 가버렸는데,

부릿가 핏자국은 아직도 그대로 남았구나.[12]

---

10) 증양부(曾兩府) : '양부(兩府)'는 송대의 주요 국가기관인 중서성(中書省)과 추밀원(樞密院)을 통칭한 말. 이 명칭은 나중에 해당 기관의 수장인 재상(宰相)과 추밀사(樞密使)를 모두 지낸 사람에 대한 존칭으로 사용되기도 했다. 증(曾)씨 성을 가지면서 북송 시대에 '양부' 벼슬을 두루 거친 인물로는 증공량(曾公亮)·증포(曾布)·증공(曾肇) 등이 있으나 이 이야기에서 말하는 '증양부'가 이 중 누구를 가리키는지는 알 수 없다.

11) 주희진(朱希眞) : 남송의 문학가. 본명은 돈유(敦儒)고 희진(希眞)은 자다. 고종(高宗) 때 비서성정자(秘書省正字)·절동로제형(浙東路提刑) 등의 벼슬을 거쳤으나 주전파와 왕래했다는 이유로 파직되었다. 만년에는 주화파의 수장인 진회(秦檜)의 회유로 홍로소경(鴻臚少卿)을 지낸 까닭에 사람들의 비난을 받다가 진회 사후에 퇴출되었다.

뜰에 해는 길어졌어도 텅 비어 적막하기만 하니,

황혼이 찾아올까 공연히 걱정스럽기만 하여라!

소소매[13]는 "그것들과는 전혀 상관이 없으며, 제비가 봄빛을 물어갔다"면서, 그 증거로 「접련화」[14] 가사를 지었지요.

소녀는 본래 전당강[15] 살면서,

꽃이 피고 꽃이 져도,

세월이 흘러가는 것 따위는 아랑곳도 하지 않았더니,

제비가 봄빛을 물고 가버리고,

비단 창가엔 몇 번이고 장맛비만 쏟아졌지요.

구름이 삐져나온 듯 코뿔소 뿔빗 비스듬이 꽂고,

---

12) 부릿가 핏자국~ 남았구나: 이 부분은 봄이 갔음에도 불구하고 두견새는 여전히 남아 울고 있다는 뜻이다. "부릿가 핏자국〔吻邊啼血〕"은 두견새가 입가에 피가 맺힐 정도로 슬프게 운다는 고사에서 비롯된 것이다.

13) 소소매(蘇小妹):『경세통언(警世通言)』에는 "소소소(蘇小小)"로 나왔으나, 사실은 북송의 문학가 소식(蘇軾)의 누이동생 소소매(蘇小妹)를 가리킨다. 소설 「소소매삼난신랑(蘇小妹三難新郎)」에는 그녀가 진관(秦觀)에게 출가한 것으로 설정되어 있다. 이 이야기에 인용된 「접련화(蝶戀花)」의 전반부는 송대 사람인 사마재중(司馬才中)이 꿈속에서 남제(南齊) 때 항주(杭州)의 명기였던 소소소가 부른 노래를 보충해서 짓고 후반부는 소소매가 지었다고 전한다. 일설에는 진관이 후반부를 지었다고 전하기도 한다. 「소소매삼난신랑」에서는 "소소(小小)"를 "소매(小妹)"로 "진구(秦覯)"를 "진관(秦觀)"으로 적고 있다.

14) 「접련화(蝶戀花)」: 송사에 사용되는 가락의 일종. 때로는 「황금루(黃金縷)」로 불리기도 한다.

15) 전당강(錢塘江): 절강성 전당현(錢塘縣), 즉 지금의 항주 일대를 흐르는 강. 강의 물줄기가 갈 지(之) 자로 구부러져 흐르기 때문에 때로는 절강(浙江)·곡강(曲江)·지강(之江)으로 부르기도 한다.

단목 박판[16] 살짝이 연주하며,

「황금루(黃金縷)」를 노래하고 또 노래했건마는,

노래 끝나고 나니 오색구름은 간 곳도 없고,

꿈 깨고 보니 밝은 달만 남쪽 물가[17]에 떠 있더이다.

왕암수[18]는 "바람 때문도 비 때문도 버들개지 때문도 나비 때문도 꾀꼬리 때문도 누견새 때문도 제비 때문도 아니며, 아흔 날의 봄철이 다 지나서 봄이 가버린 것"이라면서 이렇게 시를 지은 바 있습니다.

바람 탓하고 비 탓한들 둘 다 잘못이러니,

바람과 비가 오지 않더라도 봄은 가기 마련이라네.

뺨가의 홍조가 바래지자 푸른 매실 작게 맺히고,

부릿가 노란빛이 가시자 새끼 제비가 날아오르는구나.

촉제의 넋[19]이 힘껏 우는 바람에 꽃 그림자 다 사라져버리고,

---

16) 단목 박판: 붉은 단목으로 만든 박판. 노래를 부르거나 음악을 연주할 때 박자를 맞추기 위해 사용하는 악기.

17) 남쪽 물가: 원래는 단순히 남쪽에 있는 물가를 뜻했으나, 초(楚)나라 시인 굴원(屈原)이 지은 『초사(楚辭)』의 "미인을 남쪽 물가에서 떠나보내네(送美人兮南浦)"나 강엄(江淹)이 지은 『별부(別賦)』의 "님을 남쪽 물가에서 떠나보내네(送君南浦)"처럼 나중에는 연인을 떠나보내는 이별의 장소를 가리키는 말로 쓰이기도 했다.

18) 왕암수(王巖叟): 북송의 정치가. 19세 때 향거(鄕擧)·성시(省試)·정대(廷對) 등 세 차례의 과거에서 모두 장원으로 합격하여 당시에 '삼원방수(三元榜首)'라는 찬사를 받았다. 철종이 즉위하자 신법당을 배척하고 구법을 회복할 것을 요청하는 상소를 올렸다. 나중에는 첨서추밀원사(籤書樞密院事)에 제수되었으나 신법당의 탄핵으로 이듬해에 귀양을 가서 죽었다.

19) 촉제(蜀帝)의 넋: 두견이를 가리키는 말. 전설에 따르면 호가 망제(望帝)인 촉(蜀)나라 임금이 사후에 두견이가 되었는데, 봄이 되니 주야로 "나는 망제의 넋이다(我望帝魂也)"

오(吳) 땅 누에[20]가 잔뜩 먹어치우는 통에 산뽕잎이 다 듬성해졌네.

그저 봄이 가버려 찾을 길조차 없게 되고,

강가에 도롱이 쓴 이 내 몸만 남겨진 것이 야속할 따름이란다!

이 이야기꾼이 왜 가는 봄을 노래한 가사를 화제로 꺼낸 줄 아십니까?

소흥 연간[21]에 행재[22]에는 관서[23] 연주(兗州) 땅 연안부[24] 사람이 한 분 있었는데, 그가 바로 삼진절도사이자 함안군왕[25]이었지요. 하루는 함

라고 슬프게 울어서 그때부터 사람들이 "촉제의 넋[蜀魂]"이라고 부르기 시작했다고 한다. 때로는 두우(杜宇)·자규(子規) 등으로 불리기도 한다.

20) 오 땅 누에: 지금의 강소성(江蘇省) 남부에 해당하는 오(吳) 땅에서는 예로부터 양잠업과 비단이 유명했다. "오 땅 누에"는 여기서 비롯된 말로, 품종이 우수한 누에를 가리킨다.

21) 소흥(紹興) 연간: '소흥'은 남송 황제 고종(高宗)의 재위 기간 연호(年號). '소흥 연간'은 1131~1162년에 해당한다.

22) 행재(行在): 황제가 도읍지를 떠나 먼 곳으로 출행할 때 임시로 머무는 곳. 이 이야기에서는 남송의 도읍지 임안(臨安), 즉 항주를 가리킨다. 송나라 사람들이 조상이 창업했던 북송의 옛 도읍지 변경(汴京)을 잊지 말자는 의미에서 임안을 도읍으로 부르지 않고 '행재'로 불렀다고 한다. 송나라는 금나라가 중원으로 진출하자 장강을 건너 임안으로 천도한 시점을 기준으로 그 이전을 '북송(北宋)' 그 이후를 '남송(南宋)'이라 한다.

23) 관서(關西): 지금의 섬서성(陝西省)·감숙성(甘肅省) 일대. 여기서 '관(關)'은 함곡관(函谷關)을 가리키며, 이곳을 기준으로 그 서쪽을 '관서(關西)' 또는 '관외(關外)'로 불렀다.

24) 연안부(延安府): 지금의 섬서성 일대. 서위(西魏) 때에는 연주(延州), 수대(隋代)에는 연안군(延安郡), 북송 초기에는 연주로 각각 불리다가 철종이 즉위한 뒤부터 '연안부(延安府)'로 격상되었다.

25) 삼진절도사(三鎭節度使)·함안군왕(咸安郡王): 북송의 명장인 한세충(韓世忠, 1089~1151)을 가리킨다. 한세충은 자가 양신(良臣)으로, 연안(延安) 사람이다. 집안이 가난하여 18세에 종군한 이래 서하(西夏) 견제와 방랍(方臘)의 난 진압에 큰 공을 세웠으며, 건염(建炎) 4년(1130)에는 금나라 군사 10만을 거느린 완안종필(完顔宗弼)과 황천탕(黃天蕩)에서 40일간 대치하기도 했다. 남송의 소흥 4년(1134)에는 금나라 군사를 대의진(大儀鎭)에서 대파하는가 하면, 3만여 병력으로 번번이 금나라 군사와 괴뢰정권에 타격을 가했다. 소흥 11년(1141)에는 어명에 따라 악비(岳飛)·장준(張俊)과 함께 입궐하여 추밀사(樞密使)에 임명되면서 병권을 인계했다. 『송사(宋史)』에 따르면, 소흥 13년

안군왕이 봄이 가는 것이 아쉬워 식솔을 여럿 거느리고 봄놀이를 나섰다가 저녁이 되어 집으로 돌아오는 길이었습니다. 전당문[26] 안의 거교[27]까지 왔을까요? 가솔을 태운 앞 가마가 건너가고 이어서 군왕의 가마가 다가오는 찰나 다리 밑 표구점에서 누군가가

"애야, 나와서 군왕의 행차를 구경하렴!"

하고 외치는 소리가 들리는 것이었습니다. 그 순간 군왕은 가마 안에서 그 광경을 보고 수행 무관[28]을 부르더니

"내가 전부터 저런 아이를 찾던 참인데 뜻밖에도 오늘 여기서 만나는군. 자네에게 일임할 테니 내일 저 아이더러 왕부로 들라 이르게."

하고 이르니, 수행 무관이 바로 큰 소리로 대답을 하고는 그 사람을 찾아나서는 것이었습니다. 군왕의 행차를 지켜보던 그 사람은 어떤 사람

(1143)에 금나라의 남진을 막은 공로로 '함안군왕'에 책봉되고, 그로부터 4년 뒤 다시 진남(鎭南)·무안(武安)·영국(寧國)을 통괄하는 삼진절도사로 임명되었다. 은퇴 후에는 금나라와의 강화에 반대하면서 주화파의 거두 진회(秦檜)와 대립했으며, 사후에는 '기왕(蘄王)'으로 추증되었다. '절도사(節度使)'는 원래 당대(唐代)에 외적의 침입을 막기 위해 변방에만 두었다가 나중에 내지에도 임명했던 벼슬의 하나로, 한 지역의 군사·정치·새무상의 실권을 장악할 정도로 권력이 막강했으나 송대에는 실권이 없는 명목상의 직함으로 간주되었다.

26) 전당문(錢塘門): 남송의 도읍 임안성의 서쪽 성문. 송대 이래로 이 문 밖에는 사찰이나 누대가 많이 자리 잡고 있었다고 전해진다.

27) 거교(車橋): 남송 때 금나라와의 결사항전을 주장했던 주전파 명장 악비가 진회 등의 모함으로 처형당한 장소인 소거문(小車門)을 말한다. 지금은 전당문과 함께 경춘로(慶春路)에 자리 잡고 있다.

28) 수행 무관: 한세충의 수행비서 격인 방창우후(幇窗虞候). '우후(虞候)'는 당·송대에 조정에 직속된 금군(禁軍)이나 지방 절도사 휘하에서 복무하던 무관으로, 시위(侍衛)의 임무를 수행했다. 이와 함께, '우후' 앞에 붙은 '방창'에 대해 부연하자면, 원본 및 국내 일부 주석본에는 "방총(幇總)"으로 되어 있으나 명대(明代) 천계(天啓) 연간의 겸선당본(兼善堂本) 『경세통언』과 대조한 결과 가마의 창 가까이에서 호위 및 시중을 담당한다는 뜻의 '방창(幇窗)'이 옳다.

38

이었을까요? 말 그대로,

먼지 흩날리는 거마 행렬은 언제나 그치려나?
정에 연연하는 사람 마음도 이내 사라져버리는 것을……

가만히 보았더니 거교 아래로 집 한 채가 있고, 문 앞에 "거씨네 고
금서화 표구점"이라고 쓰인 간판이 내걸려 있는 것이었습니다. 그때 기게
안에서 웬 노인이 딸을 하나 데리고 나오는데, 어떻게 생겼는고 하니,

구름 같은 귀밑머리는 매미 날개[29]처럼 살포시 싸여 있고,
아름다운 눈썹은 봄 산처럼 엷게 그렸구나.
붉은 입술은 앵두를 한 알 얹어놓은 것 같고,
하얀 치아는 옥 조각을 두 줄로 늘어놓은 듯.
반 뼘이나 될까 싶은 연꽃 같은 발걸음[30]은 사랑스럽기도 하고,
외마디 꾀꼬리 같은 목소리는 애교가 넘치는구나.

그것은 바로 집 밖으로 나와 군왕의 가마를 지켜보던 그 사람이었지
요. 무관이 바로 그 집 맞은편 찻집으로 가 앉으니 주인 할멈이 다식[31]을

---

29) 매미 날개: 부녀자의 양쪽 귀밑머리를 가리키는 말. 귀밑머리가 매미 날개처럼 가볍고 광
택이 난다고 하여 이렇게 불렀다고 한다.
30) 연꽃 같은 발걸음〔蓮步〕: 미인의 걸음걸이를 빗댄 말. 남제(南齊)의 동혼후(東昏侯)가
반비(潘妃)에게 금으로 만든 연꽃 위를 걷게 한 데서 비롯되었다.
31) 다식: 차를 마실 때 곁들여서 먹는 간단한 음식. 당대(唐代)에는 차 모임에서 떡이나 만
두, 소병 따위를 곁들여서 먹었다고 한다. 어떤 책은 "다점(茶點)"에서 "점(點)"을 분리
해 "(차를 끓이는) 방법" 또는 "(차를) 물에 넣다"로 풀이하는데 잘못이다.

내왔습니다. 무관이,

"부탁 좀 합시다. 맞은편 표구점에 가서 거 대부[32]더러 건너와서 이 야기 좀 나누자고 전해주시오."

이렇게 일렀더니 할멈이 바로 가서 불러왔고, 그렇게 해서 두 사람은 인사를 나누고 자리에 앉는 것이었습니다. 거 대조[33]가

"집사께서 무슨 하명하실 말씀이라도 있는지요?"

하니까 무관은

"별일은 아니고…… 그냥 물어나 봅시다. 방금 군왕의 가마를 보라면서 불러낸 것이 따님이오?"

하고 묻는 것이었습니다. 대조가

"바로 소인 딸자식이올시다. 세 식구뿐이지요."

하고 대답하니 무관이 다시

"처녀 나이가?"

하고 물었습니다. 대조가

"열여덟 살입니다만……"

하고 대답하니까 이번에는

"처녀가 이제 출가할 때가 됐구먼. 한데, 혹시 모시는 나으리라도 있소이까?"

---

32) 대부(大夫): 원래는 벼슬 이름이지만, 송·원대에는 수공업 장인에 대한 존칭으로 자주 사용되었다. 이전에는 정식 벼슬 이름이던 것이 송대에는 장인에 대한 존칭으로 전용되는 사례가 간혹 보이는데, 대부(大夫)·대조(待詔)·박사(博士) 등이 그 대표적인 예들이다.

33) 대조(待詔): 당대(唐代)에는 한림원(翰林院)을 설치하고 문장이나 경학·의학·예술에 뛰어난 인물을 기용했는데, 황제의 명령을 기다리는 관리라 하여 '대조(待詔)'라고 불렀다. 송대에는 '대부(大夫)'의 경우와 마찬가지로, 수공업 장인이나 심지어 이발사를 부르는 호칭으로 사용되기도 했다.

하고 묻는데, 대조가

"소인은 집안도 변변치 않은데 무슨 돈을 구해서 출가를 시키겠습니까? 장래에 그저 나으리님들 댁에 바치기나 해야겠다 싶을 따름입니다."

라고 대답하는 겁니다. 무관이

"처녀한테 어떤 재주가 있소?"

하고 묻기에 대조가 딸의 재주를 하나 고하는데, 「안아미」[34] 가락에 부쳐 이를 증명하는 가사가 있지요.

깊은 규방 작은 뜨락엔 이제 해가 막 길어지는데,

사랑스런 아가씨는 비단 치마를 입었구나.

봄신[35] 같은 조화는 부리지 못해도,

금바늘로 온갖 꽃풀 다 수놓을 줄은 안다네.

비스듬한 가지 여린 잎에 꽃봉오리 벌어졌는데,

그윽한 향기만 빠졌구나.

왕년에 뜰 깊은 곳에서,

나비며 벌들 숱하게 몰려들게 했겠구나.

알고 보니 그 딸은 자수를 잘 놓았던 겁니다. 무관이

"방금 군왕께옵서 가마에서 따님이 수를 놓은 앞치마를 두른 것을 보셨소. 왕부에서 마침 자수를 놓는 사람을 찾는 중이니, 영감님이 군왕께 바치는 게 어떻겠소?"

---

34) 「안아미(眼兒媚)」: 송사에 사용되는 가락의 하나.
35) 봄신〔東君〕: '동군(東君)'은 '동황(東皇)'이라고도 하며, 봄을 관장하는 신을 가리킨다.

하는 것이었습니다. 거공이 돌아가 아내와 이야기를 나누고 이튿날 양도서를 작성해 왕부에 바치러 오자 군왕이 몸값을 치러주었고, 그렇게 해서 '수수 양낭(秀秀養娘)'[36]이라는 이름을 갖게 되었지요.

며칠 뒤, 조정에서 둥근 무늬 수가 놓인 전포(戰袍)를 하사했는데, 그때 수수가 그 모양대로 수를 놓아 똑같이 만들어내는 것이 아닙니까. 군왕이 그 광경을 보고 기뻐하면서

"수상께옵서 둥근 무늬 수가 놓인 전포를 내리셨으니 나는 답례로 어떤 보물을 구해 바친다지?"

하더니 창고로 가서 투명한 양지미옥[37] 한 덩이를 찾아낸 다음 바로 집안의 옥 장인들을 불러

"이 옥으로 무엇을 만들 수 있는가?"

하고 물었습니다. 그중 한 사람이

"권주 잔을 만들면 좋겠습니다."

하니, 군왕은

"아까워! 이런 옥덩이로 어떻게 기껏 권주 잔 따위를 만든단 말인가?"

하는 것이었습니다. 또 한 사람이

"이 옥은 위는 뾰족하고 아래가 둥그니까 마합라 인형[38]을 만드는 게

---

36) 양낭(養娘): 송대에 하녀를 부르던 호칭. 노비의 신분을 대대로 세습하는 '가생자(家生子)'와 달리 양낭은 금전을 통한 계약을 거쳐 고용−피고용의 주종관계가 결정되었다.

37) 양지미옥(羊脂美玉): 양의 기름처럼 불투명한 색깔이 도는 옥.

38) 마합라(魔合羅) 인형: 어린아이 모양을 한 조각 인형. 마합라(摩合羅) 또는 마후라(摩侯羅)는 산스크리트어 마하카라(mahākāla)를 음역한 것으로, 원래는 불경에 나오는 뱀의 신을 뜻한다. 『세시기사(歲時紀事)』 등의 기록에 따르면, 송·원대에 주로 음력 7월 7일 밤에 진흙이나 나무·상아·옥·밀랍 등의 재료를 써서 어린아이 모양의 인형을 빚어 옷을 입힌 뒤 칠석(七夕)에 제단에 올렸다고 한다. 나중에는 일종의 장난감으로 전용되어, 그

좋겠습니다."

하니 군왕은

"인형은 칠월 초이레 걸교[39] 때에나 쓰지 평소에는 딱히 쓸모가 없지 않은가!"

라고 하는 거예요. 사람들 속에 나이가 스물다섯에 성은 최(崔), 이름이 녕(寧)으로, 군왕을 몇 년 동안 모신 승주 건강부[40] 출신의 젊은이가 끼어 있다가 절을 하고 앞으로 나오더니 군왕 면전에서

"전하, 이 옥은 위가 뾰족하고 아래가 둥글어서 아주 좋지 않기 때문에 남해관음[41]이나 만드는 수밖에 없겠습니다!"

하고 고하니, 군왕이

"좋다, 내 뜻과 똑같구나!"

하면서 최녕에게 당장 착수하라고 지시를 내렸는데 두 달도 채 되기 전에 옥 관음을 뚝딱 완성했지 뭡니까! 군왕이 바로 상소문을 쓰고 어전에 진상하자 황제가 몹시 기뻐했고, 최녕도 왕부에서 봉급을 올려받고 군왕에게 중용되기에 이르렀지요.

얼마 후, 봄날을 맞아 봄놀이를 하고 돌아오던 최 대조가 전당문을 들어서기가 무섭게 술집을 찾아 들어갔습니다. 지인 서너 사람과 같이 술

것을 갖고 놀면 부녀자들이 아이를 낳을 수 있다고 믿었다고 한다.

39) 걸교(乞巧) : 음력 7월 7일에 행해지던 민속놀이. 옛날 중국 사람들은 견우성과 직녀성이 오작교에서 만나는 음력 7월 7일 밤 부녀자들이 정원에 바늘·실·과일 등을 차려놓고 바느질과 길쌈 재주가 늘게 해달라고 직녀성에 기원했다고 한다.

40) 승주 건강부(昇州建康府) : 지금의 강소성(江蘇省) 남경(南京).

41) 남해관음(南海觀音) : 불교에서 대자대비의 상징으로 널리 숭배되는 관음보살(觀音菩薩)에 대한 호칭. 중생이 괴로울 때 그의 이름을 정성껏 외우면 그 소리를 듣고 구제하러 달려온다고 해서 '관음보살(觀音菩薩)'로 불리는데, 중국에서는 이 보살이 절강성 주산열도(舟山列島)의 보타산(普陀山)에 산다고 해서 '남해관음(南海觀音)'으로 부르기도 한다.

몇 잔을 막 들이켜려는데, 거리에서 떠들썩한 소리가 들려오는 것이었습니다. 최 대조가 허겁지겁 들창을 열고 보니 주위가 웅성웅성 소란스러워지더니만 누군가가

"정정교⁴²⁾에서 불이 났다!"

하고 정신없이 외쳐대는 게 아니겠습니까! 술을 마저 비우지도 못하고 부랴부랴 술집을 빠져나와 불이 난 모습을 보니,

처음엔 반딧불 같다가,

다음엔 등불 같아지더니,

나중에는 불길을 천 개의 촛불로도 감당하지 못하고,

만 개나 되는 삼분⁴³⁾ 불로도 이겨내지 못하겠구나.

여섯 정신⁴⁴⁾이 천상의 보배로운 화로를 넘어뜨리셨는가?

여덟 역사⁴⁵⁾가 온 산을 다 태울 큰 불을 놓으셨는가?

---

42) 정정교(井亭橋) : 남송의 도읍지 임안성의 감천방(甘泉坊) 옆에 있던 다리 이름.

43) 삼분(糝盆) : 송대의 세시풍속. 송대에는 해마다 섣달그믐이 되면 마른 솔가지를 지붕 높이만큼 쌓고 태우면서 소상과 신에게 제사를 지냈다고 한다. 여기서 '삼(糝)'은 '심(籸)'의 오기로 보인다.

44) 여섯 정신(丁神) : 도교의 부적이나 주문에서 자주 볼 수 있는 여섯 명의 호법신장(護法神將). 『삼재도회(三才圖會)』에 따르면, '여섯 정신'이란 정축신 조자옥(丁丑神趙子玉) · 정해신 장문통(丁亥神張文通) · 정유신 장문공(丁酉神臧文公) · 정미신 석숙통(丁未神石叔通) · 정묘신 사마경(丁卯神司馬卿) · 정사신 최옥경(丁巳神崔玉卿)을 가리킨다. 전설에 따르면, 이들은 모두 옥황상제 측근에서 명령을 수행하는데, 부적이나 주문에서 이들의 이름을 외우면 더 큰 효험을 볼 수 있다고 한다.

45) 여덟 역사(力士) : 중국 민간전설에 등장하는 여덟 명의 역사. 이 시구에서는 춘추(春秋)시대에 진나라 문공(晉文公)이 논공행상에 불만을 품고 산에 은거하던 개자추(介子推)를 데려가기 위해 부하들을 시켜 산불을 놓게 했던 고사를 차용하고 있다. 그러나 개자추는 끝까지 산에서 나오지 않고 노모와 함께 불에 타 죽었다고 전한다. 이 시에서 '여덟'이라는 숫자는 실제의 숫자가 아니라 앞의 '여섯 정신'과 대구를 만들기 위해 임의로 설정한 것이다.

여산(驪山)의 연회에서라면,

분명 포사(褒姒)가 아리따운 미모를 뽐내서이고, [46]

적벽(赤壁)의 여울목에서라면,

아마 주랑(周郎)이 기묘한 계책을 펼쳐서일 테지. [47]

오통신[48]이 불 호리병을 끌어당기기라도 하셨나?

송무기[49]가 붉은 노새를 쓰러뜨리기라도 하셨나?

촛불을 흘린 것도 기름을 끼얹은 것도 아니건만,

어이하여 이다지도 연기 자욱하고 불길까지 거센고?

최 대조가 멀리 바라보다가 다급하게

"왕부에서 멀지 않은 곳이구나!"

하면서 왕부까지 뛰어갔더니만 벌써 옮길 건 옮기고 피할 사람은 다
피해서 텅 빈 채 인기척 하나 없이 조용한 것이었습니다. 최 대조가 사람

---

46) 여산의 연회~ 뽐내서이고: 거센 불길을 형용하기 위해 주나라 유왕(周幽王)이 좀처럼
웃지 않는 왕비 포사(褒姒)를 위해 여산(驪山)에서 연회를 열고 그녀가 웃는 모습을 보
기 위해 봉수대에 불을 붙여 제후들이 지원군을 이끌고 허둥지둥 달려오게 했던 고사를
차용하고 있다. 나중에 오랑캐들이 주나라를 침범하자 봉화를 올렸으나 아무도 오지 않아
유왕이 결국 여산 아래에서 살해당했다고 전한다. 여산은 지금의 산서성(山西省) 임동현
(臨潼縣) 동쪽에 있는 산 이름이다.

47) 적벽의 여울~ 펼쳐서일 테지:『삼국지연의(三國志演義)』에서 오(吳)나라 장수 주유(周
瑜)가 적벽(赤壁)에서 촉(蜀)나라 재상 제갈량(諸葛亮)과 합세하여 화공으로 위(魏)나라
조조(曹操)의 대군을 무찌른 고사를 차용했다. '주랑(周郎)'은 주유의 애칭이다.

48) 오통신(五通神): 강남의 민간신앙에서 숭배되는 신. 당대(唐代)에는 사람들에게 은혜를
베푸는 신으로 정형화되었으나 송대 이후로는 불교에 등장하는 오통선(五通仙)의 영향을
받아 마법으로 사람들에게 해코지를 하고 말썽을 일으키는 악의 신으로 전락했다. 이 시
구에서 '오(五)'라는 숫자는 음양오행설(陰陽五行說)의 영향을 받은 것으로 보인다.

49) 송무기(宋無忌): 중국의 전설에 등장하는 인물. '宋毋忌'라고도 부른다. 전설에 따르면 송
무기는 불의 정령으로 붉은 노새를 타고 다녔는데 한번은 너무 급하게 달리는 바람에 붉
은 노새가 넘어졌다고 한다. 지금도 도교에서는 '불의 신선(火仙)'으로 신봉되고 있다.

이 보이지 않자 왼쪽 복도를 따라 들어가는데 해라도 뜬 것처럼 불빛이 환하게 비치더니 웬 아녀자 하나가 중얼중얼 혼잣말을 하면서 비틀비틀 본채에서 나오다가 최녕과 정면으로 부딪치고 말았지 뭡니까. 최녕이 수수를 알아보고 두세 걸음 뒷걸음질 치더니 낮은 목소리로 인사를 했지요. 당초에 군왕은 최녕에게

"수수가 계약된 날을 다 채우고 나면 자네에게 출가시켜줌세!"

하고 약속을 했었고, 왕부의 사람들도 저마다

"썩 잘 어울리는 부부일세그려!"

하면서 장단을 맞추어 최녕도 절을 올리면서 고맙다고 한 적이 한두 번이 아니었습니다. 최녕이 홀몸인지라 그녀를 마음에 두고 있었고 수수 역시 이 젊은이를 만나고부터는 흠모하던 참이었는데, 그러던 차에 그날 그런 소동이 벌어진 것이었지요. 수수는 손에 금구슬 같은 귀중품들을 한 보자기 싸 들고 왼쪽 복도를 따라 나오다가 최녕과 마주치자 바로

"최 대부님, 제가 늦게 나오는 바람에 왕부의 하녀들은 다들 뿔뿔이 흩어져버리고, 당신을 미처 알아보지도 못했군요. 이젠 어쩔 수 없게 되었으니 저를 데리고 피하시는 수밖에 없겠슈니다"

하고 말하는 겁니다.

그렇게 해서 최녕과 수수가 왕부를 나와 강을 따라 석회교[50]까지 걸어가게 되었지요. 이윽고 수수가

"최 대부님, 다리가 아파서 못 걷겠어요."

하니까 최녕은 앞을 가리키면서

"몇 걸음만 더 가면 바로 이 최녕의 거처올시다. 낭자가 집에 도착하

___

50) 석회교(石灰橋) : 절강성 항주에 있는 다리 이름.

면 좀 쉬어 가도 좋습니다."

라고 말했지요. 집에 도착하기가 무섭게 수수가

"배가 고프군요. 최 대부님, 간식을 좀 사다 주세요. 제가 좀 놀라서 술이라도 한잔 마시면 한결 낫겠습니다."

하기에 최녕이 술을 사 와서 함께 두세 잔을 마시는데, 말 그대로,

석 잔 죽엽청(竹葉靑)이 가슴을 거쳐 넘어가니,
두 떨기 복사꽃이 얼굴에서 피어나는구나.

봄은 꽃의 달인이요 술은 여색의 중매인이라고 했던가요? 수수가

"그때 일…… 기억나세요? 전에 누대에서 달구경을 할 적에, 군왕께서 저를 당신에게 주겠다고 하시니까 당신이 넙죽 절을 올리면서 고마워하셨잖아요. 기억나세요, 안 나세요?"

하니, 최녕은 손을 모으고

"예."

하는 대답만 할 따름이었습니다. 수수가

"그날 사람들이 다들 '썩 잘 어울리는 부부일세그려' 하면서 격려까지 했었는데 어떻게 당신이 되레 잊어버릴 수가 있어요?"

하니까 최녕은 이번에도 연신

"예."

하는 대답만 하는 겁니다. 수수가

"마냥 기다리기만 할 게 아니라 차라리 오늘 밤 저와 당신이 일단 부부의 인연부터 맺는 편이 더 낫겠습니다. 당신 생각은 어떠세요?"

하니, 최녕은

"그럴 수야 있나요!"

하는 게 아니겠습니까. 수수가

"당신은 못한다는 말밖에 할 줄 모르시는군요! 고함이라도 지르면서 당신 앞길을 망쳐놓아야 되겠어요? 대체 무슨 속셈으로 저를 집까지 끌고 온 거예요? 내일 왕부에 가서 고해야겠습니다!"

했더니, 최녕은

"낭자, 이 최녕과 부부가 되는 건 상관이 없소. 다만 한 가지…… 여기서는 이제 더 이상 살 수 없게 되었으니 괜찮다면 이번 난리로 다들 어수선한 틈을 타서 오늘 밤 당장 도망치는 게 유일한 방법인 것 같소."

라고 하는 겁니다. 수수는

"기왕에 당신과 부부가 되기로 했으니 말씀대로 따르지요."

하더니, 그날 밤 바로 부부의 인연을 맺어버렸지요.

사경[51]이 지나자 각자 금은 등의 패물을 지니고 성문을 나선 두 사람은 허기와 갈증을 무릅쓰고, 밤에는 묵고 새벽에 서둘러 길을 나서는 식으로 먼 길을 걸어 가까스로 구주[52]까지 갔습니다. 최녕은

"여기는 다섯 갈래로 길이 나 있는데 어느 길로 가는 게 좋겠소? 차라리 신주[53] 가는 길을 택하는 편이 낫겠구려. 나는 장인인 데다 신주에 지인이 몇 명 있으니 거기라면 안심하고 정착할 수 있을 게요."

하더니 바로 길을 잡고 신주로 갔답니다. 며칠을 묵고 난 최녕은

"신주에는 늘 행재를 왕래하는 길손들이 있습디다. 혹시라도 누가 우리가 여기에 있다고 발설이라도 한다면 군왕이 분명히 사람을 보내 잡아

---

51) 사경(四更): 축시(丑時), 즉 밤 1시부터 3시까지의 시간.
52) 구주(衢州): 지금의 절강성 구현(衢縣).
53) 신주(信州): 지금의 강서성 상요현(上饒縣).

가려고 할 테니 그다지 안전하지 않소. 차라리 신주를 떠나 다른 곳으로 가는 편이 낫겠소."

하는 것이었습니다. 다시 길을 나선 두 사람은 그길로 담주[54]까지 직행했습니다. 며칠 후에 담주에 당도하고 보니 이번에는 확실히 멀리 도망 왔다 싶었던지 최녕도 담주 저잣거리에 바로 집을 한 칸 구하고 "행재 출신 최 대조의 옥 공방"이라고 쓴 간판을 내건 다음 수수에게

"여기는 행재에서 2천여 리나 떨어져 있으니 아무 탈이 없을 게요. 우리 안심하고 오래도록 오순도순 잘 살아봅시다."

라고 말했지요. 그러나 역시 담주에 체재하던 관리 몇 사람이 최녕이 행재의 대조 출신이라는 걸 눈치챘을 뿐 아니라 그가 매일 벌이를 하는 광경을 목격하고 말았지 뭡니까! 최녕은 최녕대로 몰래 사람을 시켜 행재 왕부의 상황을 염탐하게 했는데, 일전에 서울에 들른 사람에게 들은 바에 따르면 왕부에서 그날 밤 실화(失火) 사건이 발생한 뒤 하녀 하나가 사라졌는데 상금을 걸고 며칠 내내 찾았지만 행방이 묘연하며, 최녕이 그녀를 데리고 도망쳐서 지금 담주에 살고 있다는 것도 까맣게 모른다는 것이었습니다.

시간은 화살과도 같고 세월은 베틀 북과도 같다더니, 어느새 한 해 정도 지났을 때였습니다. 하루는 일찌감치 가게 문을 여는데 검은 저고리를 입은 두 사람이 보였습니다. 무관이나 집사 같은 차림을 한 그들은 성큼 가게 안으로 들어와 앉더니

"본관이 행재 출신의 최 대조라는 사람이 있다는 소리를 들었는데 불러다 일을 좀 시켰으면 하오."

---

54) 담주(潭州): 지금의 호남성(湖南省) 장사(長沙). 50쪽에 나오는 상담현(湘潭縣)과 같다.

하는 것이 아닙니까. 그래서 최녕이 수수에게 집안일을 부탁하고 그 두 사람을 따라 상담현으로 길을 나섰고, 그렇게 해서 저택에 당도한 최녕은 그 댁 나으리를 뵙고 옥 가공 주문을 받은 뒤 발길을 돌려 귀갓길에 올랐지요. 그렇게 길을 가는데 웬 사나이가 앞에서 걸어오다가 최녕을 힐끗 쳐다보는 것이었습니다. 그는 댓살 삿갓을 쓰고 흰 비단 겹깃[55]을 덧댄 무명 홑옷 차림에 청, 백 두 색으로 짠 각반으로 바지 자락을 동여매고 거기나가 구멍이 좀좀히 난 삼베 신[56]을 신고 큰 장대짐을 지고 있었지요. 최녕은 그 사나이 얼굴을 알아보지 못했지만 사나이는 최녕을 알아보고는 뒤에서 성큼성큼 걸으며 그를 미행하기 시작했습니다.

뉘집 꼬마가 딱따기[57]를 울렸는고?
놀란 원앙새 부부가 뿔뿔이 날아가버리누나.

---

55) 겹깃: 옛날에는 옷깃을 세탁하기 쉽게 원래의 옷깃 위에 또 다른 옷깃을 하나 덧대어 바느질을 했다.
56) 삼베 신: 양옆에 단춧구멍 같은 구멍들이 여러 개 촘촘하게 뚫린 삼베 신.
57) 딱따기: 어부가 고기를 잡을 때 고기를 부르기 위해 뱃전에 두들기던 나무판자.

하편

대나무 휘감은 나팔꽃은 온 거리에 활짝 피었고,

성긴 울타리 초가에는 달빛이 쏟아지는데,

유리 술잔엔 싸구려 술만 채워졌고,

백옥 쟁반엔 절인 매실만 놓여 있구나.

그렇다고 괴로워하지는 말고,

가슴이라도 좀 펴자스라.

한평생 웃는 얼굴로 지내다가,

이 삼천리 넓은 땅에 참된 벗이 없다 보니,

십만 대군 거느리는 벼슬조차 마다하고 돌아왔단다.

이 「자고천(鷓鴣天)」은 관서 진주[1] 땅의 웅무군[2]이던 유양부[3]가 지은

---

1) 관서(關西) 진주(秦州) : '관서'는 함곡관(函谷關) 또는 동관(潼關) 서쪽 땅을, '진주'는
   지금의 감숙성 천수현(天水縣)을 각각 가리킨다.
2) 웅무군(雄武軍) : 지금의 하북성(河北省) 계현(薊州) 동북쪽 땅.

것입니다. 순창[4]에서 큰 전쟁을 치른 뒤로 호남 담주 상담현의 고향집에서 한가하게 머물던 그는 재물을 좋아하지 않는 명장으로, 집안이 가난하여 늘 마을 주막에 가서 술을 마시고는 했는데, 주막을 찾은 사람들은 유양부를 알아보지 못하고 호통까지 치면서 비웃었답니다. 유양부가

"백만이나 되는 오랑캐조차 하찮게 여겼던 이 몸이 지금은 저자들한테까지 수모를 당하는구나!"

하면서 이 가사를 지었는데, 그것이 금세 도성에까지 전해졌던 거지요. 당시 전전태위[5]로 있던 양화왕[6]은 이 가사를 보고 너무도 슬픈 나머지

"유양부가 이토록 외롭고 가난하게 지낼 줄이야!"

하면서 제할관[7]에게 사람을 시켜서 유양부에게 돈을 좀 보내게 했다지요? 그랬더니 이번에는 최녕의 상전인 함안군왕도 유양부가 그토록 외롭고 가난하다는 소리를 듣고, 역시 사람을 시켜 그에게 돈을 좀 보내게 했답니다. 그런데 그 사람이 공교롭게도 담주로(潭州路)를 거쳐 가던 중에 최녕이 상담로(湘潭路)로 돌아오는 것을 발견하고는 그길로 최녕의 집까지 미행한 것입니다. 그는 수수가 옥 공방 계산대에 앉아 있는 것을 보기가

---

3) 유양부(劉兩府): 남송의 구신과 명장 유기(劉錡)를 말한다. 추밀부도승지(樞密副都承旨)에 임명되었고 사후에는 개부의동삼사(開府儀同三司)로 추증되었다. 『송사(宋史)』에는 지금의 감숙성 정녕현(靜寧縣)에 해당하는 덕순군(德順軍) 출신으로 나와 있지만 이 이야기에서는 웅무군 출신으로 소개되고 있다.
4) 순창(順昌): 지금의 안휘성(安徽省) 부양현(阜陽縣). 유기는 소흥 10년(1140)에 이곳에서 금나라의 맹장 올출(兀朮)이 이끄는 주력군을 대파했다고 한다.
5) 전전태위(殿前太尉): 송대의 일급 무관. 절도사보다 지위가 높았다고 한다.
6) 양화왕(楊和王): 남송의 명장 양존중(楊存中)을 말한다. 고종 때 태위(太尉)의 신분으로 전전사도지휘사(殿前司都指揮使)를 통솔하여 금군(禁軍)의 최고 영도자가 되면서 '양전전(楊殿前)' 또는 '양태위(楊太尉)'로 불렸으며, 사후에 화왕(和王)으로 추봉(追封)되면서 '양화왕'으로 일컬어지기도 했다.
7) 제할관(提轄官): 송대의 관직 이름. 금은이나 포목 등을 비축했다가 군수물품이나 군량, 군비를 조달하는 일을 담당했다.

무섭게 그들에게로 달려가서는

"최 대부, 한동안 못 봤다 했더니 여기서 살고 있었구먼! 수수 양낭
은 그래 어떻게 여기에 같이 있는 겐가? 군왕께서 날더러 서신을 전하라
하셔서 담주까지 왔는데, 오늘 임자들을 다 만나게 되는구먼! 이제 보니
수수 양낭이 임자한테 출가라도 한 건가? 뭐, 나쁠 것도 없지."

하고 말하는 것이 아닙니까. 그 순간 그에게 발각된 최녕 부부 두 사
람은 깜짝 놀라고 말았습니다.

그 사람은 누구였을까요? 그는 바로 왕부에서 일하는 배군[8]의 한 사
람으로 소싯적부터 군왕을 모셨는데, 군왕이 그의 성실함을 높이 사 이번
에 유양부에게 돈을 전하게 된 것이지요. 성이 곽(郭), 이름이 립(立)이어
서 '곽 배군'으로 불렸답니다. 부부는 곽 배군을 불러 세우고는 술상을 차
려 그를 대접하면서

"왕부로 가더라도 절대로 군왕께는 알리지 마세요!"

하고 신신당부를 했답니다. 곽 배군은

"군왕께서 임자 두 식구가 여기 있는지 어떻게 아시겠나? 나하고는
아무 상관도 없는데 무슨 말을 한다고 그러나?"

이렇게 말하더니, 바로 고맙다는 인사를 한 뒤 문을 나서는 것이었습
니다.

그런데 왕부로 돌아온 그가 군왕을 알현하고 유양부의 답신을 전하면
서 군왕의 안색을 살피더니

"쇤네가 어제 서신을 전하고 돌아오던 길에 담주를 지나다가 뜻밖에
도 두 사람이 그곳에서 살고 있는 걸 발견했습니다요!"

---

8) 배군(排軍) : 병졸을 부르는 이름. 원래는 방패와 창을 든 병졸을 뜻하지만 이 이야기에서
　는 병사를 두루 이르는 말로 사용된다.

하고 털어놓지 뭡니까! 군왕이

"누구 말이냐?"

하고 묻자 곽립은

"수수 양낭과 최 대조 두 사람을 보았다굽쇼. 둘이서 쉰네를 불러다가 술과 음식을 대접하면서 절대로 왕부에는 알리지 말라고 신신당부를 하더이다."

하고 고자질을 해버렸습니다. 군왕이 그 말을 듣자마자

"그 두 연놈이 감히 그 같은 짓을 저지르다니! 대관절 어떻게 그곳까지 도망쳤더란 말이냐?"

하자, 곽립은

"내막은 자세히 모르겠사오나, 그자가 그곳에 살면서 예전처럼 간판을 걸고 돈벌이를 하는 것은 똑똑히 보았사옵니다요."

하는 것이었습니다. 군왕이 이에 간판[9]에게 임안부[10]로 가서 분부를 전하게 했고, 임안부에서는 바로 당장 집포사신[11]을 파견하되 아전을 대동하고 노자를 챙겨 그길로 호남 담주부[12]로 달려가 공문을 전한 뒤 함께 최녕과 수수를 찾아 나서도록 하라고 명을 내리는데, 그 모습이 그야말로,

---

9) 간판(幹辦) : 대갓집에서 수요물품을 구매·조달하거나 상전의 시중을 들고 심부름을 전담하는 하인.

10) 임안부(臨安府) : 남송의 도읍지로 지금의 항주. 원래 오월(吳越, 907~978)의 도읍지였는데, 경제적으로 번성한 곳이어서 도읍으로 정해진 이래 원나라가 남송을 무너뜨릴 때까지 138년 동안 정치·경제·문화의 중심지가 되었다.

11) 집포사신(緝捕使臣) : 송대에 주(州)나 부(府)에 배속되어 도적 체포의 직무를 수행하던 관원. '사신(使臣)'은 이 시기에는 주로 하급 관리를 부르는 호칭으로 사용되었다.

12) 담주부(潭州府) : 원대에 담주 행성(潭州行省)을 설치한 이래로 담주로(潭州路), 천림로(天臨路) 등으로 불리다가 원대 말기에 명나라를 세운 주원장(朱元璋)이 담주부로 이름을 바꾸었다.

검독수리가 새끼 제비를 따라잡고,

사나운 범이 어린 양을 집어삼키는 꼴이로구나.

　　두 달도 채 안 되어서 두 사람을 붙잡아 왕부로 압송해 군왕에게 고하니, 군왕이 바로 대청에 모습을 나타내는 것이었습니다. 사실 군왕은 왼손으로는 '소청(小靑)'[13]이라는 칼을, 오른손으로는 '대청(大靑)'이라는 칼을 쓰면서 그 두 칼로 얼마나 많은 오랑캐를 죽였는지 모릅니다. 그 두 칼을 칼집에 넣어 벽에 걸어놓고 있었지요. 군왕이 대청으로 나오자 사람들이 큰 소리로 예를 갖추고는 바로 그 두 사람을 끌고 와서 무릎을 꿇렸고, 군왕은 몹시 초조해하다가 왼손을 뻗어 벽걸이에서 '소청'을 내리더니 오른손으로 척 뽑은 뒤 그 칼을 손에 들고 오랑캐를 죽일 때처럼 눈을 부릅뜨고 이를 악무는 것이었습니다. 그러자 화들짝 놀란 부인이 병풍 뒤에서

　　"군왕 마마, 이곳은 황제께서 계신 서울이라 변방에 있던 때와는 다르옵니다. 만약 죄가 있다면 임안부로 압송해 처결하면 그만인데, 어쩌자고 함부로 사람을 베려 드십니까?"

　　하고 말리는 게 아니겠습니까? 군왕이 그 말을 듣고

　　"짐승만도 못한 이 두 연놈이 감히 도망을 친 것을 이제 잡아 온 거요. 울화가 치미는데 어떻게 베지 않을 수 있겠소? 다만, 부인이 이렇게까지 만류하니 일단 수수는 뒤뜰 화원으로 끌고 가서 가두고 최녕은 임안부로 압송해 가서 단죄하리라!"

　　그러더니 그 자리에서 바로 돈과 술을 상으로 내려 두 사람을 잡아온

---

13) 소청(小靑): 송대에는 조롱하는 뜻에서 칼을 '청자(靑子)'라고 불렀다고 한다. 이 이야기에서도 단도를 '소청(小靑)', 장검을 '대청(大靑)'이라고 부른다.

관리들을 격려했습니다. 그렇게 해서 최녕을 임안부로 압송하니 처음부터 낱낱이 자백을 하는 겁니다.

"그날 밤 불이 났을 때 왕부에 당도하니 다들 대피해버리고 수수 양 낭만 복도를 따라 나와서 이 최녕을 부여잡고 '당신 어째서 제 가슴을 더듬는 겁니까? 제 말대로 하지 않으면 당신 앞길을 망쳐놓겠습니다!' 하면서 쉰네더러 같이 도망가자고 하더이다. 쉰네 어쩔 수 없이 그녀와 같이 노방질 수밖에 없었나이다. 이건 모두 사실이옵니다!"

임안부에서 심문 기록을 공문으로 군왕에게 올리자, 군왕은 강직한 사람이었던지라 즉시

"정말 그렇다면 최녕에게는 관용을 베풀어 일단 가볍게 처벌하도록 하겠다. 최녕은 도망치지 말았어야 했나니, 곤장을 치고 귀양을 보내어 건강부[14]에서 살도록 조치하렷다."

하더니, 그 자리에서 사람을 보내 끌고 가게 했는데 막 북쪽 관문을 나와 아항두(鵝項頭)에 이르자 두 사람이 멘 가마가 하나 나타나더니 뒤쪽에서

"최 대조님, 가시면 안 돼요!"

하고 외치는 소리가 들리는 게 아니겠습니까. 최녕이 듣기에 수수의 목소리 같아서 또 무슨 일로 따라왔나 싶어 속으로 몹시 의아해하면서도 활에 다친 새는 괜한 일에 끼어들지 않는다는 말처럼, 그냥 고개를 푹 숙인 채 무작정 걷느라 여념이 없었습니다. 그런데 뒤에서 쫓아온 가마가 멈추더니 웬 부인이 걸어 나오는데 다른 사람이 아니라 바로 수수였습니다.

---

14) 건강부(建康府) : 지금의 남경. 1127년에 남송 정권을 수립한 고종(高宗)은 강녕(江寧)을 '건강부'로 개칭하고 '행도(行都)'로 삼았다. 임안이 정식 도읍지로 결정되자 건강부는 제2의 도읍인 '유도(留都)'가 되었다.

"최 대조님, 지금 당신만 건강부로 가버리시면 전 대관절 어쩌라고
요!"

최녕이

"그러니 대체 어떻게 해야 좋겠소?"

하고 물었더니, 수수는

"당신을 임안부로 압송해 단죄하던 날부터 저를 뒤뜰 화원에 잡아 가
두고 내 회초리로 서른 대를 치고 나서야 저를 쫓아냅디다. 저는 당신이
건강부로 가게 됐다는 걸 알고 같이 가려고 따라온 거라고요!"

하는 거예요. 최녕이

"그렇다면 잘됐구려."

하고는, 배를 구해 그길로 바로 건강부에 도착했고 호송인도 돌아갔
답니다. 만약 호송인이 입이 가벼운 자였다면 당장 한바탕 난리가 났을
테지요. 그러나, 군왕의 성미가 불같아서 잘못 건드렸다가는 그냥 넘어갈
사람이 아니라는 걸 잘 아는 데다 호송인 자신이 군왕부 사람도 아닌데
그런 일까지 상관할 필요가 어디 있겠습니까? 게다가 최녕도 도중에 술을
삽네 밥을 냅네 하면서 그의 비위를 잘 맞추어주었기 때문에 돌아가서도
나쁜 점은 감추고 좋은 점만 흘렸을 정도였답니다.

다시 최녕 이야기로 되돌아가보지요. 두 사람은 건강부에 살게 되었
지만 이미 죗값을 치렀기 때문에 이제는 남들과 마주치는 것도 겁내지 않
고 전처럼 옥 가공 공방을 열었답니다. 하루는 아내 수수가

"우리 두 식구는 여기서 잘 살지만 우리 부모님은 제가 당신과 담주
로 도망친 뒤부터 무던히도 고생을 하신답니다. 그날 사람들이 나를 잡아
왕부로 끌고 갈 때에도 두 분은 죽네 사네 하면서 매달리셨지요. 이제는
잘 해결됐으니 사람을 행재로 보내 우리 부모님을 이곳으로 모셔 와서 같

이 살면 좋겠어요."

하니, 최녕도

"아주 좋은 방법이구려."

하고 말하고는, 바로 사람을 시켜 행재로 가서 장인 장모를 모셔 오도록 당부하면서 그들이 사는 곳과 신변 사항들을 적어주었습니다. 심부름꾼이 임안부에 당도해 이웃에게 그들 내외가 사는 곳을 수소문했더니

"바로 이 집입니다."

하고 손으로 가리키기에 심부름꾼이 문 앞으로 가서 살펴보니, 대문이 닫힌 채 자물쇠가 채워지고 장대로 막아놓기까지 했지 뭡니까. 이웃에게

"이 댁 노부부는 어디로 가셨습니까?"

하고 물었더니, 이웃이

"말씀도 마시오! 그 부부한테는 꽃다운 따님이 하나 있어서 어떤 대단한 부잣집에 바쳤는데, 아 글쎄 이 따님이 호강에 겨웠던지 웬 옥 다루는 대조하고 도망을 쳤지 뭡니까! 지난번에는 호남 담주에서 잡혀 끌려온 뒤 임안부로 압송돼서 재판까지 받고 그 따님은 규왕의 명령으로 뒤뜰 하원으로 끌려가버렸지요. 노부부는 따님이 붙들려 가는 걸 보더니 그 자리에서 죽네 사네 하면서 난리도 아니었는데 여태껏 그 행방조차 알 길 없이 무작정 이렇게 문을 닫아 건 채로 방치해놓은 겁니다."

하는 것이었습니다. 심부름꾼은 그 말을 듣고 건강부로 발길을 돌려 최녕의 집을 향해 출발했지요.

다시 최녕 이야기를 하기로 하지요. 최녕이 마침 집 안에 앉아 있는데 밖에서 웬 사람이

"당신이 최 대조가 사는 곳을 찾으시나 본데, 바로 여깁니다!"

하고 말하는 것이었습니다. 최녕이 아내를 불러내서 보니까 다른 사람이 아니라 바로 장인, 장모였어요. 서로 상봉해서 기쁨에 들떠 한데 어울려 있는데 그 자리에 노부부를 데리러 갔던 사람이 하루 늦게 도착해서

"이러저러해서 찾지 못하고 허탕을 치나 싶었는데 두 어르신이 알아서 여기까지 찾아오셨군요."

하니, 두 노인이

"정말 애썼구먼! 우리는 자네 식구가 건강부에서 지내는 줄도 모르고 한참을 여기저기 찾아 헤매다가 이제야 여기까지 오게 됐다네."

하고 말하는 것이었습니다. 그렇게 해서 네 식구가 함께 살게 된 것은 여러 말을 할 필요도 없었지요.

이제 조정 이야기를 해보도록 합시다. 하루는 보물 완상을 위해 편전(偏殿)으로 행차한 황제가 왕년의 그 옥 관음상을 들고 감상을 하는데 관음상 몸체에 달렸던 옥 방울이 빠져버리고 말았지 뭡니까. 황제께서 바로 곁에서 시중을 들던 관리에게

"도대체 어찌해야 고칠 수 있을꼬?"

하고 물으니, 그 관리가 옥 관음상을 이리저리 살펴보더니만

"멀쩡하던 옥 관음상에서 웬일로 방울이 떨어졌을까요?"

하면서 아래쪽을 보았더니만 밑에 '최녕조(崔寧造)'[15] 세 글자가 새겨 있는 거예요.

"이제 됐습니다. 이것을 만든 사람이 있으니 이자를 불러 고치라고 분부를 내리시면 되겠사옵니다."

하고 아뢰니 황제가 군왕부에 옥장인 최녕을 불러 대령하라는 어명을

---

15) 최녕조(崔寧造): '최녕이 만들다'라는 뜻. 지금도 그렇지만 당시의 장인들은 작품을 완성한 뒤 간단한 서명을 남겼다.

내리는 것이었습니다. 군왕은

"최녕은 죄를 지어 건강부에서 지내고 있사옵니다."

하는 상소를 황제에게 올리고 나서 바로 건강부로 사람을 보내 최녕을 행재로 데려와 머물게 했답니다. 그렇게 해서 최녕에게 황제를 알현하게 하니 황제가 그에게 옥 관음상을 가져다 정성껏 고치라는 어명을 내린 거지요. 최녕이 성은에 감사드리고 나서 똑같은 옥을 한 덩이 구하여 방울을 싸아 붙여서 어전에 진상했더니 파격적인 녹봉으로 최녕을 초치하고 행재에만 머물도록 명하는 것이었습니다. 최녕은

"내가 이제 어전의 총애를 입어 힘이 생겼으니 이제는 청호하(淸湖河)가에 집을 구해 옥 공방을 운영하다가 너희들과 마주친다 해도 하나도 겁나지 않는다!"

하고 말하는 것이었습니다. 그런데 정말 일이 공교롭게도 공방을 열고 이삼 일 지나기가 무섭게 웬 사나이가 밖에서 들어서는데, 왕년의 바로 그 곽 배군이 아니겠습니까! 그는 최 대조를 보자마자

"최 대부, 축하드리오! 임자가 여기서 사는 줄은 몰랐구려."

하면서 고개를 들고 계산대 쪽을 보다가 뜻밖에 최 대조의 아내 수수가 서 있는 것을 발견하고는 기겁을 해서 걸음아 날 살려라 하고 내빼버리지 뭡니까. 그러자 아내 수수가 남편 최녕에게

"저 배군인가 뭔가를 좀 불러주세요. 제가 따질 일이 좀 있습니다."

하는 것이었습니다. 말 그대로,

평소에 인상 찌푸릴 짓만 하지 않는다면,
이 세상에 이를 가는 사람도 없었을 것을……

최 대조가 바로 그를 쫓아가서 잡아 세웠더니 곽 배군은 연신 고개를 가로저으면서

"해괴하구나, 해괴해!"

하고 혼잣말을 중얼거렸지만 별수 없이 최녕과 함께 그 집으로 되돌아갈 수밖에 없었습니다. 집에 도착하자마자 최녕의 아내가

"곽 배군, 전날 좋은 뜻에서 당신을 불러다가 술까지 대접했건만 당신은 뜻밖에도 돌아가자마자 군왕에게 일러바쳐 우리 두 사람의 행복을 망쳐놓았죠. 이제 황제께 총애를 입고 있으니 돌아가서 아무리 고자질을 해도 하나도 겁나지 않아요!"

하고 힐난하는 것이었습니다. 곽 배군은 그녀가 따지고 들어도 할 말이 없어서 그저

"미안하게 됐소이다!"

한마디만 내뱉을 뿐이었지요.

그렇게 작별하고 나서 왕부로 달려온 그는 군왕을 알현하자마자

"귀신이 나타났습니다요!"

하는지라, 군왕이

"이놈이 대체 무슨 소리인가?"

하고 되물었더니, 곽립이

"전하, 귀신이 나타났다굽쇼!"

라고 말하는 게 아니겠습니까. 군왕이

"무슨 귀신이 나타났다는 건가?"

하고 물으니, 곽립은

"방금 청호하 근처를 지나다가 최녕이 운영하는 옥 공방을 발견했사온데, ……그런데 계산대에 앉아 있는 부인네가 글쎄 바로 수수이지 뭡

니까요!"

하고 말하는 것이었습니다. 초조해진 군왕이

"또 헛소리를 하는군! 수수는 내게 맞아죽은 뒤 뒤뜰 화원에 묻히지 않았더냐! 자네도 똑똑히 본 일인데, 어떻게 그곳에 나타날 리가 있단 말인가! 지금 나를 놀리는 게냐?"

하고 말하니 곽립이

"선하, 쇤네가 전하께 어찌 감히 그런 짓을 할 수 있겠나이까! 방금 이 곽립을 불러 세우고 한바탕 따지기까지 하던뎁쇼. 전하께서 정히 믿지 못하시겠다면 군령장[16]이라도 쓰겠나이다."

하는 것을, 군왕도

"정말 나타났다고 장담한다면 군령장을 쓰게나!"

하면서 내버려두었고, 이 사내는 어지간히도 재수가 없었는지 정말 군령장을 쓰고 말았습니다. 군왕은 그것을 받고 나서 당직을 선 가마꾼 둘을 불러 가마를 메게 하더니

"그 계집을 잡아 오너라. 만약 정말 있다면 끌고 와서 단칼에 베어버릴 것이요, 만약 없다면…… 곽립아, 네가 그 계집 대신 단칼에 요절이 날 것이다!"

하고 이르는 것이었습니다. 곽립이 두 가마꾼과 함께 수수를 데리러 가는데, 말 그대로,

---

16) 군령장(軍令狀): 옛날 군대에서 전쟁을 수행할 때 군사를 통솔하는 최고 통수권자가 출전하는 장수들에게서 받던 각서의 일종. 명령을 받은 장수가 자신에게 내려진 임무를 완수하지 못하면 군법에 따라 응분의 처벌을 받겠다는 서약을 주된 내용을 하는 것이 보통이었다.

보리 이삭은 두 가닥으로 자라기에,

농부님네조차도 분간하기 어렵다네.[17]

곽립은 관서 사람이어서 그런지 심성이 어지간히도 고지식했나 봅니다. 어떻게 군령장을 아무 생각도 없이 무턱대고 써준단 말입니까?

세 사람이 그길로 최녕의 집에 당도해서 보니, 수수는 여전히 계산대에 앉아 있었습니다. 곽 배군이 이처럼 황급하게 들이닥치는 모습을 보면서도, 수수는 그가 군령장을 쓰면서까지 자신을 잡으러 온 줄은 몰랐을 겁니다. 곽 배군이

"새댁, 군왕께서 자네를 잡아들이라는 명령을 내리셨네."

하니까 수수는

"그러시다면 다들 잠시만 기다려주세요. 몸단장이라도 하고 나서 갈 테니……"

하고는 바로 들어가서 세수를 하고 머리를 빗은 뒤 옷을 갈아입고 나와 가마에 타는 것이었습니다. 그녀가 남편에게 집안일을 당부하고 나자 가마꾼 둘이 가마를 메고 출발했지요. 얼마 뒤 왕부 앞에 당도해서 곽립이 먼저 들어갔더니 마침 군왕이 대청에서 이들을 기다리고 있지 뭡니까. 곽립이 큰 소리로 예를 갖추고

"수수 양낭을 잡아 대령했나이다!"

하고 고하니, 군왕이

"계집을 들라 이르라!"

---

17) 보리 이삭~ 어렵다네: 보리는 한 가지에 이삭이 하나씩 맺히지만 가지 끝이 갈라지면서 이삭이 둘로 나뉘는 경우에는 농부도 제대로 구별하지 못한다고 한다. 이 이야기에서는 수수가 귀신인지 사람인지 실체를 분간하기 어렵다는 뜻으로 언급되었다.

하고 이르는지라 곽립이 나와서

"새댁, 군왕께서 자네를 들이라고 분부하셨네."

하면서 발을 들어 올리고 쳐다보다가 금세 몸에 물벼락이라도 맞은 것처럼 입을 떡 벌린 채로 다물 줄을 모르는 것이었습니다. 가마 안에 있던 수수 양낭이 사라지고 없지 뭡니까! 가마꾼 둘한테 따져 물어봐도

"쇤네들은 모릅지요. 그저 새댁이 가마를 타는 걸 확인하고 여기까지 메고 왔을 뿐인걸요. 그렇다고 가마를 되돌리지도 않았지 않습니까?"

하는 겁니다. 곽립이 두 사람을 부르더니 같이 왕부로 들어와서

"전하, 정말 귀신이 나타났나 봅니다요!"

하니 군왕은

"도대체 더는 못 참겠구나! 이놈을 잡아놓도록 하라. 내가 군령장을 갖고 와서 단칼에 베어버리고 말 테다! 먼저 '소청'을 가지고 오렷다!"

하고 노발대발하는 것이었습니다. 곽립은 그동안 줄곧 군왕을 모셔 왔던 터인지라 관리가 될 기회가 십수 차례 넘게 있었지만 원체 무지막지해서 시킬 것이라고는 배군밖에 없는 자였습니다. 그랬던 이 사내가 당황해서

"가마꾼 둘이 증인이 될 수 있을 테니 부르셔서 하문하소서."

하는지라 바로 가마꾼을 불렀더니

"그녀가 가마를 타는 것을 확인하고 여기까지 메고 왔는데 사라져버 렸습니다요."

하면서 똑같은 말을 하는 게 아닙니까. 군왕은 정말 귀신이 나타났다 면 최녕을 불러서 추궁하는 수밖에 없다 싶었던지 당장 사람을 시켜 최녕 을 왕부로 불러들였지요. 최녕이 자초지종을 다 고하고 나자 군왕은

"그렇다면 최녕과는 무관한 일이니 일단 그를 풀어주어라."

하고 말하더니, 최녕이 절을 하고 물러가자 다급해진 나머지 곽립의 등에 쉰 대나 매를 퍼붓는 것이었습니다.

최녕은 최녕대로 아내가 귀신이라는 말을 듣고 귀가하기가 무섭게 장인, 장모에게 꼬치꼬치 캐물었지요. 그랬더니 두 노인은 서로 멀뚱멀뚱 얼굴을 마주보더니만 문밖으로 걸어 나가 청호하 물로 풍덩 하고 뛰어드는 것이 아닙니까! 사람 살리라고 고함을 치면서 두 사람을 건져 올리려고 애를 썼지만 시신은 이미 어디에도 보이지 않았지요. 그런데 나중에 알고 보니 애초에 군왕이 수수를 때려 죽였을 때 두 노인도 그 소식을 듣자마자 바로 강물로 뛰어들어 자살해버렸다는 겁니다. 이 두 사람도 사실은 귀신이었던 거지요. 다시 집으로 돌아온 최녕이 얼이 나가서 방으로 들어갔더니 아내 수수가 침대에 앉아 있는 것이었습니다.

"여보, 내 목숨만은 살려주시오!"

최녕이 이렇게 말하자, 수수는

"저는 당신 때문에 군왕에게 맞아 죽고 나서 뒤뜰 화원에 묻히면서도 곽 배군이 고자질한 것을 분하게 여겼습니다. 군왕이 그놈에게 쉰 대나 되는 매를 내렸다니 드디어 오늘에야 그 원한을 갚은 셈입니다. 제가 귀신이라는 사실을 남들이 다 알아버렸으니 이제는 이 몸을 둘 곳조차 없어지고 말았군요."

말을 마친 그녀는 일어나서 두 손으로 최녕을 붙잡았습니다. 그 순간 최녕은 외마디 비명을 지르면서 갑자기 픽 고꾸라져버리는 것이었습니다. 이웃들이 몰려와서 보니까,

두 팔의 맥이 모두 끊어져버리고,
한 목숨 벌써 황천으로 떠났구나.

　이렇게 해서 최녕까지 붙잡혔으니 장인, 장모까지 네 식구가 다 같이 귀신 신세가 되어버리고 만 셈이지요. 나중에 후세 사람들은 이 사건을 제법 그럴듯하게 다음과 같이 평했다고 합니다.

　함안군왕은 불같은 성미를 참지 못하고,
　곽 배군은 쓸데없는 고자질 참지 못했지.
　거씨네 수수는 산 남편을 포기하지 못하고,
　최 대조는 귀신 아내로부터 벗어날 수 없었다네.

보살만

菩薩蠻

화자는 칠언절구(七言絶句)를 '입화'로 삼아 도입부를 간단하게 장식한 뒤 바로 본론으로 들어가 진가상(陳可常)이라는 선비의 이야기를 들려준다. 과거 시험에서 연거푸 세 번이나 낙방한 진가상은 인생에 환멸을 느끼고 항주 영은사(靈隱寺)에 몸을 의탁한다. 그렇게 수도생활에 전념하던 그는 어느 해 단오절(端午節) 승려들의 공양을 위해 영은사를 방문한 오칠군왕(吳七郡王) 앞에서 「보살만(菩薩蠻)」을 지어 글재주를 인정받고 군왕부의 문승(門僧)으로 발탁된다. 다음 단오절 군왕은 진가상을 불러 「보살만」을 짓게 하고 자신이 총애하는 가희 신하(新荷)에게 그 가락에 맞추어 춤을 추게 한다. 이듬해 단오절 군왕은 진가상과 신하를 부르지만 두 사람은 병을 이유로 모습을 드러내지 않는다. 얼마 후 오부인을 통해 신하의 임신 사실을 안 군왕은 그녀를 매질하고 신하는 불륜관계에 있던 집사 전원(錢原)의 사주로 진가상과 정을 통했다고 실토한다. 나중에 인 장로의 중재와 신하의 고백으로 진상이 밝혀지지만 그동안 온갖 고초를 다 겪은 진가상은 목욕재계한 뒤 「사세송(辭世頌)」을 남기고 입적한다. 나중에 그의 입적 소식을 들은 사람들이 다비식 현장에 모이자 진가상은 그들 앞에 현신하여 자신의 전생이 석가모니의 제자 오백나한 중 하나인 '상환희존자(常歡喜尊者)'였음을 밝힌 뒤 승천한다.

京本通俗小說第十一卷

菩薩蠻

利名門路兩無憑　百岁风前短焰灯

只恐爲僧僧不了　爲僧凡了尽輸僧

话说大宋高宗绍兴年间温州府乐清县有一秀才姓陈名义字可常年方二十四岁生得眉目清秀聪明无比不读无史不通绍兴年间三举不第就于临安府众安桥命铺筭看本身造化那先生言命有华盖却无官星只好出家陈秀才口小听得母亲说生下它时梦见一

이익과 명예 이 두 길은 기댈 바가 못 되나니,

백년 세월 바람 앞에서 불꽃 다 꺼져가는 등불과도 같단다.

중 노릇 제대로 못할까 걱정이다마는,

제대로 해낼 수만 있다면야 최선을 다해야지.

　대송(大宋)의 고종(高宗) 소흥(紹興) 연간에 있었던 이야기를 해보도록
하겠습니다. 온주부(溫州府) 악청현(樂清縣)에 수재[1]가 한 사람 살고 있었습
니다. 성은 진(陳), 이름은 의(義), 자는 가상(可常)인데 나이는 스물네 살
이었습니다. 이목도 수려한 데다가 총명해서 읽지 않은 책이 없고 모르는
역사가 없을 정도였는데, 소흥 연간에 과거에 세 번이나 응시했지만 번번

---

1) 수재(秀才): 원래는 재능이 우수한 선비를 가리키는 말로, 『예기(禮記)』에 언급된 '수사
　(秀士)'처럼 일종의 범칭으로 사용되었다. '수재'는 한대(漢代) 이래로 인재를 발탁하는 절
　차였으며, 당대(唐代)에도 과거시험 과목의 하나였다가 나중에 폐지되었다. 당대의 제도
　를 계승한 송대에는 과거시험에 합격한 사람을 '수재'로 불렀으며, 나중에는 급제 여부와
　상관없이 선비들에 대한 통칭으로 사용되기도 했다.

이 낙방을 하지 뭡니까. 그래서 임안부(臨安府) 중안교(衆安橋)에 있는 점집으로 가서 자기 운세를 맞춰보았더니, 그 집 점쟁이가

　"팔자에 화개[2]운은 있는데 관운이 없으니 출가나 하는 수밖에 없겠소."

　하는 게 아닙니까! 진 수재는 어려서부터 어머니가 자신을 낳을 때 금빛 나한[3]이 품속으로 뛰어드는 태몽을 꾸었다는 이야기를 들어왔던 터인지라, 이번에 입신양명의 꿈이 좌절된 판에 점쟁이의 이 말까지 듣자 울화가 치밀어 올랐지요. 여관으로 돌아와 하룻밤을 잔 그는 일찍 일어나 숙박비를 치르고 사람을 사서 짐을 메게 한 다음 바로 영은사[4]로 가서 인철우(印鐵牛) 장로(長老)에게 의탁하여 행자[5]가 되었습니다. 이 장로는 경전에 두루 통달해 있었고 그 밑으로는 '갑(甲)·을(乙)·병(丙)·정(丁)·무(戊)·기(己)·경(庚)·신(辛)·임(壬)·계(癸)'로 불리는 열 명의 시자[6]가 있었는데, 모두가 책을 읽을 줄 알고 총명했지요. 진가상은 그런 장로 밑에서 둘째 시자로 지내게 되었던 겁니다.

---

2) 화개(華蓋): 자미원(紫微垣)에 속한 별 이름. 중국 점성술에서는 전통적으로 이 별을 범한 팔자를 가지고 태어난 사람은 매사에 문제가 생겨 뜻을 펼 수 없다고 여겼다.

3) 나한(羅漢): 아라한(阿羅漢)의 약칭. 산스크리트어 '아르핫Arhat'을 음역한 말로, 불교에서는 석가모니를 수행하면서 해탈을 얻은 5백 명의 제자를 '오백 나한(五百羅漢)'으로 부른다. 여기서 '금빛 나한'은 그 오백 나한 중 하나인 상환희존자(常歡喜尊者)를 가리킨다.

4) 영은사(靈隱寺): 1천6백여 년의 역사를 가진 항주 최고의 명찰. 동진(東晋) 함화(咸和) 원년(326)에 인도 승려 혜리(慧理)가 항주의 빼어난 산수를 보고 신선의 정기가 깃들어 있다고 여겨 절을 짓고 '영은(靈隱)'이라고 이름을 지었다고 한다. 북송대에는 강남지역의 여러 사찰 중에서 웅대한 기상을 가진 이 절이 '선불교 5대 명산[禪院五山]'의 으뜸으로 손꼽혔다.

5) 행자(行者): 불교 용어. 출가한 몸으로 삭발하고 정식으로 승려가 되기 전에 절에서 기거하면서 주지승의 시중을 들거나 잡일을 하는 불교 신자를 말한다.

6) 시자(侍者): 일반적으로 윗사람을 수행하며 시중을 드는 사람을 가리키는데, 불가에서는 사찰의 주지승인 장로(長老)의 시중을 드는 승려를 가리킨다.

소흥 11년, 고종 황제의 외숙인 오칠군왕[7]은 당시 5월 초나흘을 맞아 왕부(王府)에서 종자[8] 떡을 빚게 했는데, 그 자리에서 도관[9]에게 바로 왕명을 내리고

"내일은 영은사로 가서 스님들에게 공양을 올릴 작정이니, 공양 음식을 잘 장만하도록 하게."

하고 분부하는 것이었습니다. 도관은 왕명을 받들어 그길로 소요 경비를 받아 물품을 구입하고 준비를 완벽하게 마쳤지요. 이튿날, 아침밥을 먹은 군왕은 물품을 점검한 뒤 가마에 올라 도관·간판[10]·우후[11]·압번[12]

---

7) 오칠군왕(吳七郡王): 고종 조구(趙構)의 황후 오(吳)씨의 오라비. 다만, 조구의 모친은 성이 위(韋)씨이고 그가 재취한 황후의 성이 오씨이므로, 여기에서 말하는 외숙은 처남이거나 효종(孝宗) 조춘(趙春)의 외숙이어야 옳다. 오씨 가문에서 군왕으로 책봉된 사람이 오익(吳益)·오개(吳蓋) 형제임을 감안하면 '오칠군왕'은 당시 금나라와의 화친을 주장하던 주화파의 거두 진회(秦檜)의 손녀사위 오익을 가리키는 것으로 보인다.

8) 종자(粽子): 단오절에 먹는 중국의 전통 음식. '각이 진 기장떡'이라는 의미에서 '각수(角黍)'로 부르기도 했다. 전설에 따르면, 기원전 3세기 초(楚)나라의 충신이던 굴원은 외적의 침략으로 조국이 멸망의 위기에 처하자 울분을 참지 못하고 5월 5일 강에 투신자살했다고 한다. 이때부터 사람들은 음력 5월 5일을 굴원을 기념하는 명절로 정하고, 해마다 이날이 되면 대나무 통에 찹쌀을 담아 강에 던져 넣어 그의 넋을 달랬다. 종자는 일반적으로 참대 잎이나 갈대 잎으로 찹쌀을 싼 뒤 끈으로 원추형, 베개형 등 여러 가지 모양으로 묶어서 찌거나 삶아 먹는다. 종자의 재료나 제작법은 지역에 따라 달라서, 북방에서는 주로 대추나 말린 과일을 쓰는 반면 강남지방을 중심으로 하는 남방에서는 주로 팥, 밤, 대추, 고기 등 다양한 재료를 쓴다. 단오절 전야에는 집집마다 종자를 만들어 가마에 찌는 것으로 명절 준비를 했다고 한다.

9) 도관(都管): 집안의 사무를 돌보는 하인의 우두머리 집사.

10) 간판(幹辦): 대갓집에서 수요물품을 구매·조달하거나 상전의 시중을 들고 심부름을 전담하는 하인으로, 87쪽에 등장하는 전원(錢原)의 경우처럼 때로는 간판이 '도관'으로 존칭되기도 했다.

11) 우후(虞候): 송대의 금군(禁軍)에서 사병보다 약간 높은 계급인 소교(小校)를 이르던 말. 송대에는 고급 문무 관원들이 이른바 '수신(隨身)' '겸인(傔人)'으로 일컬어지는 하인을 두었으며, 무장이나 군대를 관리하는 관원은 우후 일급에 해당하는 소교를 시종으로 거느렸다고 한다.

12) 압번(押番): 송대 금군에서 병졸보다 한 계급 높은 군사를 이르는 말로, 정식 명칭은 '압

등의 수행원들을 거느리고 전당문(錢塘門)을 나서서 석함교(石涵橋)·대불두 (大佛頭)를 거쳐 그길로 서산(西山)의 영은사에 당도했답니다. 그런 다음 먼저 명함을 가지고 가서 알리니 장로가 승려들을 인솔해 종을 울리고 북을 치면서 군왕을 영접한 뒤, 불전에 올라 분향을 하게 하고 방장[13]으로 안내하여 앉게 하는 것이었습니다. 장로가 승려들과 함께 절을 올리고 차를 대접한 뒤 양쪽으로 도열하자 군왕은

"해마다 5월 5일[14]에는 절을 찾아 스님들에게 공양을 올리고 종자를 드리는 것이 법도이니 관례에 따라 오늘 보시를 하고자 합니다."

하니, 원공[15]이 공양할 음식을 지고 와서 불전에 바친 뒤 큰 쟁반에 종자를 담아 방마다 골고루 나누어주는 것이었습니다. 그사이에 군왕은 복도를 한가하게 거닐다가 벽에 시 네 구절이 적혀 있는 것을 발견했지요.

관(押官)'이다. 압번의 '번(番)'은 교대로 당직을 선다는 '반(班)'의 의미를 담고 있는데, 오늘날의 경비대의 당직 반장에 해당한다.

13) 방장(方丈): 불교 용어. 원래는 도교에서 사용하던 호칭으로, 불교가 중국에 전래된 뒤 이 용어를 차용하기 시작했다. 도교에서는 "사람의 마음은 한 마디이며 하늘의 마음은 한 길(人心方寸, 天心方丈)"이라 하여, 시방총림(十方叢林)의 최고 영도자를 일컫는 말로, 때로는 '주지(住持)'로 불리기도 했다. 나중에 불교에서는 선종 사찰의 장로 또는 주지가 기거하는 공간을 일컫는 말로 사용되었으며, 때로는 그 공간의 주인, 즉 장로나 주지를 가리키기도 했다.

14) 5월 5일: 중국에서 춘절(春節), 추석(秋夕)과 함께 '중국의 3대 명절'로 일컬어지는 단오 (端午). 단오의 '단(端)'은 처음을, '오(午)'는 다섯을 뜻하므로 단오는 '초닷새(음력 5월 5일)'라는 의미가 된다. 예로부터 월과 일이 모두 홀수이면서 같은 숫자가 되는 날은 생기가 넘치므로 좋은 날이라 생각하여 대개 명절로 정하고 이날을 즐겨왔다. '다섯[五]'은 '오(午)'와 통하고, 또 양수(陽數)이기도 해서, '단오(端五)·단양(端陽)·중천(中天)· 오일(午日)' 등으로, 또 '다섯'이 겹치는 날이라 하여 '중오(重五)·중오(重午)' 등으로, 때로는 지방에 따라서는 '오월절(五月節)·애절(艾節)·하절(夏節)' 등으로 불리기도 한다. 단오의 기원에 대해서는 여러 가지 설이 있지만, 가장 널리 알려진 것은 초(楚)나라의 정치가이자 시인으로 조국이 적들에게 함락된 사실을 알고 5월 5일에 멱라강(汨羅江)에 몸을 던져 자살한 굴원의 넋을 기리기 위해 만들었다는 설이다.

15) 원공(院公): 나이가 많고 경험이 풍부한 하인.

제(齊)나라에서는 맹상군[16]이라는 인물이 태어났었고,

진(晉)나라에서는 왕진오[17] 역시 고귀하고도 대단했지.

오행[18]에서 하필이면 나만 불행한 팔자를 만났다니,

점성가를 찾아가 시비를 따져볼까 하노라.

군왕이 시를 보고는

"이 시에는 원망하는 마음이 깃들어 있군. 누가 지었을꼬?"

하면서 방장으로 돌아오니 장로가 연회를 마련해서 군왕을 대접하는 것이었습니다. 군왕이

"장로 스님, 이 절에서 누가 시를 멋들어지게 지을 줄 아오?"

하고 물으니 장로는

"마마, 저희 절에는 수행승이 많아서 제 밑으로 갑·을·병·정·무·기·경·신·임·계, 열 명의 시자가 있사온데, 다들 시 짓는 데 능하옵니

---

16) 맹상군(孟嘗君): 전국시대 제(齊)나라의 정치가. 위왕(威王)의 막내아들로, 당시 1천여 명이 시객을 거느리고 권세를 자랑하여, 위(魏)나라의 신릉군(信陵君), 조(趙)나라의 평원군(平原君), 초(楚)나라의 춘신군(春申君)과 함께 전국시대 말기의 '4군(四君)' 중 한 사람으로 꼽힌다. 진(秦)나라 소양왕(昭襄王)의 초빙으로 진나라에 갔다가 죽음을 당할 위기에 처하자 닭과 개 흉내를 내는 식객들의 도움으로 탈출에 성공하여 '계명구도(鷄鳴狗盜)'라는 고사를 남겼다. 제나라와 위나라에서 각각 잠시 동안 재상을 지냈으며, 민왕(湣王)이 죽자 자립하여 제후가 되었다.

17) 왕진오(王鎭惡): 동진(東晉)의 명장. 전진(前秦)의 승상 왕맹(王猛)의 손자로 숙부를 따라 동진에 귀순했다. 병서를 즐겨 읽고 지략이 출중하여 당시의 실력자 유유(劉裕)가 진무장군(振武將軍)과 용양장군(龍驤將軍)으로 중용했는데 후진(後秦)과의 전쟁에서 혁혁한 전공을 세워 정로장군(征虜將軍)이라는 칭호를 받았다. 훗날 반대파와의 갈등으로 중병참군(中兵參軍) 심전자(沈田子)에게 죽음을 당했다.

18) 오행(五行): 우주를 운행하는 금(金)·목(木)·수(水)·화(火)·토(土)의 다섯 원소. 만물은 바로 이 오행의 상생(相生)과 상극(相剋)에 의해 생성과 소멸을 거듭한다고 한다.

다."

하고 고했습니다. 군왕이

"불러주시오."

하고 이르자, 장로는

"마마, 지금은 둘만 경내에 있사옵고 나머지 여덟은 여러 마을에 설법을 하러 나갔나이다."

하면서 갑과 을 두 시자를 군왕 앞으로 불렀습니다. 군왕이 갑을 불러

"시 한 수만 지어볼 수 있겠는가?"

하기에 갑이 제목을 정해줄 것을 부탁하니 군왕이 종자를 제목으로 정해주는 것이었습니다. 갑은 이렇게 시를 지었지요.

네 모서리 뾰족하게 풀에 허리가 묶여,
펄펄 끓는 솥 안에서 한번 놀고 왔구나.
만약 당(唐)나라 삼장(三藏)법사를 마주치기라도 하면,
가져다가 알몸으로 홀라당 벗겨 먹으려 들겠지.

군왕은 다 듣고 나서 크게 웃으면서

"좋은 시야. 그런데…… 문재(文才)는 좀 부족하구만."

하더니, 이번에는 을을 불러 시를 짓게 했습니다. 을이 합장을 하면서 제목을 부탁하니 이번에도 종자를 제목으로 삼으라 하는지라 이렇게 시를 짓는 것이었습니다.

향긋한 종자로 해마다 굴원에게 제사드리고,
스님께 공양드리며 오늘도 좋은 인연을 맺는구나.

온 방 안 사람 다 공양드리려면 얼마나 필요할까?

사는 것과 죽는 것은 어느 쪽이 먼저일까?

군왕은 다 듣고 몹시 기뻐하면서

"대단하군!"

하고 감탄을 하더니 을에게

"복노 먹의 시는 그대가 지은 것인가?"

하고 물었습니다. 을이

"마마, 소생이 지은 것이옵니다."

하고 고하자, 군왕은

"그대가 지었다니 내가 이해할 수 있도록 풀이를 좀 해주게."

하고 말하는 것이었습니다. 을이

"제나라에 맹상군이라는 사람이 식객(食客)을 3천 명이나 거느렸는데, 5월 5일 오(午)시에 태어났다고 합니다. 또 진나라에는 왕진오라는 대장군이 있었는데, 이 사람도 5월 5일 오시에 태어났답니다. 소생 역시 5월 5일 오시에 태어났건만 이 같은 시련을 겪고 있느지라 시를 지어 신세 한탄을 한 것이옵니다."

하고 고해서 군왕이

"그대는 어느 지방 출신인가?"

하고 물으니 을은

"소생은 온주부 악청현 출신으로 성은 진, 이름은 의, 자는 가상이라 하옵니다."

하고 대답하는 것이었습니다. 군왕은 을이 말씨가 카랑카랑하고 재능도 출중한 것을 보자 그를 발탁하고 싶어졌습니다. 그래서 그날로 압번을 임안부 승록사[19]에 파견하여 도첩[20] 하나를 부탁한 뒤 을을 삭발시켜 정식으로 출가시키고, 그의 자인 '가상'을 법명으로 붙여 바로 군왕부의 문승[21]으로 삼았답니다. 군왕이 날이 저물어서야 왕부로 돌아온 것은 말할 나위도 없지요.

세월은 화살과도 같아서 어느 사이에 벌써 한 해가 지나 다시 5월 5일이 왔습니다. 군왕은 또 영은사로 공양을 하러 갔는데 장로가 가상과 여러 승려들을 인솔하여 방장으로 안내한 뒤 공양을 갖추어 군왕을 환대하는 것이었습니다. 군왕이 앉은 자리에서 가상을 앞으로 불러

"가사를 한 편 지어보게. 자네 이야기를 듣고 싶군."

하고 말하니, 가상이 합장을 한 뒤 「보살만(菩薩蠻)」 가사를 읊기 시작하는 것이었습니다.

내 인생이 바로 이날 때문에 망가지더니만,

---

19) 승록사(僧錄司): 불교 사찰 및 승려 관련 사무를 전담하던 국가기관. 역사적으로 도성에는 승록사를 두고 각 부(府)·주(州)·현(縣)에는 각각 승강(僧綱)·승성(僧正)·승회(僧會) 등의 하부기관들을 두었다고 한다. 이 같은 불교 사무 관련 기관들은 명대에서 비롯되었다고 전해지는데, 송대에 승려가 '좌가 부승록(左街副僧錄)'에 충원되었다는 기록이 있는 것으로 볼 때 당시에도 각급 지방 행정기관에 이미 이와 유사한 전문기관이 존재했던 것으로 보인다.
20) 도첩(度牒): 승려임을 증명하는 일종의 신분증명서. 승려에게 의무적으로 도첩을 소지하도록 규정한 이 제도는 남북조시대에 처음 시행되었으며 당대에 이르러 제도화되었다. 일반적으로 당사자의 본관, 속명, 연령, 소속 사찰, 사부의 성명 등이 기입되었는데, 이를 소지하면 세금과 국역이 면제되는 것은 물론 재산도 보호받을 수 있었기 때문에 권세가들이 국법을 위반하면서까지 도첩을 매매하거나 위조하여 이익을 얻는 일이 많았다.
21) 문승(門僧): 권세가가 개인적으로 후원하고 보호하는 승려. 송대에는 승려가 되려면 도첩이 있어야 했는데, 이를 취득하는 과정에서 상당한 경비를 들이거나 권세가의 소개를 거쳐야 했다. 『수호전(水滸傳)』에서도 조원외(趙員外)가 노달(魯達)을 출가시키는 대목을 통해 당시의 출가 절차 및 통치자와 종교인의 관계를 엿볼 수 있다.

오늘은 거꾸로 내 인생을 보상해주었구나.

중오절(重午節)은 해마다 돌아오고,

스님 공양은 오로지 이때만 기다린단다.

주인님 은혜가 크고 깊어,

두 해 동안 은혜를 입었으니,

청정히게 스님으로 지내면서,

여유롭게 이 인생을 보내리라.

군왕은 아주 기분이 좋아져서 술을 실컷 마셨습니다. 그러고는 돌아올 때 가상을 데려와서 양국부인[22]에게 보이면서

"이 스님은 온주 출신으로 성이 진, 이름이 의라고 하오. 과거에 세 번 응시했다가 다 낙방하자 속세를 버리고 출가해서 지금까지 영은사에서 시자로 있었다오. 시를 참 잘 짓기에 삭발시켜 문승으로 삼은 뒤 가상이라는 법명을 붙여주었소. 이제 한 해가 지나서 오늘 왕부로 데려와 부인에게 인사를 시키는 것이오."

하고 설명해주는 것이었습니다. 부인이 그 말을 듣고 몹시 기뻐한 것은 물론이고 총명하면서도 소박한 가상의 모습을 보고 온 집안사람들이 다 그에게 호감을 갖게 되었지요. 군왕은 부인에게 종자를 까주다가 그중한 개를 가상에게 건네더니 종자를 노래하는 가사를 짓되 이번에도 「보살만」 가락에 맞출 것을 주문했습니다. 그러자 가상은 합장을 한 뒤 지필묵

---

22) 양국부인(兩國夫人) : 송대에 '삼사(三師)'와 '삼공(三公)'의 부인은 모두 '국부인(國夫人)'으로 책봉했다. 오익은 처음에는 벼슬이 태위(太尉)였다가 나중에 태사(太師)를 겸했기 때문에 그의 부인도 두 개의 국부인 칭호를 가져야 한다 하여 '양국부인'으로 불렸다.

을 요청하여 가사를 써 내리는 것이었습니다.

싸개 속 향긋한 기장은 각이 져 있는데,
색실을 잘라다 열십자로 묶었구나.
술잔에 창포 넘실거리는[23] 때는,
해마다 오월 초로구나.

주인님 은혜가 크고 깊어,
경치 마주한 채 은총을 입는구나.
언제 산사에 놀러가는고?
해바라기며 쑥이 서너 송이 꽃피울 때란다!

군왕이 이것을 보고 몹시 기뻐하면서 왕명을 내려 신하(新荷)를 불러
내더니 가상의 이 가사를 노래로 부르게 했습니다. 신하는 눈썹이 실고
눈도 가는 데다 얼굴은 하얗고 입술은 붉으며 몸놀림이 가벼웠지요. 그녀
가 상아 박판을 들고 연회 자리에 서서 구성진 목소리로 노래를 부르기
시작하자 사람들이 저마다 갈채를 보내는 것이었습니다. 군왕이 이번에는
가상에게 신하를 다룬 가사를 짓되 역시 「보살만」 가락에 맞추어 짓게 했
더니, 가상이 붓을 잡자마자 거침없이 써 내려가기 시작하는데, 그 내용
이 이러했습니다.

---

23) 술잔에~ 넘실거리는: 창포 잎을 넣어 담근 창포주(菖蒲酒)를 말한다. 중국에서는 옛날
부터 재앙을 피하고 질병을 퇴치하기 위해 단오절이 되면 집집마다 문 앞에 쑥과 창포를
걸어놓거나 창포주를 마셨다고 한다.

타고난 자태에 허리도 가는데,

새로운 노래 다 부르도록 노랫소리 시원도 하다.

온 노래에 아름다움과 경이로움이 넘쳐,

먼지까지 일어 풀풀 흩날리게 만드는구나.

주인님 은혜가 크고 깊어,

연회 자리에 화사하게 단장한 미인을 선보이시네.

'새 연꽃'[24]을 감상하려 했더니,

시간이 얼마 남지 않았구나!

군왕은 더더욱 기뻐하면서 날이 저물어서야 연회를 마치고 가상을 절로 돌려보냈습니다.

이듬해 5월 5일에 군왕이 또 승려 공양을 위해 영은사로 가려고 채비를 했습니다. 그런데 뜻밖에도 큰 비가 퍼붓자 이번에는 가지 않기로 하고 원공(院公)에게

"자네가 직접 가서 스님들에게 공양을 나누어드린 뒤 바로 가상에게 왕부로 들라 이르게."

하고 분부했습니다. 원공이 왕명을 받들어 영은사로 가서 공양을 올리고 장로에게

"군왕께옵서 가상과 같이 왕부로 들어오라고 하셨습니다."

했더니 장로가

"요즘 가상이 마음의 병을 앓느라 도통 승방에서 나오지를 않는구려.

---

24) 새 연꽃: 원래는 오칠군왕의 가희(歌姬) 신하(新荷)의 이름이지만 이 가사에서는 그 이름을 글자 그대로 풀이하여 '방금 피어난 연꽃'이라는 중의적인 의미를 담고 있다.

같이 잘 있는지 보러 갑시다."

하고 말하기에 장로와 함께 가상의 방으로 갔더니 가상은 침대에서 잠을 자다가 원공에게

"마마께 고해주십시오. 소승은 마음의 병을 앓는 중이어서 갈 수가 없소이다. 서찰이 있사오니 그것이라도 대신 전해드리기 바랍니다."

하고 당부하는 것이었습니다. 원공이 그 말을 듣고 서찰을 지니고 왕부로 돌아오니 군왕이

"가상은 어째서 같이 오지 않았는가?"

하고 묻는지라 원공이

"마마, 가상이 며칠 동안 마음의 병을 앓느라 올 수가 없다면서 쇤네더러 이 서찰을 전해드리라고 직접 밀봉해주더이다."

하고 고하니 군왕이 뜯어서 보는데 「보살만」 가사가 적혀 있는 것이 아니겠습니까.

작년에는 함께 창포 술을 마셨건만
금년에는 외롭게 승방만 지키고 있구나
좋은 일에는 시련도 더 많은 법이라더니
사람이 도저히 어쩔 재간이 없구나!

주인님 은혜가 크고 깊지만
내 마음속 아픔을 아시려나?
'새 연꽃' 보고 싶은 마음은 간절하건만
이 병이 언제나 나을는지……

군왕이 즉시 신하를 불러내어 이 가사를 노래로 부르게 하려 하는데 집사의 아내가

"마마, 근래에 신하는 눈썹이 처지고 눈초리가 흐리멍덩해지는가 하면 젖이 커지고 배가 불러와서 나올 수가 없습니다."

하고 고하는 것이 아니겠습니까!

군왕이 화를 버럭 내면서 신하를 오부인(五夫人)에게 넘겨 문초하게 했습니다. 그랬더니 신하가

"소녀가 가상과 정을 통해 임신을 했사옵니다."

하고 자백하는지라 오부인이 문초 결과를 군왕에게 그대로 보고했답니다. 군왕은 크게 화를 내면서

"이 중놈의 가사에 번번이 '새 연꽃' 감상 운운하는 구절이 들어갈 때부터 짐작은 하고 있었다마는 앓는다는 것이 마음의 병이 아니라 상사병이었더냐! 오늘도 놈이 켕기는 구석이 있으니까 감히 왕부에 올 엄두를 못 낸 게지!"

하더니 사람을 보내 임안부에 왕명을 전하고, 영은사에 관원을 파견하여 가상 스님을 체포하게 하는 것이었습니다. 임안부에서는 관원을 영은사 인(印) 장로의 처소로 파견하여 가상의 신병을 인도할 것을 요구했고, 장로는 들이닥친 관원에게 술과 음식을 차려주고 돈까지 좀 쥐여줄 수밖에 없었지요. 시쳇말에

"관가의 법도는 화로와도 같으니 어느 누가 용서하려 하겠는가?"

라는 말도 있지 않습니까? 가상은 더 이상 병 핑계를 댈 수 없게 되자 억지로 몸을 추스르고 일어날 수밖에 없었지요. 관원을 따라 임안부

관아로 가서 무릎을 꿇고 앉으니, 부윤(府尹)이 등청을 하는데

둥둥 하고 북소리가 울리자,
관원들 양쪽으로 줄지어 서네.
생사를 판결하는 염라대왕의 법정인가?
넋을 끌어내는 동악의 심판대[25]인가?

가상을 데려다 놓고

"군왕께옵서 출가한 몸인 네놈에게 그토록 큰 은혜를 베푸셨건만 어쩌자고 이처럼 파렴치한 짓을 저질렀단 말이냐! 어서 자백하렷다!"

하고 심문을 하니 가상은

"절대로 그런 일은 없었습니다."

하는 것이 아닙니까. 부윤이 해명조차 듣지 않고 바로

"여봐라, 끌어내어 매우 치렷다!"

하고 명령을 내리자 좌우에 섰던 관원들이 다짜고짜 가상을 끌어다 엎어놓고 살이 터져 선혈이 낭자해질 때까지 곤장을 치는지라 결국 가상도

"말씀대로 소승이 신하와 정을 통했사옵니다. 한순간 생각이 부족했던 탓입니다. 지금 자백한 내용은 모두 사실이옵니다!"

하고 자백하고 말았습니다. 이번에는 신하를 문초했는데 그녀도 똑같

---

25) 동악(東岳)의 심판대: 중국 도교에서는 사람이 죽으면 그 넋이 산동성 곡부에 있는 태산(泰山), 즉 '동악(東岳)'으로 돌아간다고 믿고 이 산의 신인 동악대제(東岳大帝)를 지하세계의 주인으로 섬겼다. 또, 이곳에 지어진 '혁혼대(嚇魂臺)' 또는 '구혼대(勾魂臺)'는 망자의 넋이 반드시 거쳐 가는 곳으로, 이곳에서 전생의 죄업에 대한 심판을 받고 새로운 윤회의 길을 가게 된다고 한다. 송·원대에는 '동악의 심판대'라는 말이 목숨이 오락가락하는 위험한 장소라는 뜻으로 사용되기도 했다.

은 자백을 하는 것이었습니다. 임안부에서 가상과 신하의 자백 내용을 군왕에게 보고하니, 군왕은 처음에는 가상을 때려죽일 작정이었지만 그의 글재주가 뛰어난 것을 아깝게 여겨 차마 죽이지 못하고 일단 감옥에 가두어놓기로 했지요.

다시 본론으로 돌아가봅시다. 인 장로는

'가상은 덕행이 있는 승려로서, 평소에 절 문 밖에는 나간 적도 없고 오로지 불당에서 불경만 읽었다. 군왕부에 반나절 동안 불려간 날만 해도 날이 저물기 전에 돌아왔고 왕부에서 유숙하고 돌아온 것도 아닌데 간통을 했다는 게 말이나 되는가? 여기에는 분명히 내막이 있을 것이다!'

하고 생각하고, 서둘러 성내의 전법사(傳法寺)로 가서 그곳 주지인 고대혜(高大惠) 장로에게 간청한 끝에 함께 왕부로 가서 가상을 위해 용서를 빌기로 했습니다. 군왕은 등청하자 두 장로에게 자리를 권하고 차를 대접하더니 입을 떼기가 무섭게

"가상이 참으로 괘씸하오! 내가 평소에 놈을 어떻게 대했는데 이런 몹쓸 짓을 저지른단 말인가!"

하고 분노를 터뜨리는 것이었습니다 두 장루는 무릎을 꿇고

"가상의 죄는 소승들이 변명할 생각도 없사옵니다만, 그저 은혜로우신 군왕께옵서 평소 애착을 가지셨던 점을 생각하셔서라도, 조금만이라도 용서해주시기 간청하나이다!"

하고 거듭 아뢰었습니다. 군왕이 두 장로에게 절로 돌아가라고 권하면서

"내일 임안부에 분부하여 형량을 가볍게 처리하도록 하리다."

하기에, 인 장로가

"마마, 이 일은 시간이 지나면 저절로 밝혀지게 될 것입니다!"

하고 말했답니다. 군왕은 그 말을 듣고 기분이 나빠져서 뒤채로 들어가버리더니 도무지 나올 기미를 보이지 않는 겁니다. 두 장로도 군왕이 나오지 않자 별수 없이 왕부를 나올 수밖에 없었지요. 고 장로가

"군왕께서는 그대가 '시간이 지나면 저절로 밝혀지게 될 것'이라고 한 말에 화가 나신 게지요. 그분은 잘못을 인정하기 싫어서 나오시지 않은 겝니다."

하고 말하자, 인 장로는

"가상은 덕행을 갖춘 인물로, 평소에도 아무 문제가 없었고 절 문 밖에도 나가지 않은 채 불당에서 불경만 읽었습니다. 왕부에 불려간 날도 반나절이 지나기가 무섭게 돌아왔으니 왕부에서 유숙한 일이 없는데 어떻게 간통이 가능하겠습니까? 그래서 소승이 '시간이 지나면 저절로 밝혀지게 될 것'이며 분명히 억울한 구석이 있을 거라고 아뢴 것뿐입니다."

하고 해명했지만 고 장로는

"가난한 사람은 부유한 사람과 맞서지 않고 미천한 사람은 고귀한 사람과 다투지 않는다지 않습디까! 스님네들이 어떻게 감히 왕부를 상대로 시비를 따질 수 있겠습니까? 이것도 전생의 업보이니 일단 그분이 가벼운 형량으로 선처해주시면 그때 다시 시비를 가리도록 합시다."

하고 말하는 것이었습니다. 말을 마친 두 장로가 각자 자기 절로 돌아간 것은 두말할 필요도 없지요.

다음 날 군왕이 봉인된 서찰을 지니고 임안부로 가서 즉시 가상과 신하를 가벼운 형량으로 처벌하도록 지시하자 그곳 부윤이 군왕에게

"신하가 아이를 낳기만 하면 판결을 내릴 수 있겠습니다."

하고 고했더니 군왕은 당장 판결을 내릴 것을 요구하지 뭡니까. 임안부의 관리는 어쩔 수 없이 승려 가상에게서 도첩을 환수하고 곤장 백 대

를 쳐서 영은사로 돌려보냈다가 귀가시켜[26] 노역에 차출하도록 했고, 신하 역시 곤장 팔십 대를 쳐서 전당현(錢塘縣)으로 송치했다가 귀가시켜 근신하게 하는 한편 원금 1천 꿰미[27]를 군왕부에 상환하게 할 수밖에 없었습니다.

다시 본론으로 돌아가보도록 하겠습니다. 인 장로가 가상을 맞아들이자 온 절의 승려들이 하나같이, 가상을 받아들인다면 불가의 기풍을 더럽히게 된다며 만류하는 것이 아닙니까! 장로가 이들 앞에서

"이 일에는 분명히 내막이 있으니 시간이 지나면 저절로 밝혀질 것이니라."

라고 말하고 사람을 시켜 산 뒤에 초가를 지은 뒤 가상이 곤장 맞고 곪은 상처를 잘 치료하고 나서 귀향할 수 있게 하라고 일렀지요.

이제는 군왕이 신하를 귀가 조치하고 원금 1천 꿰미를 상환하게 한 일에 대해 이야기해보도록 합시다. 신하의 부모가 딸에게

"우리에게는 돈이 없으니 너한테 따로 모아둔 돈이 있으면 그거라도 모아서 왕부에 갚도록 해라."

하고 말하니, 신하는

"그 돈은 대신 내줄 사람이 있어요."

하는 것이었습니다. 장(張) 노인이

---

26) 귀가: 이 이야기에서 가상과 신하에게 각각 사용된 '귀가', 즉 영가(寧家)라는 말은 근신의 의미로 풀이된다. 이어서 나오는 "노역에 차출한다"는 말도 환속과 동시에 승려에게 주어지는 면역의 특혜를 박탈하고 일반 백성들과 똑같이 노역을 지게 한 것을 가리킨다. 또, 신하의 경우도 왕부에서 퇴출되어 계약을 어겼기 때문에 당초에 왕부에서 받은 몸값을 갚는 채무관계가 발생한 것이다.
27) 꿰미〔貫〕: 옛날에 엽전을 꿰는 데 사용한 줄. 나중에는 엽전 일정량(일반적으로 1천 닢)을 한 꿰미로 꿰어 한 '관(貫)'으로 부르면서 엽전을 세는 단위로 굳어졌다.

"네 이 몹쓸 것! 가난뱅이 중하고 놀아난 덕에 그놈이 도첩까지 환수당했는데 무슨 돈으로 대신 왕부에 갚아준다더냐!"

하고 꾸지람을 하자, 신하는

"그 스님이 봉변을 당한 건 참 안된 일이에요. 저는 원래 왕부의 도관 전원(錢原)과 정을 통했는데, 제가 임신한 걸 보더니 사실이 발각될까 두려워서 '군왕 안전에 가서 그냥 가상 스님과 정을 통했다고 자백해라. 군왕께서는 가상을 좋아하시니 분명히 너를 용서해주실 게다. 그렇게만 하면 내가 너희 가족을 부양하는 건 물론이고 쓸 돈과 물건들까지 다 대어주마' 하더라고요. 그 작자가 다짐한 말이니 오늘 그자한테 가서 돈을 받아 쓰고 왕부에 돈도 갚도록 하세요. 저 한 몸이야 그자한테 속았다지만 당초에 다짐한 말이 있는데 어떻게 발뺌할 수가 있겠어요? 설사 양심을 속이고 외면하려 든다 해도 어쨌든 저를 어쩌지는 못할 테니, 두 분은 저를 왕부로 데려가셔서 군왕 안전에서 사실대로 고하게 해주시면 가상 스님도 누명을 벗게 되실 거예요."

하고 말하는 것이 아닙니까. 부모는 딸이 하는 말을 곧이듣고 그길로 왕부 앞으로 가서 전 도관이 나오기를 기다렸다가 그 일을 찬찬히 들려주었습니다. 그랬더니 전 도관은 초조해진 나머지

"이 천한 늙은이! 이 무식한 늙은이! 참 염치도 없구나! 자기 딸이 중하고 놀아났고 송사도 진작에 끝났는데 이 따위 해괴한 소리를 늘어놓으면서 사람을 등치려고 들어? 딸년 몸값을 빚져서 융통할 길이 없으면 좋은 말로 애걸복걸해도 불쌍하게 생각해서 한두 꿰미 던져줄까 말까 할 판국인데, 난데없이 이 따위 근거 없는 소리나 지껄여대다니! 남이 듣기라도 하면 날더러 어떻게 사람 구실을 하라고!"

하면서 한바탕 욕을 퍼붓고 그 자리를 뜨는 것이었습니다. 장 노인이

어쩔 수 없이 아무 말도 못하고 화를 삭이면서 돌아와 딸에게 그 사실을 알렸더니 신하가 그 말을 듣고 하염없이 눈물을 흘리다가

"아버지, 어머니, 걱정하지 마세요. 내일 당장 그자하고 결판을 낼게요."

하는 것이었습니다. 이튿날이 되자 신하는 부모를 따라 군왕부 앞으로 가서 억울하다며 연거푸 소리를 질렀지요. 군왕이 당장 사람을 시켜 끌고 오게 했더니 바로 신하의 부모인지라

"너희 딸년이 크나큰 죄를 지었으면서 감히 이 왕부 앞에까지 와서 억울하다고 난리를 치느냐!"

하고 욕을 퍼붓는 것이었습니다. 장 노인이 무릎을 꿇고

"마마, 딸년이 복이 없어서 사달을 내고 말았사옵니다만 그중에 억울한 누명을 쓴 사람이 있사오니 군왕께옵서 직접 바로잡아주시옵소서!"

하고 고하니 군왕이

"누가 누명을 썼다는 게냐!"

하고 묻는데 장 노인이

"소인은 잘 모르겠사옵고, 딸년에게 하문하시면 아시게 될 것이옵니다!"

하는 것이었습니다. 이어서 군왕이

"그 계집은 어디에 있느냐?"

하고 묻자 장 노인이

"문 앞에서 기다리고 있사옵니다."

하고 고하는지라 상세하게 캐물을 생각으로 그녀를 불러들였더니 안으로 들어와 무릎을 꿇는 것이었습니다. 군왕이

"천한 것! 몹쓸 짓을 저질러놓고 이제 와서 누가 누명을 썼다는 게

냐!"

하고 따지자 신하는

"마마, 이 천한 년이 정을 통해놓고 터무니없게도 가상 스님에게 누명을 씌웠사옵니다!"

하는 것이었습니다. 군왕이

"어째서 그에게 누명을 씌웠더냐? 사실대로 자백하면 너를 용서해주겠느니라!"

하고 추궁을 하니 신하가

"정을 통한 것은 이 천한 년이옵고 가상 스님은 아무 상관도 없사옵니다!"

하고 고하는지라 군왕이

"그러면 지난번에는 왜 밝히지 않았더냐?"

하고 물었더니 신하는

"소녀도 사실은 간판 전원의 꼬임에 넘어가 능욕을 당했사옵니다. 소녀가 임신을 하자 전원은 사실이 발각될까 두려워 소녀에게 '사실이 탄로나더라도 절대로 나를 들먹이면 안 된다. 그냥 가상 스님과 정을 통했다고 하기만 하면 된다. 군왕께서는 가상을 좋아하시니 분명히 너를 용서해주실 것이다' 하고 꼬드기더이다!"

라고 고하는 것이 아닙니까! 군왕이

"네 이 천한 것! 어쩌자고 놈의 말을 믿고 그 스님을 해코지했더란 말이냐!"

하고 윽박질렀더니, 신하는

"전원이 '네가 문제를 일으키지 않고 조용히 집으로 돌아가준다면 내가 너희 가족을 보살펴주마. 설사 왕부에서 원금을 상환하라고 요구하더라

도 내가 대신 내주겠다' 하더이다. 이번에 이 천한 것이 근신 처분을 받고
군왕께옵서는 원금까지 요구하시는데 당장 뾰족한 수가 없기에 어쩔 수 없
이 그자에게 가서 돈을 받아 왕부에 갚게 해줄 수 있는지 물어볼 수밖에 없
었나이다. 그래서 제 아비가 그자에게 가서 말했더니 되레 아비를 때리고
욕하면서 아무 죄도 없는 분에게 수모를 주었사옵니다. 소녀 이제 사실대
로 분명하게 털어놓고 나니 마마 앞에서 죽어도 여한이 없겠사옵니다!"

하고 고하는 것이었습니다. 그래서 군왕이

"전에 놈이 너희 일가를 먹여 살리겠다고 했다는데 증거가 될 만한
것이라도 있느냐?"

하고 물으니 신하가

"마마, 전원은 소녀를 먹여 살리겠다고 호언장담했지만 소녀로서도
그가 번복할까 두려워 미리 그가 당직을 설 때 차는 주홍색 패찰을 신표
로 챙겨놓았사옵니다!"

하는 것이었습니다. 군왕은 그 말을 듣고 단단히 화가 난 나머지 발
까지 동동 구르면서

"네 이 발칙한 것! 가상 스님을 모함하다니!"

하고 욕을 퍼붓더니 즉시 임안부에 사람을 보내 전원을 잡아들여 관
가에서 문초와 고문을 가하고 사실대로 분명하게 자백을 받되, 1백 일의
기한이 차면 곤장 팔십 대를 쳐서 사문도[28] 뇌성영(牢城營)으로 송치하여
간수로 부리도록 조치했습니다. 그리고 신하에게는 귀가하여 근신하게 하
는 대신 1천 꿰미의 원금은 면제해주도록 하라는 분부를 내렸지요. 군왕

---

28) 사문도(沙門島): 산동(山東) 등주해(登州海)에 있는 작은 섬. 송대에는 사형수들만 수
   용되는 가장 가혹한 유배지로 쓰였다. 일단 들어가면 죽어 나오는 경우가 대부분이고, 죄
   수의 수가 수용 한도를 초과하면 그중 일부는 바다에 빠뜨려 죽였다고 한다.

90

은 이어서 사람을 영은사로 급파하여 가상 스님을 데려오게 했습니다.

　이제 다시 가상의 이야기로 돌아가보도록 합시다. 가상이 초가에서 요양을 마치고 보니 그날도 바로 5월 5일이지 뭡니까? 그래서 가상은 지필묵을 가져다가 세상을 하직하는 노래인 「사세송(辭世頌)」을 짓기 시작했습니다.

　　태어난 날도 중오일(重午日)에,

　　중 된 날도 중오일이요,

　　죄 얻은 날도 중오일이더니,

　　죽는 날도 중오일이로구나.

　　전생에 그녀에게 빚이라도 졌더냐?

　　그때 내가 죄를 시인하지 않았다면,

　　아마 남이 험한 꼴을 당했을 테지.

　　오늘에서야 진상이 다 밝혀졌으니,

　　이제 하직하고 돌아가는 것이 낫겠구나!

　　5월 5일 오(午)시에 글을 쓰고 보니,

　　온갖 질시와 비방이 다 없어지고,

　　5월 5일 천중절(天中節)이 되고 보니,

　　온갖 질시와 비방이 다 사라지네.

　가상이 「사세송」을 쓴 뒤 초가 옆으로 걸어 나왔더니 웬 샘이 하나 있었습니다. 가상은 옷을 벗고 온몸을 깨끗하게 닦은 뒤 다시 옷을 입고 초가로 들어가더니 가부좌를 튼 채로 그대로 입적하고 마는 것이었습니다.

불목하니가 이 사실을 장로에게 알리자 장로는 자신의 감자[29]에 가상을 담아 산꼭대기까지 이고 갔습니다. 장로가 막 불을 붙이려는 찰나 군왕부의 원공이 가상을 데리러 오는 것이었습니다. 장로가

"원공님, 돌아가서 군왕께 고해주시오. 가상이 가부좌를 튼 채 입적해서 마침 다비식(茶毘式)을 치르려던 참인데 군왕께서 데리러 보내셨으니 일단 잠시 중단하고 왕명을 기다리겠다고 말씀이오."

하니 원공이

"오늘에서야 진상이 모두 밝혀졌습니다! 가상 스님과는 상관이 없고 모든 것이 모함 때문이더군요. 그래서 쇤네더러 데려오라고 하셨는데 뜻밖에도 입적하셨을 줄이야…… 쇤네가 가서 군왕께 고하면 분명히 다비식을 친견하시려고 행차하실 겁니다."

하고 말하자마자 부랴부랴 왕부로 돌아가 이상의 일과 「사세송」을 전했고 군왕은 그것을 보더니 크게 놀라는 것이었습니다.

다음 날, 군왕이 양국부인과 함께 가상의 다비식을 친견하기 위해 영은사로 행차하니 승려들이 뒷산까지 나와 군왕의 행렬을 맞이했습니다. 군왕과 양국부인은 친히 향불을 피운 다음 자리에 앉고 인 장로는 승려들을 데리고 독경을 마친 뒤 횃불을 들고 가사를 읊기 시작했습니다.

굴원의 향긋한 종자를 남겨두고,

용주[30]들이 경주하며 저마다 앞을 다투는데,

---

29) 감자(龕子) : 불가에서 시신을 안치하는 탑 모양의 용기.

30) 용주(龍舟) : 뱃머리를 용으로 장식한 배. 전설에 따르면 굴원이 5월 5일에 멱라강에 투신하자 그곳 백성들이 온 힘을 다해 배를 저어 가서 그를 구출하려고 했는데, 그 후부터 중국 남부에서는 해마다 단오절이 되면 굴원의 넋을 기리기 위해 강가나 호숫가에서 용주로 누가 먼저 도착하는지 겨루었다고 한다.

이제는 인연의 줄을 끊어버렸으니,

내세에서 다시 인연을 맺지 않아도 되겠구려!

입적하신 가상 스님을 삼가 돌이켜보나이다.

중오일은 본래 좋은 날이거늘,

누가 난초탕으로 목욕하셨소이까?

각진 기장이 괜스레 금을 싸고,

창포도 부질없이 옥을 잘랐던 것인지,

꼭 '묘법화'[31]를 깨우치고,

대승[32]의 불법 모두 익숙하게 외우려 애쓰더니,

그 손이 '새 연꽃' 꺾지도 않았건만,

어이없이 꽃 건드렸다며 수모를 당하셨구려.

---

31) 묘법화(妙法華): 석가모니가 40년간 강설한 불법의 정수를 담은 대승 경선의 하나. 구자국(龜玆國) 출신의 승려 구마라집(鳩摩羅什)이 번역했으며, 정식 제목은 『묘법연화경(妙法蓮花經)』이다. 흔히 본경에 대해 『무량의경(無量義經)』은 '개경(開經)'이라 하고 『보현관경(普賢觀經)』은 '결경(結經)'이라 하며, 이 세 경전을 합하여 '법화 삼부경(法華三部經)'이라 하는데, 이 중에서도 『묘법연화경』이 핵심 내용을 이룬다.

32) 대승(大乘): 산스크리트어 마하야나Mahāyāna를 번역한 말로 큰(mahā) 수레(yāna), 즉 많은 사람을 구제하여 태우는 큰 수레라는 뜻이다. 대승불교(大乘佛敎)란 일체중생(一切衆生)의 제도(濟度)를 목적으로 하는 불교로 "남을 구제함으로 자신도 구제된다"는 자리이타원만(自利利他圓滿)의 가르침을 설파하는데, 삼론종(三論宗) · 법상종(法相宗) · 화엄종(華嚴宗) · 천태종(天台宗) · 진언종(眞言宗) · 율종(律宗) · 선종(禪宗) 등이 이에 속한다. 해탈을 얻어 열반에 드는 것을 추구하나, 자신이 해탈을 얻은 뒤에 남을 구제하는 것을 이상으로 삼지 않았다. 가령 문수보살이나 보현보살, 관음보살 등은 성불하지 않고 중생의 구제를 위해 열반에 들지 않는다. 이러한 교리를 가능하게 하기 위해서 대승불교에서는 공(空)의 사상이 심화되고, 연기(緣起)에 대해서도 다른 해석을 했다. 이와 대응되는 개념이 소승불교(小乘佛敎)인데 '소승'이란 히나야나Hīnayāna를 의역한 말로 작은 수레라는 의미이다. 히나hīna에는 '버려진, 천한, 열등한'이라는 의미도 있어, 히나야나란 대승교도가 부파불교(部派佛敎)를 경멸하여 부른 멸칭이다.

이제 진상이 밝혀지고 나서야,

양관의 노래[33]만 하염없이 부르오이다.

오늘은 중오일이건만,

서천으로 돌아가는 걸음이 어찌 그다지도 급하시오!

적멸[34]은 본시 공허한 것이거늘,

시간 재촉이 다 웬 말이오?

산사의 스님들도 오늘에사 찾아와,

빛나는 촛불을 바치는구려,

이 삼매[35]의 불빛을 빌어다,

본래의 모습 꼭 뵈오려 했더니,

오호라!

왕년의 「보살만」만 하염없이 부르며,

손 털고 미련 없이 도솔국[36]으로 돌아가는구려!

---

33) 양관(陽關)의 노래: 이별의 노래. 당나라의 시인 왕유(王維)가 안서 땅에 사절로 파견되
　　는 벗 원이를 송별하며 지은 당시(唐詩) 「송원이사안서(送元二使安西)」는 당시 송별가의
　　본보기로 널리 애창되었다. 나중에 『악부시집(樂府詩集)』에 「위성곡(渭城曲)」 또는 「양관
　　곡(陽關曲)」이라는 제목으로 수록되었는데, 연거푸 세 번 되풀이해서 부르기 때문에 보통
　　은 '양관 삼첩(陽關三疊)'으로 일컬어진다. 양관은 지금의 감숙성 돈황(敦煌)에 있으며,
　　위성은 당대의 도읍이던 장안(長安) 서쪽, 즉 지금의 섬서성 함양(咸陽) 동쪽에 있다.

34) 적멸(寂滅): 생사의 인과가 없어져서 모든 번뇌가 소멸된 지극히 고요하고 청정한 경지.
　　일반적으로 한문으로 번역된 불교 경전에서는 산스크리트어 '니르바나nirvana(열반)'의
　　발음을 따서 이를 니반나(泥畔那)·니원(泥洹)·열반(涅槃)·열반나(涅槃那)로 음역하기
　　도 하고, 그 의미를 따서 멸(滅)·적멸(寂滅)·멸도(滅度)·원적(圓寂)·안락(安樂)·해
　　탈(解脫) 등으로 의역하기도 한다.

35) 삼매(三昧): 마음이 움직이지 않아 생각의 동요가 없는 상태, 즉 "심란함을 끊고 정신을
　　집중하여 아무 망념도 없게 된 부동심의 경계"를 말한다. 산스크리트어 '사마디samādhi'
　　의 발음을 따서 삼마지(三摩地)·삼마야(三摩耶) 등으로 음역되기도 한다.

36) 도솔국(兜率國): '도솔(兜率)'은 불가에서 말하는 미륵보살(彌勒菩薩)이 머무는 정토
　　(淨土)인 욕계(慾界) 육천(六天)의 제4천(第四天)으로, 지상에서 32만 유순(由旬) 위

사람들이 보니 불길 속에서 가상이 현신하여 군왕, 부인 그리고 장로
와 승려들에게 합장을 하더니

"전생에서 진 오랜 빚을 이승에 환생하여 갚았으니 이제 신선의 세계
로 돌아가면 다시는 인간 세상에 오지 않겠군요. 나는 오백 나한의 한 사
람인 '상환희존자'[37]였습니다."

하고 감사의 인사를 드리는 것이었습니다. 말 그대로

여태까지 하늘의 법도가 어디 지켜지지 않은 적이 있었더냐?

선도 악도 언제나 지켜보시는 신의 눈길을 피하기는 어려운 법.

사람들에게 선한 길로 돌아가라 권하는 말도,

그 모든 것이 따지고 보면 음덕 쌓는 선행들이란다.

에 위치해 있다고 한다. 참고로 '유순'은 고대 인도의 거리 단위로 1유순은 약 10킬로미
터쯤 된다.

37) 상환희존자(常歡喜尊者) : 석가모니의 제자인 오백 나한 중 312번째 나한. 『대방광여래
장경(大方廣如來藏經)』에 따르면, 석가모니가 주재하는 법회에 참가하여 수많은 부처들
의 시중을 들면서 신통력을 얻어 속세와 인간들을 제도하는 데 힘썼다고 한다.

서산 굴의 귀신들
西山一窟鬼

화자는 도입부에서 심문술(沈文述)의 「염노교(念奴嬌)」를 봄을 노래한 18수의 가사들과 대조하면서 '입화'로 활용하여 분위기를 돋운 뒤 본론으로 들어가 오홍(吳洪)이라는 선비가 귀신을 만난 기이한 이야기를 들려준다. 과거에서 낙방한 뒤 서당을 운영하던 오홍은 어느 날 매파 왕파(王婆)와 진건낭(陳乾娘)의 중매로 이악랑(李樂娘)을 아내로 맞아들인다. 그러던 어느 해에 청명절(淸明節)을 맞은 오홍은 나들이를 갔다가 우연히 왕칠삼(王七三) 관인(官人)을 만나 함께 항주 교외로 꽃놀이를 간다. 서산 타현령에서 해가 저물 때까지 술을 마시다가 소나기를 만나자 황량한 공동묘지로 피했다가 웬 무덤에서 튀어나온 의문의 사나이들을 목격한다. 그 광경에 기겁한 두 사람은 허겁지겁 인근의 성황당으로 도망친 뒤 문을 걸어 잠그지만 이악랑과 하녀 금아(錦兒)가 나타나 문을 열어줄 것을 요구한다. 귀신임을 직감하고 두 여인이 사라지기가 무섭게 그곳을 뛰쳐나온 두 사람은 깊은 산속을 헤매다가 마찬가지로 두 매파와 마주치는가 하면 고개 아래 술집에서는 광풍이 몰아친 뒤 자신들이 무덤에 서 있는 것을 발견하고 경악한다. 새벽에 가까스로 성내에 닿은 오홍은 밤새 마주친 사람들의 행방을 수소문하던 중 그 길을 지나던 문둥이 도사로부터 그들이 원귀이며 오홍은 도사의 제자였다는 사실을 듣고 세속의 인연을 끊고 도사를 따라 종적을 감춘다.

西山一窟鬼

杏花过雨漸漸残紅零落胭脂颜色流水飘又
人漸远雖托春心脉脉恨别王孫墙阴目断千
誰把青梅摘金鞍何处绿楊依旧南陌消
散云雨酒更多情因甚有轻离轻拆燕语千
般争解说些子伊家消恩厚约深盟除非重
覼覼了方端的而今无奈寸肠千恨堆積
這隻词名唤做念奴嬌是一个赴省士人姓沈
名文述所作原来皆是集古人词章之句如何

살구꽃에 비 지나가니,

시들어가던 꽃떨기마저 연지 색깔 흩뿌리며 지는구나.

흘러가는 물에는 향기로운 꽃잎 두리둥실 떠가고,

님은 점점 멀어져 가시니, 설레는 이 춘정 달래기 어려워라.

낭군님과 헤어지기 아쉬워,

담 그늘서 가시는 모습 하염없이 지켜보지만,

이제 누가 푸른 매실 따주시려나!

황금 안장[1]들은 어디로 갔나?

파르란 버드나무는 변함없이 남쪽 밭두둑에 서 있는데……

애틋한 사랑의 감정 사라지는 것도 금방이러니,

다정하다면서 어이 그토록 쉬이 떠나고 쉬이 헤어지는지……

---

1) 황금 안장: 명문가의 자제들을 가리키는 말이다.

제비들이 제아무리 속삭여댄다 한들,

어이 님 소식을 조금인들 들려줄 수나 있으리오!

아무리 단단히 약속하고 깊이 맹세한들,

다시 만나지 않으면 무슨 소용이랴?

만나야지 소식을 알 수 있는 것을……

하지만 이제는 어쩔 도리도 없이,

이 작은 마음속에 오만 가지 한만 다 쌓이누나!

이 가사는 「염노교(念奴嬌)」라고 합니다. 과거를 보러 왔던 성이 심 (沈), 이름이 문술(文述)[2]이라는 선비가 지은 것으로, 사실은 전부 옛사람들이 지은 노래 가사들을 짜깁어놓은 거지요. 어떻게 알 수 있냐고요? 이제부터 여러분께 들려드리도록 하겠습니다.

첫번째 구절 "살구꽃에 비 지나가니"는 진자고[3]의 「한식사(寒食詞)」로, 「알금문(謁金門)」 가락에 맞추어 부른 것이지요.

버들가지 파릇한데,

---

2) 성이 심, 이름이 문술〔姓沈名文述〕: 호사영(胡士瑩)의 『화본소설개론(話本小說槪論)』에 따르면 「염노교」를 지은 사람은 이야기꾼이 소개한 심문술이 아니라 성이 심(沈), 이름이 당(唐), 자가 공술(公述)인 사람이다. 또 이야기꾼은 이 가사가 "옛사람들이 지은 노래 가사들을 짜깁어놓은 것"이라고 유래를 밝히고 있지만, 그 옛사람 중에는 심당이 활동한 북송 인종(仁宗) 무렵보다 늦거나 심지어 남송 시대 사람인 경우도 있어서 이야기꾼이 되는 대로 지어낸 이야기임을 알 수 있다.

3) 진자고(陳子高): 북송의 가객. 본명은 극(克), 호는 적성거사(赤誠居士)이며, 자고(子高)는 그의 자다. 그가 지은 「알금문」은 증조(曾慥)의 『악부아사(樂府雅詞)』에 수록되어 있으나, 이 이야기에서 이야기꾼이 소개한 것과는 달리 마지막 구절은 "화려한 처마에는 빗방울만 남았구나(畫檐殘雨滴)"로 나와 있다. 인민문학출판사에서 펴낸 『경세통언』에서는 진자고를 같은 시기의 가객인 진선(陳先)으로 소개하고 있다.

버드나무 아래 사람들은 한식⁴⁾을 즐기네.

꾀꼬리는 바삐 지저귀고 꽃은 고요한데,

옥 계단에는 봄풀이 촉촉하게 젖었구나.

하릴없이 향로가에 나른하게 기대고 있지만,

이 속내를 뉘 있어 알아주리오?

난향의 연기는 창과 벽을 맴돌고,

살구꽃은 빗방울 맞으며 지는구나.

　　두번째 구절 "시들어가던 꽃떨기마저 연지 색깔 흩뿌리며 지는구나"
는 이역안⁵⁾의 「모춘사」⁶⁾로, 「품령(品令)」 가락에 맞추어 부른 것입니다.

---

4) 한식(寒食): 중국 전통 명절의 하나. 동지(冬至)에서 105일 지난 날로, 매년 청명을 전후
　　해서 이날이 되면 사람들은 글자 그대로 더운 음식을 피하고 찬 음식을 먹었다고 전한다.
　　한식이라는 이름은, 이날 비바람이 심해 불을 금하고 찬밥을 먹는 습관에서 유래했다는 설
　　과, 개자추(介子推)의 전설에서 유래했다는 설이 있는데 보통은 후자에 무게를 둔다. 진
　　(晉)나라의 충신 개자추가 문공(文公)의 냉대에 실망한 나머지 면산(綿山)에서 숨어 지내
　　자, 문공이 그를 불러내기 위해 산불을 놓았으나 끝내 산에서 내려오지 않고 불에 타 죽었
　　디는 것인데, 후세 사람들이 개자추를 애도하는 뜻에서 이날만은 불을 쓰지 않고 찬 음식
　　을 먹었다고 해서 한식이라고 부른다.
5) 이역안(李易安): 북송의 여성 가객. 본명은 청조(淸照)이며 호는 '역안거사(易安居士)'다.
　　사대부 집안에서 태어나 어려서부터 여러 장르에서 능했는데 그중에서도 사(詞)에 특히 탁
　　월한 재능을 보였다. 서정적이고 섬세한 분위기를 주로 표현하면서도 당시의 구어를 과감
　　하게 활용해 이욱(李煜)·진관(秦觀)·주방언(周邦彦) 등과 함께 이른바 '완약파(婉約派)'
　　로 분류된다. 특히 북송 말 전란 통에 남편과 사별하고 강남 각지를 전전하는 동안 쓴 작품
　　들은 인생의 고독과 불안을 잘 드러내 송사(宋詞)의 걸작으로 평가받고 있다.
6) 「모춘사(暮春詞)」: 이 가사는 증조의 『악부아사』에도 보이지만, 원작자는 북송 말기에서
　　남송 초기까지 활동한 증우(曾紆)로 소개되어 있다. 그 내용도 첫 두 구절은 이야기꾼이
　　말한 "시들어가던 꽃떨기마저 연지 색깔 흩뿌리며 지누나"가 아니라 "파문 일어 푸른빛으
　　로 넘실거리니, 성긴 아지랑이 외로운 오리에게까지 이어지네(紋漪漲綠, 疏靄連孤鶩)"로
　　나와 있다.

떨어지는 꽃떨기,

연지 색깔을 닮았구나.

일 년 중 봄날의 경치라고 한다면,

버드나무에서 가벼운 버들개지 흩날리고,

죽순에서 새 대나무 뻗어 나오는 광경이겠지.

고요함 속에,

한적하게 작은 뜰에 움트는 파릇한 신록을 마주하네.

산을 마음껏 올라가보지도 못했건만,

나그네 돌아갈 날 촉박한 것이 아쉽구나.

언젠가는 아름다운 꿈속에서라도,

천리 길 달려 성 근처 계곡 깊숙한 곳을 찾았을 때,

과연 물결 건너는 사람이라도 있다면,

간간이 옛사람 눈길을 사로잡을 테지……

세번째 구절 "흘러가는 물에는 향기로운 꽃잎 두리둥실 떠가고"는 연안 이씨(延安李氏)의 「춘우사」[7]로, 「완계사(浣溪沙)」 가락에 맞추어 부른 것이랍니다.

가냘픈 장미는 비 맞아 고개를 숙이고,

---

7) 「춘우사(春雨詞)」: 이 가사는 이 이야기에서만 언급될 뿐 다른 문헌에는 관련 내용이 보이지 않는다. 때문에 『전송사(全宋詞)』에서는 이 작품을 "송대 화본소설 속 등장인물의 가사"로 분류하고 있다.

다정한 나비는 꽃을 찾아 날아드는데,

흐르는 물에는 향기로운 꽃잎 떠가고 새끼 제비 지저귀네.

남포[8]에서 넋 놓고 있어도 봄은 아랑곳하지도 않고,

동양[9]의 옷 줄어든 것을 거울은 진작에 알아챘건만,

작은 누각에는 오늘 밤도 달만 휘영청 떠 있구나.

네번째 구절 "님은 점점 멀어져 가시니, 설레는 이 춘정 달래기 어려

워라"는 보월선사[10]의 「춘사」[11]로, 「유초청(柳梢靑)」 가락에 맞추어 부른 것

입니다.

설레는 춘정은 가시지 않았건만,

정든 님은 점점 멀어져만 가시니,

이별의 슬픔을 달래기가 어렵구나.

비 그치자 추위는 잦아들고,

---

8) 남포(南浦): 원래는 단순히 남쪽에 위치한 물가를 의미했으나, 나중에는 연인을 떠나보내
   는 이별의 장소를 가리키는 말로 쓰이기도 했다. 36쪽 「옥 관음상」 상편 각주 17) 참조.
9) 동양(東陽): 양(梁)나라에서 동양태수(東陽太守)를 지낸 심약(沈約)을 가리킨다. 심약
   은 절친한 벗인 서면(徐勉)에게 자신이 병이 많아 날이 갈수록 쇠약해진다고 편지를 쓴
   적이 있는데, 후세 사람들이 이를 두고 병이 많고 허약한 사람을 심약에 비유하고는 했다.
10) 보월선사(寶月禪師): 북송 후기에 항주 오산(吳山)의 보월사(寶月寺)에서 불법을 닦던
    승려 중수(仲殊)를 가리킨다. 인민문학판 『경세통언』에서는 그를 오대(五代) 시대의 승
    려로 소개하고 있다.
11) 「춘사(春詞)」: 이 가사는 송대 황승(黃升)의 『당송제현 절묘사선(唐宋諸賢絶妙詞選)』에
    수록되어 있는데, 첫 세 구절은 이야기꾼의 소개와 달리 "강기슭 풀은 너른 백사장에 피
    었는데, 오왕의 옛 정원에는 버드나무 하늘거리고 연기 구불구불 피어오르네(岸草平沙,
    吳王故苑, 柳曇煙斜)"로 나와 있다.

바람 앞에서 향기는 부드러워졌으니,
봄이 배꽃 언저리까지 와 있나 보다.

나그네는 이역만리 뱃전에 기대어 있는데,
술 깨고 보니 해 질 녘 까마귀들만 요란하다!
문밖엔 그네가 있고,
담장 어귀엔 고운 여인 있는,
뜨락 깊은 저곳은 뉘 집일꼬?

다섯번째, 여섯번째 구절 "낭군님과 헤어지기 아쉬워,/ 담 그늘서 가시는 모습 하염없이 지켜보지만"은 구양영숙[12]의 「청명사」[13]로, 「일곡주(一斛珠)」 가락에 맞추어 부른 것입니다.

이 내 속은 봄을 타고 있는데,
청명절을 지나니 꾀꼬리며 꽃은 좋기도 하구나.
그대여 슬픔에 젖은 사람에게,
또 향기로운 바퀴가 파릇한 풀 즈려밟고 지나갔다 알리지 마소.

간밤의 바람과 달은 맑은 새벽까지 이어지건만,

---

12) 구양영숙(歐陽永叔): 북송의 문학가이자 사상가인 구양수를 말한다. 본명은 수(修)고, 영숙(永叔)은 그의 자다. 자세한 내용은 177쪽 「고집불통 재상님」의 각주 8) 참조.
13) 「청명사(淸明詞)」: 이 가사는 북송 후기 사람인 조단례(晁端禮)의 『한재금취외편(閑齋琴趣外篇)』에 수록되어 있는데, 제2절의 둘째, 셋째 구절은 이야기꾼의 소개와 달리 "그네 있는 뜨락은 아무도 찾는 이 없으니, 꿈 깨고 술 깨면 시름이 얼마나 될꼬!(秋千院落無人到, 夢回酒醒愁多少)"로 나와 있다.

담 그늘서 하염없이 지켜보아도 아무도 오지 않누나!

이별을 아쉬워하는 낭군님은 시름이 얼마나 깊을까?

꽃샘추위 변함이 없어 꽃 피우지 못한 가지만 벌써 시들어가네.

일곱번째 구절 "이제 누가 푸른 매실 따주시려나!"는 조무구[14]의 「춘사」[15]로, 「청상원(淸商怨)」 가락에 맞추어 부른 것입니다.

바람 일렁이고,

비 부슬부슬 내리니,

파룻한 가지는 가냘프고 꽃송이는 흐드러지게 피었구나.

몸에 꼭 끼는 봄 적삼은,

아리따우면서도 가냘프구나.

기억나네 왕년에,

그대와 함께 푸른 매실 따던 일이……

모두가 꿈만 같아라.

언제 함께 지내게 될까?

봉황 장식 비녀 찌그러진 모습이 가엽기도 하구나!

---

14) 조무구(晁無咎): 북송의 시인이자 산문가. 본명은 보지(補之)이며 무구(無咎)는 그의
　　자다. 신종(神宗) 때 진사에 합격한 뒤로 태학정(太學正)을 지내다가 당쟁에 휩쓸려 좌
　　천되었으며, 나중에 휘종(徽宗)이 즉위하자 이부원외랑(吏部員外郞)으로 발탁되었다. 그
　　후로 한때 관직을 버리고 낙향하여 창작활동에 전념하며 유유자적한 생활을 했는데, 진관
　　(秦觀)·황정견(黃庭堅)·장뢰(張耒) 등과 같이 '소문 사학사(蘇門四學士)'로 일컬어졌다.
15) 「춘사(春詞)」: 명대 진요문(陳耀文)은 『화초수편(花草粹編)』에서 이 가사를 무명씨가 지
　　은 「힐방사(擷芳詞)」로 소개하고 있다. 그 제1절의 마지막 두 구절은 이야기꾼의 소개와
　　달리 "그때를 기억하는가? 그대와 같이 (꽃을) 땄었지(記得年時, 共伊曾摘)"이다.

관문과 산천으로 겹겹이 가로막힌 채,
저녁 구름은 푸르기도 하고,
제비도 벌써 돌아왔건마는,
도무지 아무 기별조차 없다니……

여덟번째, 아홉번째 구절 "황금 안장들은 어디로 갔나?/ 파르란 버드나무는 변함없이 남쪽 밭두둑에 서 있는데……"는 유기경[16]의 「춘사」[17]로, 「청평락(淸平樂)」 가락에 맞추어 부른 것입니다.

흐린지 맑은지 갈피도 잡지 못하는데,
희미한 햇빛은 구름 그림자를 비추누나.
황금 안장은 어디서 꽃길 찾아 헤매시나?
파룻한 버드나무는 고즈넉한 남쪽 밭두둑에 그대로 있는데……

하염없이 많던 춘정이건만,
가엽게도 늙으니 이루기조차 어렵구나.

---

16) 유기경(柳耆卿): 북송의 가객. 본명은 영(永)이며 기경(耆卿)은 그의 자다. 한때 둔전 원외랑(屯田員外郞)을 지낸 적이 있기 때문에 '유둔전(柳屯田)'으로 불리기도 한다. 사대부 집안 출신으로 문학과 음악에 출중했으나 과거시험에서 번번이 낙방하자 실망하여 방탕한 생활을 했다. 그의 작품들은 음률이 정교하고 일상의 내용을 소재로 삼은 데다 당시 유행하던 구어를 애용하여 남녀의 애절한 사랑을 잘 표현했기 때문에 "우물을 마시고 사는 사람들이 있는 곳이면 어디서나 그의 사가 불려졌다"고 할 정도로 널리 애창되었다. 그가 죽자 기녀들이 돈을 갹출하여 장례를 지내주었다는 일화가 전한다.

17) 「춘사(春詞)」: 이 가사는 증조의 『악부아사』에 수록되었지만 원작자는 하주(賀鑄)로 나와 있다. 제1절의 셋째, 넷째 구절은 이야기꾼의 소개와 달리 "수주문 꽃길을 마주하고 보니, 종일토록 새 지저귀건만 사람은 조용하구나(臨水朱門花一徑, 盡日鳥啼人靜)"로 나와 있다.

족집게로 뽑은 서리 내린 머리카락을 아무리 바라보아도,

저 꽃풀들 따라서 다시 생겨나진 않노매라!

열번째 구절 "애틋한 사랑의 감정 사라지는 것도 금방이러니"는 안숙원[18]의 「춘사」[19]로, 「우미인(虞美人)」 가락에 맞추어 부른 것입니다.

흩날리는 꽃벌기늘도 저마다 정 둔 곳이 있어서,

가지 주변에만 머물지는 않는구나.

새벽바람 몰아치는 것만으로도 서럽기 그지없는데,

거기다 동쪽으로 흐르는 물 따라 진루[20]를 지나가기까지 하니……

한순간의 사랑을 탓하는 마음 사라져버리자,

한가하게 난간에 기대어 바라보노라.

멀리 흩뿌리는 두 줄기 눈물로 향기로운 꽃을 적시며,

옥 같던 미인 신세가 꽃과 같은 것을 속으로 야속해하네.

---

18) 안숙원(晏叔原): 북송의 가객. 본명은 기도(幾道)이며 숙원(叔原)은 그의 자다. 유명한 가객 안수(晏殊)의 일곱째 아들로 영창부(潁昌府) 허전진감(許田鎭監), 건녕군통판(乾寧軍通判), 개봉부판관(開封府判官) 등의 벼슬을 역임했으나, 만년에는 가세가 기울어 작품도 애잔하고 슬픈 내용이 많이 반영되었다.

19) 「춘사(春詞)」: 이 가사는 안기도의 『소산사(小山詞)』에 수록되어 있는데, 제2절 첫 구절은 이야기꾼의 소개와 달리 "누각 속 단장한 미녀는 봄의 원망을 품고 있구나(樓中翠黛含春怨)"로 나와 있다.

20) 진루(秦樓): 진(秦)나라 목공(穆公)이 자신의 딸 농옥(弄玉)을 위해 지은 누각. 진나라의 소사(簫史)라는 사람이 퉁소를 잘 불어서 한번 불면 공작새와 흰 학들이 날아들 정도였다. 소사가 농옥을 아내로 맞아들인 뒤 퉁소 부는 법을 가르쳤는데 몇 년 뒤 농옥의 퉁소 소리가 봉황 울음소리와 비슷해져 봉황이 그 집에 찾아들더니 어느 날 갑자기 두 사람이 봉황을 타고 승천했다고 한다. '진루'는 때로는 기방의 뜻으로 사용되기도 한다.

　　열한번째 구절 "다정하다면서 어이 그토록 쉬이 떠나고 쉬이 헤어지는지……"는 위부인[21]의 「춘사」[22]로, 「권주렴(捲珠簾)」 가락에 맞추어 부른 것입니다.

　　왔을 때 봄날이 채 저물지 않았기에,
　　손 마주 잡고 꽃 따려다,
　　소매가 꽃가지의 이슬에 물들었었지……
　　은근히 이 춘정을 점치고 꽃에게 들려주며,
　　쌍봉오리 꽃 찾느라 서로 먼저 가려 했었는데……

　　다정하다면 어이하여 서로를 저버리는가?
　　쉬이 갈라서고 쉬이 헤어지고 보니,
　　이제 누구한테 하소연해야 할지?
　　눈물이 해당화 가지를 적실 적에,
　　봄의 신께서는 공연히 내게 분부를 내리시네.

　　열두번째 구절 "제비들이 제아무리 속삭여댄다 한들"은 강백가[23]의

---

21) 위부인(魏夫人): 북송 때 재상을 지낸 증포(曾布)의 아내. 나중에 노국부인(魯國夫人)에 책봉되었는데, 그녀가 지은 송사는 사람들의 입에 널리 회자되었다고 한다.

22) 「춘사(春詞)」: 이 가사는 이 이야기에서만 언급되었을 뿐 다른 문헌에는 관련 내용이 보이지 않는다.

23) 강백가(康伯可): 북송의 정치가. 본명은 여지(與之)이며 백가(伯可)는 그의 자다. 고종(高宗)에게 중흥책을 올렸는데 받아들여지지 않자, 나중에는 주화파의 거두 진회(秦檜)의 진영에 가담하여 대랑(臺郎)으로 발탁되었다. 그의 작품은 다수가 사교활동의 일환으로 지어져서 태평성대를 구가하는 내용이 많지만 음률은 엄격하고 수사에 주의를 기울였다.

「춘사」[24]로, 「감자목란화(減字木蘭花)」 가락에 맞추어 부른 것입니다.

　　버들개지는 다 흩날려 가버리고,

　　구름은 녹음을 덮고 바람도 문득 그쳤네.

　　발과 휘장은 한가하게 드리워졌는데,

　　온갖 소리로 지저귀며 제비가 나는구나.

　　작은 누각은 그윽하고도 고요한데,

　　자고 일어나 남은 화장기는 여태 고치지 못했구나.

　　고향 돌아가는 꿈조차 이루지 못한 채,

　　눈물만 방울져 비단 저고리를 적시누나!

　　열세번째 구절 "어이 님 소식을 조금인들 들려줄 수나 있으리오!"는 진소유[25]의 「춘사(春詞)」로, 「야유궁(夜遊宮)」 가락에 맞추어 부른 것입니다.

　　어인 일로 동군께서는 또 가버리셨나?

　　허무하게 온 뜨락에는 꽃 지고 버들개지만 흩날리누나.

　　어여쁜 제비가 조곤조곤 사람에게 지저귄다 한들,

---

24) 「춘사(春詞)」: 이 가사는 이 이야기에서만 언급될 뿐 다른 문헌에는 관련 내용이 보이지 않는다.

25) 진소유(秦少遊): 북송의 문학가. 본명은 관(觀)이며 소유(少遊)는 그의 자다. 신종 때 진사에 합격한 뒤 정해주부(定海主簿)를 거치면서 소식에게 문재를 인정받아 태학박사(太學博士)로 추천되었다. 나중에 당쟁에 휘말려 항주통판(杭州通判)으로 좌천됐다가 휘종(徽宗) 때 의덕랑(宜德郎)으로 재기했으나 임지로 가던 중 사망했다. 시문과 사에 능해 '소문 사학사'의 한 사람으로 손꼽히는 그의 작품들 중에는 자신이 좌천된 뒤의 심경이나 남녀의 사랑을 노래한 것이 많다.

언제 님의 소식 조금인들 들려줄 리 있겠는가!

하물며 속상하게도,

그분을 그리워해도 멀리 떨어져 있는 신세……

상사병에 찌든 꿈에서 깨고 보니,

밤새도록 비만 쏟아져 내리고,

거기다가,

두견새 우는 소리까지 들리는구나!

열네번째, 열다섯번째 구절 "아무리 단단히 약속하고 깊이 맹세한들,/ 다시 만나지 않으면 무슨 소용이랴?"는 황노직[26]의 「춘사」[27]로,, 「도련자(擣練子)」 가락에 맞추어 부른 것입니다.

매화는 흰 꽃가루를 흩뿌리고,

버드나무는 금빛으로 나부끼는데,

가랑비와 살랑바람은 밭두둑의 먼지를 거두어들이네.

왕년의 절절한 약속이며 깊은 맹세는 어디에 하소연할꼬?

그저 그 님 다시 뵙는 날만 기다릴 수밖에……

---

26) 황노직(黃魯直): 북송의 시인이자 서예가. 본명은 정견(庭堅)이며 노직(魯直)은 그의 자다. 치평(治平) 연간에 진사에 합격하여 북경 국자감교수(北京國子監敎授) 등을 지내면서 소식, 문언박 등에게 문재를 인정받았으나 철종(哲宗) 때 당쟁에 휘말려 좌천되어 의주(宜州)에서 죽었다. '소문 사학사'의 한 사람으로, 신기함·낯섦·난삽함을 특징으로 하는 '강서시파(江西詩派)'의 창시자로 추앙되면서 소식과 함께 당대의 문단을 풍미했다.
27) 「춘사(春詞)」: 이 가사는 이 이야기에서만 언급될 뿐 다른 문헌에는 관련 내용이 보이지 않는다.

열여섯번째 구절 "만나야지 소식을 알 수 있는 것을……"은 주미성[28]의 「춘사(春詞)」로, 「적적금(滴滴金)」 가락에 맞추어 부른 것입니다.

매화가 봄소식을 흘리셨나?
버들가지는 길어지고,
풀 새싹들은 파릇파릇,
어느 사이 서리처럼 세어버린 살쩍머리……
세월을 생각해보니 참으로 애석도 하구나!

난향 그윽한 집에서 술잔 들고 귀한 손님을 떠올리네.
곱게 그린 눈썹을 찌푸리며,
봄 경치 마주하고 시름에 젖었었지.
서로가 천리를 떨어져 있으니,
만나야지 소식을 알 수 있는 것을……

열일곱번째, 열여덟번째 구절 "하지만 이제는 어쩔 도리도 없이, / 이 작은 마음속에 오만 가지 한만 다 쌓이누나!"는 구양영숙의 가사[29]로, 「접

---

28) 주미성(周美成): 북송의 시인이자 음악가. 본명은 방언(邦彦)이며 미성(美成)은 그의 자다. 신종 때 태학생(太學生)의 신분으로 「변도부(汴都賦)」를 지어 황제의 칭찬을 받고 태학정(太學正)으로 기용되었다. 휘종 때에는 대성부(大晟府)에서 사보(詞譜)와 기타 악곡들을 관장했는데, 가기들이 경쟁적으로 그의 사보를 노래했다고 한다. 그가 지은 송사는 음률이 엄격하고 예술성이 높아서 남송 격률파의 개창자 또는 송사의 집대성자로 일컬어진다.

29) 가사: 이 가사는 『구양문충공 근체악부(歐陽文忠公近體樂府)』에 수록되었는데, 그 제1절 넷째, 다섯째 구절은 이야기꾼의 소개와 달리 "붉은 초와 가지 끝에는 어린 제비 한 쌍이

련화」³⁰⁾ 가락에 맞추어 부른 것입니다.

　　발과 휘장을 스치는 동풍은 썰렁도 하건만,
　　눈 속 매화는 일찌감치 봄이 왔다고 알려주누나.
　　하지만 지금 작은 마음속 생각을 어쩌지도 못하고,
　　오만 가지 시름을 다 쌓아놓고 하릴없이 괴로워하네.

　　금빛 화로 데워 난향 피우며 목욕하고,
　　속절없이 가위 쥐고 색종이 자르며 솜씨 자랑에 바쁘다가,
　　수놓은 이불 속에서 한밤중 내내 달게 자느라,
　　비단 휘장 속에서 창문 너머 날이 새는지도 몰랐구나!

　　이제까지는 심문술이라는 선비 이야기를 해드렸습니다만, 오늘은 어떤 선비가 행재³¹⁾ 임안부(臨安府)로 과거를 보러 왔다가 열몇 번이나 귀신의 장난에 애를 먹는 내용을 담은 소설을 들려드릴까 합니다. 여러분, 이 선비 이름이 어떻게 되는지 아십니까?
　　먼저 소흥 10년³²⁾에 있었던 일을 들려드리지요. 복주 위무군³³⁾ 출신

　　노닐고, 금빛 칼 들고 잘라낸 채단은 정교함을 뽐내네(紅臘枝頭雙燕小, 金刀剪彩呈纖巧)"로 나와 있다.
30) 「접련화(蝶戀花)」: 이 작품은 『전송사(全宋詞)』에도 소개되었지만 원문은 이 이야기에 언급된 내용과는 다소 차이가 있다.
31) 행재(行在): 황제가 도읍지를 떠나 먼 곳으로 출행할 때 임시로 머무는 곳. 이 이야기에서는 남송의 도읍지 임안(臨安), 즉 지금의 항주를 가리킨다.
32) 소흥(紹興) 10년: '소흥'은 남송정권을 수립한 고종의 재위 기간(1131~1162) 동안 사용된 연호로, 소흥 10년은 서기 1140년에 해당한다.
33) 복주 위무군(福州威武軍): 오늘날의 복건성 복주(福州).

의 선비가 하나 있었는데, 성이 오(吳), 이름은 홍(洪)이었습니다. 고향을 떠나 공명을 얻을 요량으로 행재 임안부로 왔는데, 오로지

> 단번에 용호방[34]에 장원으로 급제하여,
> 10년 안에 봉황지[35]에 모습을 드러내련다.[36]

하고 밝은 미래만 간절하게 염원했답니다. 그런데 바람과는 달리, 때가 오지 않았던지 과거에서 낙방하고 말았지 뭡니까! 오 수재는 몹시 울적해진 데다가 노잣돈도 떨어진지라 차마 고향으로 돌아갈 수 없었지요. 일단 되는대로 지금의 주교[37] 아래에서 자그마한 서당이나 꾸리고 지내면서, 3년 뒤 방이 붙고 과거시험장이 열리면 다시 입신출세를 노려보기로 했습니다. 그렇게 해서 달마다 아이들 몇을 상대하다 보니 서당 일도 눈 깜짝할 사이에 일 년을 넘기게 되었는데, 그 동네 사람들이 다 자식을 데려와 맡기는 바람에 돈이 제법 모였습니다.

---

34) 용호방(龍虎榜): 과거 급제자 명단. 당대(唐代) 정원(貞元) 연간에 육지(陸贄)가 과거를 주관하여 구양첨(歐陽詹)·한유(韓愈)·이근(李觀)·가육(賈陸) 등의 인재들을 발탁했다. 이들은 당시에 이미 걸출한 문사로 천하에 명성이 자자했기 때문에 당시 사람들이 이 해에 급제한 수험생의 명단을 '용호방'이라고 불렀다고 한다.

35) 봉황지(鳳凰池): 황궁 정원의 연못. 위진남북조(魏晉南北朝) 시대에는 황궁 정원에 중서성(中書省)을 두고 국가 기밀을 관장했기 때문에 중서성을 봉황의 연못이라는 뜻으로 '봉황지'라고 부르기도 했다. 또, 당대(唐代)에는 재상을 중서문하평장사(中書門下平章事)로 불렀기 때문에 '봉황지'는 대체로 재상을 의미한다.

36) 단번에~ 드러내련다: 『증광현문(增廣賢文)』에 나오는 격언. 『증광현문』은 아동들의 한문 학습을 위해 만들어진 계몽서로, 『석시현문(昔時賢文)』『고금현문(古今賢文)』 등으로 불리기도 했다. 명대 만력(萬曆) 연간의 극작가 탕현조(湯顯祖)가 지은 희곡『모란정(牡丹亭)』에서 처음으로 이 책이 언급된 것을 볼 때 이 책이 늦어도 명대 말기에는 간행되어 읽혔음을 알 수 있다.

37) 주교(州橋): 남송대에 항주에 있던 다리 이름.

그날도 마침 서당에서 아이들을 가르치고 있는데 청색 천으로 만든 발에 달아놓은 방울이 울리면서 누가 들어오는 것이었습니다. 오 수재가 누군가 하고 보니 반년 전에 이사 갔던 이웃집 왕(王) 노파가 아니겠습니까. 사실 그 노파는 중매쟁이로, 중매를 서서 생계를 꾸리던 사람이었지요. 그래서 오 수재가 인사를 나눈 뒤

"한동안 못 뵈었습니다. 어르신께서는 지금 어디에 사시는지요?"

하고 묻자, 그 노파가

"교수[38]님이 이 할망구 따위는 다 잊어버리신 줄 알았지 뭐유. 지금은 전당문[39] 안 성곽 옆에 살고 있다우."

하는 것이었습니다. 오 수재가

"어르신 춘추가……"

하고 물으니, 노파는

"쓸데없이 일흔하고도 다섯이나 됐지 뭐유! 교수님은 몇이나 되셨수?"

하는 것이었습니다 오 수재가

"스물둘입니다."

하니까, 노파는

"이제 겨우 스물둘이라면서 서른은 넘어 보이는구랴! 교수님이 날마다 어지간히도 고생을 많이 하시나 보우. 바보 같은 할망구 생각인지는 모르겠지만서두, 짝이 되어줄 참한 색시가 하나 있어야겠수."

---

38) 교수(教授) : 송·원대에 서당 훈장을 부르던 존칭. 원문에서는 오홍에 대한 호칭으로 '수재'와 '교수'가 섞여 쓰였으나 이 책에서는 이야기꾼이 언급할 때는 '수재'로, 등장인물이 언급할 때는 '교수'로 구분하여 옮겼다.

39) 전당문(錢塘門) : 남송대 임안성의 서쪽 성문. 임안성의 서쪽 성문은 전당문·용금문(湧金門) · 청파문(清波門) 등 모두 3개가 있었다고 한다.

하는 것이었습니다. 오 수재가

"제 쪽에서도 몇 번이나 사람을 구해봤습니다만, 그쪽으로는 원체 머리가 잘 돌아가지 않는지라……"

하고 말하자, 노파는

"이런 걸 두고 원수가 아니면 만날 수 없다고 하는 게지. 교수님한테 일러드리리다. 이곳에 딱 좋은 혼처가 하나 있긴 있다우. 일천 꿰미나 되는 혼수에다, 몸종도 하나 거느리고 자색도 빼어난 데디, 별별 악기를 다 다룰 줄 알고, 거기다 글도 쓸 줄 알지, 셈도 할 줄 알지…… 게다가 쟁쟁한 대갓집 출신이다 보니 글공부하는 서방님한테만 출가하겠다고 난리구려. 교수님은…… 생각이 어떠신감요?"

하고 말하는 겁니다. 그 말을 들은 오 수재는 하늘에서 큰 복을 내리셨구나 싶었던지 얼굴에 웃음꽃이 흐드러져서는

"정말 그런 혼처가 있다면 좋고말고요! 그런데…… 그 색시는 지금 어디에 있습니까?"

하는지라, 노파가

"가르쳐드리리다. 그 색시는 일전에 진태사[40] 댁 삼통판[41] 집에서 기거하다 나왔는데 두 달 지내는 동안 얼마나 혼담이 많이 들어왔는지 모른

---

40) 진태사(秦太師): 북송 말, 남송 초 주화파의 거두인 진회(秦檜, 1090~1155). 북송 말 어사중승(御史中丞)으로 있다가 정강(靖康) 2년(1127)에 금나라 군사가 침입하자 투항해서는 금나라 밀사의 신분으로 귀환했다. 그 후 남송 고종의 신임으로 17년 동안 재상을 지내면서 악비(岳飛)·한세충(韓世忠)·장준(張俊) 등 항전파를 박해하고 금나라와는 화친을 맺고 신하의 나라를 자처하면서 조공을 바치는 등 굴욕적인 외교로 일관함으로써 간신의 대명사로 각인되었다. 한때 태사(太師)를 지낸 적이 있기 때문에 이 이야기에서도 '진태사(秦太師)'로 부르고 있다.

41) 삼통판(三通判): 진회의 손자 항렬에서 셋째 아들이면서 통판(通判)을 지낸 사람을 가리키는 듯하다. 이 호칭은 남송대에 민간에서 당대의 권문세가의 대표자를 가리키는 것으로 실제로 진회와 관계가 있는 것은 아니다.

다우. 성·부·원[42] 같은 데서 일하는 나으리님네들이 부탁해온 적도 있고, 내제사[43] 관리가 부탁해온 적도 있고, 큰 가게를 하는 양반이 부탁해온 적도 있고 말이지. 아 그런데 말이유, 그 색시는 지체가 높으면 높다고 물리고 신분이 낮으면 낮다고 깨고 하면서, 한사코 '나는 글공부하는 서방님한테만 출가할 거예요' 그러는 거라. 게다가, 부모도 없이 '금아(錦兒)'라는 몸종만 하나 있는데, 그 색시가 별별 악기를 다 다룰 줄 안다고 해서 그 댁 사람들이 '이악랑(李樂娘)'이라고 불렀다는구먼요. 지금은 백안지(白雁池)에 있는 옛 이웃 사람 집에서 지내고 있고……"

하고 이야기해주는 것이었습니다.

두 사람의 대화가 채 끝나기도 전에 문간의 발이 바람결에 말려 올라가면서 어떤 사람이 문 앞을 지나가는 모습이 보이는 거예요. 왕 노파가

"교수님, 저기 지나가는 저 사람 본 적 있수? 교수님은 바로 저 사람 집 색시를 아내로 맞을 팔자라우."

하더니 문을 나가서 가까스로 불러 세우는데 그게 다른 사람이 아니라 바로 이악랑이 머물고 있는 집 주인으로, 성이 진씨(陳氏)여서 '진건낭(陳乾娘)'으로 불리는 사람이었지요. 왕 노파가 데리고 들어와 오 수재에게 인사를 시키더니

"건낭, 그 집 색시는 혼담이 성사됐수?"

하자, 건낭은

---

42) 성(省)·부(府)·원(院): 중앙정부의 최고 행정기관들. '성'은 상서성(尚書省)·중서성(中書省)·문하성(門下省)의 세 성, '부'는 육부(六部), '원'은 추밀원(樞密院)을 각각 가리킨다.

43) 내제사(內諸司): 내정제사(內廷諸司)의 약칭. 황제의 궁정 및 시종과 관련된 업무를 보던 기관을 가리킨다. 반대로 궁정에서의 일용품을 구매, 공급하는 기관들은 '외제사(外諸司)'로 일컬어졌다.

“씨알도 안 먹히네요. 좋은 혼처가 없는 것도 아닌데, 고집을 부리면서 입만 열면 글공부하는 서방한테 출가하겠다고 난리랍니다. 일이 그렇게 마음먹은 대로 되나요 어디?”

하는 것이었습니다. 왕 노파가

“마침 나한테 좋은 혼처가 하나 있는데…… 건낭과 색시한테 마음이 있을는지 모르겠구먼?”

하고 말하자, 건낭도

“그 아이를 누구한테 출가시키시게요?”

하고 물었습니다. 왕 노파가 오 수재를 가리키면서

“그 색시를 이 선비님한테 출가시킬까 싶은데, 괜찮겠수?”

하고 말하니까, 건낭은

“농담 마세요. 이 선비님한테 출가시킬 수만 있다면야, 어디 좋다뿐이겠어요?”

하는 것이었습니다. 오 수재는 그날 더 이상 수업을 진행할 수 없게 되자 아이들을 일찌감치 귀가시켰습니다. 아이들이 인사를 하고 돌아가자 오 수재는 자물쇠로 문을 걸어 잠근 뒤 두 노파와 함께 거리로 나아, 그들에게 술을 대접했지요. 석 잔을 마시고 났을 때였습니다. 왕 노파가 일어나더니

“교수님이 이 혼사에 생각이 있다면, 건낭한테 청혼서나 한 장 부탁해보시유.”

하고 말하는 겁니다. 그러자 건낭이

“이 할망구한테 요렇게 있지요.”

하면서 손을 옆으로 빼더니 배두렁이에서 청혼서를 꺼내는 것이었습니다. 왕 노파가

"건낭, 도사 앞에서는 거짓말을 할 수 없고 맨땅에서는 헤엄을 칠 수가 없다지 않습디까! 당신이 날을 잡고 색시와 몸종 금아를 매가교[44) 아래 술집으로 데리고 오면, 나도 교수님하고 같이 가서 선을 보이도록 하리다."

하자, 건낭은 그렇게 하기로 하고 왕 노파와 함께 오 수재에게 고맙다는 인사를 한 뒤 자리를 떠나고, 수재도 술값을 치르고 귀가한 것은 두말할 것도 없습니다.

약속한 날이 되자, 오 수재가 새 옷으로 갈아입고 학생들을 귀가시킨 뒤 그길로 매가교 아래 술집으로 가는데, 저 멀리에 벌써 마중을 나온 왕 노파가 보였습니다. 두 사람이 함께 술집으로 들어와 위층으로 올라갔더니 진건낭이 먼저 와 있는 거예요. 오 수재가 바로

"색시는 어디에 있습니까?"

하고 묻자, 건낭이

"그 아이는 금아하고 같이 동쪽 누각에 앉아 있답니다."

하고 대답하는 것이었습니다. 그런데 세 치 혀로 창호지에 구멍을 내던 오 수재는 다짜고짜 큰 소리를 지르는 것이 아니겠습니까!

"둘 다 사람이 아니야!"

사람이 아니라니 이게 대체 무슨 소리일까요? 사실은 고운 자색을 보고 그녀를 남해(南海)의 관세음보살로 여기고, 금아도 옥황상제의 궁에서 향불 시중을 드는 옥녀(玉女)로 여겨서 이들이 사람이 아니라고 고함을 지른 것이었지요. 그 이악랑이라는 여인을 볼작시면,

---

44) 매가교(梅家橋) : 임안성에 있던 다리 이름.

물에서 오려낸 두 눈동자인가?

꽃에서 피어난 발그레한 얼굴인가?

구름처럼 틀어 올린 쪽머리에다 귀밑머리 빗질하고,

빼어난 눈썹에는 엷게 봄 산을 그렸구나.

붉은 입술은 화사한 복숭아로 장식해놓고,

새하얀 이는 옥 조각을 두 줄로 늘어놓은 듯.

자태도 자연스러워,

보통 사람들과는 판이한 것이 그야말로,

직녀(織女)가 요대(瑤臺)에서 강림한 듯,

항아(嫦娥)가 월궁(月宮)을 떠나온 듯!

몸종이라는 금아도 보았더니,

눈동자는 맑고 사랑스러우며,

살쩍머리도 오똑하여 가관이로구나!

초승달이 눈썹을 싸고 있나?

봄 복사꽃이 얼굴을 스쳤나?

자태는 그윽한 꽃조차도 무색해질 정도로 화사하고,

피부는 부드러운 옥이라도 되는 양 향기가 나누나.

금 연꽃 같은 발에는 동그랗게 수놓은 신발을 신고,

소라 같은 트레머리엔 자그만 자금색 비녀를 꽂았구나.

파릇한 매실 따며 도령님을 훔쳐보는 듯,

붉은 살구꽃 타고 앉아 담장 너머 고개를 내미는 듯.

그날 혼약을 맺은 다음에는 재물을 내어 폐백을 드리고 기러기를 올리고 납폐서를 전하는 혼례 절차가 빠질 수 없었지요. 그렇게 하루도 안 되어서 오 수재가 그 여인을 맞아들이니, 부부 두 사람 금슬 좋기가 그야말로

어렴풋한 구름 속에서 하늘가를 나는 봉황새인가?
깊은 물속에서 목을 기대고 있는 원앙새이런가?
이승에선 헤어지지 않겠다는 서약서 써서,
내세까지 이어지는 인연의 끈을 맺었구나!

다시 본론으로 돌아가보도록 하지요. 하루는 보름날이어서 학생들이 모두 일찌감치 와서 공자(孔子)에게 절을 올리려던 참이었습니다. 오 수재는

"여보, 먼저 일어나리다."

하고 말하고 나서, 부엌 앞을 지나다가 문득 몸종 금아를 보았습니다. 그랬더니 등 뒤로 머리를 한 타래 뒤집어쓴 채 눈알 두 개를 끼워 넣었는데, 목 주위가 온통 피로 얼룩져 있는 것이 아닙니까! 오 수재가 그 광경을 보고는 외마디 비명을 지르고 땅바닥에 픽 꼬꾸라지자, 바로 아내가 와서 응급조치를 해 소생시키고 금아도 달려와 부축해 일으키는 것이었습니다. 아내가

"서방님, 뭘 보고 그러신 거예요?"

하고 물었지만, 오 수재는 식솔들을 먹여 살리는 가장인지라 '금아의 이러이러한 꼴을 봤다'고 말할 수도 없는 노릇인 데다, 스스로도 헛것을 봤나 싶어서 짐짓 둘러대면서

"여보, 일어날 때 옷을 덜 입었다가 찬바람을 쐬었더니 갑자기 머리가 어지러워져서 쓰러졌구려."

하고 속여 넘기는 것이었습니다. 금아가 황급히 마음을 진정시키는 탕약을 준비해서 그에게 먹이자 멀쩡해졌지만, 오 수재는 내심 수상한 느낌을 갖게 되었지요.

긴말 다 접어두고, 하루는 마침 청명절 방학이어서 학생들이 수업을 쉬는 날이었습니다. 오 수재는 아내에게 집안일을 부탁한 뒤 옷을 갈아입고 외출해서 산책을 하기로 했습니다. 해서 그길로 만송령[45]을 지나 지금의 정자사[46] 경내까지 가서 좀 둘러보고 나오는데, 누가 오 수재를 쳐다보면서 큰 소리로 인사를 하는 것이었습니다. 오 수재는 미처 답례도 못하고 얼떨떨해 있는데 그는 다른 사람이 아니라 정자사 맞은편 술집의 종업원이었지요. 종업원은

"저희 가게에서 웬 손님이 선비님을 모셔오라고 하십니다요!"

하고 전하기에, 오 수재가 그 종업원과 함께 술집으로 들어섰더니, 기다리던 사람은 '왕칠삼 관인'으로 불리던 부판[47] 왕칠(王七)이었습니다. 서로 인사를 나누고 나자, 왕칠삼 관인은

"아까 교수님을 알아보기는 했지만, 소리를 칠 수도 없고 해서 일부

---

45) 만송령(萬松嶺): 임안성 밖 효인방(孝仁坊) 서쪽에 있는 고개. 고갯길 양쪽으로 소나무를 많이 심어놓았는데 남송 때에는 이곳에 관리들이 사는 주택이 밀집해 있었다고 한다.

46) 정자사(淨慈寺): 항주에 있던 정자보은광효선사(淨慈報恩光孝禪寺)라는 절이다. 오대(五代) 시대에 오월왕(吳越王) 전홍숙(錢弘俶)이 서호(西湖) 근처에 이 절을 짓고 '혜일영명원(慧日永明院)'이라고 명명했는데, 송대에 더욱 발전하여 그 규모가 근처의 영은사(靈隱寺)와 맞먹었다고 한다. 이 절에서 울리는 '남병산의 저녁 종소리(南屛晚鐘)'는 '서호의 10대 경치(西湖十景)' 중 하나로 꼽힌다.

47) 부판(俯判): 임안부(臨安府)에 배속된 판사(判司). 송대의 '판사'는 부위(薄尉)에 해당하는 말직의 벼슬아치였다.

리 종업원한테 모셔오라고 시켰습니다."

하는 것이었습니다. 오 수재가

"나으리께서는 지금 어디 가시는 길입니까?"

하자, 왕칠삼 관인은 입도 뻥긋하지 않고 속으로

'오 교수가 신부를 맞아들인 지 얼마 안 됐다지? 내가 신부를 농락하는 솜씨나 두고 보시지!'

하고 생각하면서

"지금 교수님하고 우리 선산에나 좀 가볼까 싶어서요. 아침나절에 묘지기가 와서 '복사꽃도 피고 집에서 빚은 술도 잘 익었습니다' 그러더군요. 우리 거기 가서 술이나 몇 잔 드십시다."

하니, 오 수재도

"그렇게 하시죠."

하는 것이었습니다. 술집을 나온 두 사람은 그길로 소공제[48]까지 갔는데, 봄놀이 나온 사람들을 둘러보니, 그야말로

사람들 북적거리고,

수레와 말들이 줄줄이 늘어섰네.

따스한 바람이 경치를 북돋우고,

아름다운 햇살은 빛을 더하는데,

꾀꼬리는 파릇한 버들 그늘에서 지저귀고,

나비는 기이한 꽃가지 위에서 노니는구나.

---

48) 소공제(蘇公堤) : 항주 서호에 있는 '소제(蘇堤)'의 다른 이름. 북송의 정치가인 소동파(蘇東坡)가 항주지주(杭州知州)를 지낼 때 서호에 제방을 쌓은 뒤 서호를 가로질러 다리와 정자들을 세우고 길 양편에 버드나무를 심자 그 뒤로 이 제방이 '소제'로 불렸다고 한다.

풍악 소리 들리는 저곳은,

뉘 집 정자요 뉘 집의 무대인고?

말하고 웃는 소리 흐드러질 때,

비스듬히 봄과 여름의 누각에 몸을 내맡기네.

향나무 수레는 다투어 따라가고,

옥 재갈들은 다투어 내달리는데,[49]

뽀얀 얼굴의 노령님네늘 황금 등자 울리는 소리에,

곱게 단장한 여인들이 수 놓은 발 걷고 내다보누나.

남신로(南新路) 어귀에서 배를 한 척 빌려 모가보(毛家步)까지 가서 뭍에 올라 구불구불한 옥천·용정[50]을 지나니 왕칠삼 관인 집안의 선산이 서산(西山) 타헌령[51] 아래에 자리 잡고 있는데 고개도 참 어지간히도 높지 뭡니까! 그 고개를 내려가 1리 길을 더 가서 산소에 도착하니 묘지기 장안(張安)이 마중을 나와 있는 것이었습니다. 왕칠삼 관인은 곧바로 장안에게 다과와 술을 좀 준비하라고 이르고, 둘이서 옆에 있는 자그마한 꽃밭으로 들어가 앉았지요. 장안이 내온 술은 집에서 빚은 술이어서 마시다 보니 어느새 잔뜩 취하고 말았는데 하늘을 보니 벌써

붉은 해는 서쪽으로 떨어지고,

---

49) 향나무 수레~ 옥 재갈: '향나무 수레'는 향나무로 짠 화려한 수레를 말하지만 때로는 여자가 타는 수레를 가리키기도 한다. 또, '옥 재갈'도 옥으로 만든 재갈을 가리키지만 때로는 대갓집 귀공자들을 가리키는 말로 사용된다. 이 이야기에서 '향나무 수레'와 '옥 재갈'은 아름다운 기생들과 부유한 집안의 도령들이 행락철을 맞아 북적대는 모습을 상징한다.

50) 옥천(玉泉)·용정(龍井): 항주 서호 부근에 위치한 곳.

51) 타헌령(駝獻嶺): 항주 서호 근처의 구리송(九里松) 동쪽에 있는 고개.

124

옥 같은 달 동녘에서 떠오르네.

미인은 촛불 들고 방으로 돌아가고,

강 위의 어부도 낚싯대를 거두누나.

어부는 물고기 팔고 나서 대나무 길 따라 귀가하고,

목동은 송아지 타고서 꽃 핀 마을로 접어드네.

날이 벌써 저문 것을 보고 오 수재가 자리를 뜨려고 했지만, 왕칠삼 관인은

"한 잔 더 먹고 이 몸이 동행해드릴 테니, 우리 타헌령 지나 구리송(九里松) 길목에 있는 기생집에서 하룻밤 자도록 합시다."

하는 것이 아니겠습니까? 오 수재는 말은 못하고 속으로만

'이제 막 혼인을 한 처지에, 밤새도록 돌아가지 않으면 아내가 집에서 기다릴 텐데, 어떻게 해야 좋담? 그렇다고 이 시간에 전당문으로 출발한다 해도, 거기 도착할 때쯤이면 벌써 성문을 닫았을 텐데……'

하고 생각하면서도 어쩔 수 없이 왕칠삼 관인과 손을 맞잡고 타헌령을 올라가는 수밖에 없었습니다. '모든 일에는 우연이란 게 있고 만물에는 필연이란 게 있는 법'이라고들 하더니만, 바로 그 고개에서 구름이 동북쪽에서 일고 안개까지 서남쪽으로 길게 퍼지더니 한바탕 큰 비가 내리기 시작하지 뭡니까. 그야말로 은하수가 거꾸로 쏟아지고 푸른 바다를 들이붓듯 엄청나게 큰 비였지요. 그렇지만 비를 피할 곳이 마땅치 않아 그대로 비를 맞으면서 몇십 걸음을 더 걸어가니 자그마한 대나무 다락집이 하나 보이는 것이었습니다. 왕칠삼 관인은

"일단 여기서 비를 좀 피하도록 합시다."

라고 말했지만, 다락집에서 비를 피하기는커녕, 거꾸로

돼지와 양이 푸줏간으로 뛰어든 격으로,
한 발 한 발 죽음의 길로 접어드는구나!

두 사람이 비를 피하려고 뛰어와서 보았더니 웬걸! 황폐해진 공동묘지로, 문 앞의 그 다락집 하나뿐, 안에는 아무 건물도 없지 뭡니까! 두 사람은 돌비탈에 앉더니, 비가 그치면 다시 길을 나서기로 했습니다. 한참 그렇게 큰 비가 쏟아지고 있는데, 옥졸 차림을 한 사람이 이웃한 대울타리 쪽에서 공동묘지로 뛰어들어 웬 무덤 위로 올라가더니
"주소사(朱小四) 이놈! 어떤 분이 부르시니 오늘은 좀 가줘야겠다!"
하고 외치는 것이 아닙니까? 그러자 무덤 안에서
"나으리, 갑니다!"
하고 심드렁하게 대답하는가 싶더니만 잠시 후에 봉분이 갈라지면서 사람 하나가 뛰쳐나오자 옥졸이 그를 끌고 가는 거예요. 오 수재와 왕칠삼 관인은 등골이 오싹해지고 두 다리까지 저절로 후덜거렸습니다. 두 사람은 비가 그친 것을 보고 다시 길을 걷기 시작했는데, 땅도 미끄러운 데다가 겁까지 먹어서 그런지, 가슴은 날뛰는 새끼 사슴처럼 쿵쿵거리고, 두 다리는 싸움에 진 수탉처럼 기운이 빠진 채, 뒤에서 천군만마가 쫓아오기라도 하는 것처럼 뒤도 돌아볼 엄두조차 내지 못했지요. 산꼭대기까지 갔을 때 귀를 기울이고 들어보니, 골짜기를 타고 숲 속에서 곤장 치는 소리가 들리더니, 곧이어 무덤에서 뛰쳐나온 주소사라는 사내가 뛰어오고 그 뒤로 옥졸이 쫓아오지 뭡니까! 그 광경을 본 두 사람은 걸음아 날 살려라 하고 다시 도망을 치다가, 고개 옆에 웬 허물어진 성황당이 하나 있는 것을 보고 그 안으로 뛰어들어가자마자 허겁지겁 문 두 짝을 닫아걸었

지요. 두 사람이 몸으로 성황당 문을 버티면서 그야말로 숨도 제대로 못 쉬고 방귀조차 편하게 뀌지 못하고 있는데, 바깥쪽 소리를 듣자니 누가 지나가면서

“나를 아주 때려잡는구려 잡아!”

하고 외치는 소리가 들리는데, 다른 한 사람이

“몰매를 맞을 망령 같으니! 나한테 상납을 하기로 해놓고 줄 생각을 않으니 네놈을 족치지 않을 수 있겠느냐!”

하고 대꾸하는 것이었어요. 왕칠삼 관인은 오 수재에게 나지막하게

“들어봐요, 방금 바깥에서 지나간 게 바로 그 옥졸과 무덤에서 튀어나온 사람이지요?”

하더니, 두 사람이 안에서 얼싸안고 덜덜 떨기 시작했습니다. 오 수재는

“당신 때문에 공연히 나까지 여기서 이렇게 놀라서 어쩔 줄을 모르고 있잖소! 집에서 마누라가 나를 얼마나 애타게 기다리고 있을꼬……”

하면서 왕칠삼 관인을 탓하는데, 그 말이 끝나기도 전에 바깥에서 누가 문을 두드리면서

“문 좀 열어보세요!”

하는 소리가 들리는 것이 아닙니까. 두 사람이 동시에

“당신이 누구시기에요?”

하고 물으면서 자세히 들어보니 여자 목소리였습니다.

“왕칠삼 나으리, 참 잘하는 짓이구려! 우리 서방님을 이곳까지 끌고 와서 밤을 새는 바람에 내가 여기까지 찾아왔잖아요! 금아야, 문을 밀어 젖히고 서방님을 불러내자꾸나!”

오 수재는 바깥에서 들리는 소리를 들어보더니

'난 또 누군가 했더니 우리 마누라와 금아였군. ……그런데, 내가 왕칠삼 관인과 이곳에 있는 건 또 어떻게 알았지? 혹시…… 두 사람도 귀신?'

하고 생각했습니다. 두 사람 모두 소리를 지를 엄두조차 못 내고 있는데, 바깥에서 다시

"이 문을 열지 않으면 문틈으로 비집고 들어갈 거예요."

하는 소리가 들리는 것이었어요. 두 사람은 그녀가 하는 말을 듣자니 낮에 마신 술이 죄다 식은땀이 되어 흘러나오는 기분이었습니다. 그사이에 바깥에서 또

"아씨, 주제넘은 소리인지는 모르겠지만, 아씨는 일단 돌아가 계시는 게 낫겠어요. 내일이면 마님도 제 발로 돌아오시겠지요."

하는 소리가 들리더니, 아내가

"금아야, 네 말도 옳다. 우리 일단 돌아갔다가 처리하도록 하자꾸나!"

하고 말한 뒤

"왕칠삼 나으리, 내가 일단 돌아가긴 하겠는데, 내일은 우리 서방님을 꼭 돌려보내야 돼요!"

하고 외쳤지만, 두 사람이 어떻게 그 말에 대답을 할 수 있겠습니까? 어쨌든 아내와 금아는 그 말을 마치고 가버리는 것이었습니다. 왕칠삼 관인은

"오 교수님, 댁의 부인과 몸종 금아가 다 귀신이었구려! 이곳도 사람이 있을 곳이 못 되니, 얼른 떠납시다!"

하고 말하면서 성황당 문을 열고 보니, 얼추 오경[52]쯤 되는 시각이어서 아직 다니는 사람이 없었습니다. 두 사람이 고개를 다 내려오려면 아

직 1리 정도 남은 곳까지 왔을 때, 근처 숲 속에서 두 사람이 걸어 나오는데, 앞 사람은 진건낭이고 뒷사람은 왕 노파지 뭡니까!

"오 교수님, 한참 동안 기다리고 있었다우. 당신과 왕칠삼 나으리는 그래 어디서 오시는 길이슈?"

하고 왕 노파가 묻자, 오 수재와 왕칠삼 관인은 두 사람을 보더니만

"이 두 할망구도 귀신일 테니, 우리 빨리 내뺍시다!"

하고는, 노루가 달아나고 사슴이 내빼듯, 원숭이가 뛰고 송골매가 날아오르듯, 그 고개를 냅다 달려 내려오는데, 뒤쪽의 두 노파는 아랑곳하지 않고 천천히 따라오는 것이었습니다.

"밤새도록 법석을 떠느라 음식을 제대로 못 먹었더니 배가 다 고프군요. 하룻밤 사이에 이렇게 해괴한 꼴을 많이 당했으니 어떻게 낯선 사람을 찾아서 액땜이라도 좀 해야 할 텐데 말입니다!"

이렇게 말하면서 고개 아래를 보니 인가가 보이는데, 문 앞에는 솔가지[53]가 하나 걸려 있었습니다. 왕칠삼 관인은

"싸구려 술을 파는 곳인가 봅니다. 여기서 술이라도 사 마시고 기운을 좀 차린 뒤에 그 할망구들을 피하도록 하십시다."

하면서 술집으로 뛰어드는데

머리엔 쇠간같이 검푸른 두건을 쓰고,
몸에는 돼지 간처럼 붉은 복대를 두르고,

---

52) 오경(五更) : 인시(寅時), 즉 새벽 3시부터 5시까지의 시간.

53) 솔가지 : 송대의 상인들은 상점 문 앞에 간판 대용으로 특정한 상징물을 설치하여 광고효과를 노리기도 했다. 이 이야기에 언급된 솔가지 역시 술집 문 앞에 간판처럼 매달아놓는 것이다.

구식 잠방이에,

발에는 짚신을 신은,

잡일꾼이 하나 보이는 것이었습니다. 왕칠삼 관인이

"이 술은 어떻게 파시는 거요?"

하고 물었더니, 그 사나이가

"아직 데우지도 않았는뎁쇼."

하고 대답하자 오 수재가

"일단 차가운 거라도 한 사발 갖다주시구려."

하고 주문을 했지요. 그때 왕칠삼 관인은 그 사내에게서 말소리는커
녕 숨결조차 느껴지지 않자

"술집을 하는 이 사내도 행동이 수상한 걸 보니 똑같은 귀신인가 봅
니다. 우리 나갑시다!"

하는데, 그 말이 채 끝나기도 전에 집 안에 한 줄기 바람이 휘몰아치
는 것이었습니다.

범의 포효도 아니요,

용의 울부짖음도 아닌 것이,

분명히 버드나무 시들고 꽃 피게 하지는 못한다지만,

남몰래 산속 요귀며 물속 괴물을 감추고 있었구나.

휘몰아쳐 지옥문 앞 흙을 다 파헤치고,

풍도[54] 산 아래 먼지까지 다 일으키네.

---

54) 풍도(酆都): 사천성 동쪽에 위치한 풍도현(酆都縣). 이 현에 자리 잡은 평도산(平都山)
　　은 도가(道家)의 72대 복지(福地)의 하나로, 민간에는 저승이 있는 곳 또는 사람이 죽으

바람이 지나간 자리를 보았더니 일꾼도 자취를 감추고 술집도 사라진 채 두 사람만 덩그러니 무덤 위에 서 있는 것이 아닙니까! 얼이 다 나갈 정도로 놀란 두 사람은 그길로 허둥지둥 구리송 국원(麴院) 앞까지 가서 배를 한 척 구한 다음 전당문까지 가서야 배에서 내렸답니다. 거기서 왕 칠삼 관인은 제 갈 길을 찾아 귀가해버리고 오 수재는 그길로 먼저 전당 문 성 아래에 있다는 왕 노파 집으로 찾아갔는데, 대문이 자물쇠로 굳게 잠겨 있는 거예요. 이웃 사람에게 그 까닭을 물었더니

"왕 노파가 죽은 지 딱 다섯 달째 됩니다."

하는 것이 아닙니까! 오 수재는 얼이 나가 어쩔 줄을 몰랐습니다. 그 길로 전당문을 뒤로하고 지금의 경영궁[55] 공원[56] 앞으로 해서 매가교를 지나 백안지 어귀에 당도해 물어물어 진건낭 집 문 앞까지 왔더니 열십자로 엮은 대나무 장대가 문을 막고 있고, 문 앞에는 '사람 마음은 무쇠와 같고, 관청의 법도는 화로와 같다'는 글귀가 적힌 관등(官燈)이 켜져 있는데,[57] 거기서 또 이웃에게 물어보았더니

면 돌아가는 곳으로 알려져 있다. 때문에 '풍도'는 중국에서 저승·내세를 뜻하는 말로 쓰이는 것이 보통이다.

55) 경영궁(景靈宮): 남송 황실의 사직과 위패가 모셔진 묘당. 남송정권을 수립한 고종 때 항주 신장교(新莊橋)에 조성되었으며, 철마다 한 번씩 황실의 선조들을 위한 제사를 올렸다고 한다.

56) 공원(貢院): 고대에 향시(鄕試)·회시(會試)를 치르던 과거시험장. 거인(擧人)들이 이곳에서 과거를 치르는 모습이 마치 전국의 토산물을 황제에게 바치는 것과 같다는 의미에서 '공원'으로 불려졌다고 한다. 남송대에는 관교(貫橋) 서쪽과 신장교(新莊橋) 동쪽에 있었다고 한다.

57) 열십자로~ 켜져 있는데: 송대에는 관청에서 관할 관청의 명칭이 적힌 등롱인 '관등(官燈)'을 내걸어 특정한 집을 폐쇄하는 표식으로 삼았다고 한다. 이 이야기에서는 진건낭이 물에 빠져 죽었기 때문에 관청에서 그 집을 폐쇄한 것이다.

"진건낭도 죽은 지 일 년이 넘었답니다."

하는 것이었습니다. 그길로 백안지를 떠나 주교 아래로 돌아와 보니 자기 집 문이 자물쇠로 굳게 잠겨 있는지라 이웃 사람에게

"제 안사람과 몸종은 어디로 갔습니까?"

물었더니, 이웃 사람은

"교수님이 어제 출타하시자 색시가 우리한테 집안일을 부탁하면서 금 아와 같이 건낭 댁에 간다고 하더니만 여태 안 돌아왔네요."

하는 것이었습니다. 오 수재는 그 자리에서 이웃과 얼굴을 마주보면서도 아무 소리도 못하고 있는데, 문둥병에 걸린 웬 도인이 오 수재를 뜯어보더니

"선생을 보아하니 요망한 기운이 너무도 강하구려. 내가 당장 후환을 없애드리리다!"

하는지라 오 수재가 바로 도인을 안으로 안내한 뒤 향과 초, 부적과 정화수를 준비했더니, 도인이 도술을 걸면서 줄줄 주문을 외고는

"어서!"

하고 고함을 치자 신장(神將) 하나가 모습을 나타내는 것이 아닙니까!

누런 비단은 이마에 두르고,

비단 띠로는 허리를 감쌌는데,

검정 비단 도포 소매엔 둥그렇게 꽃무늬 수놓이고,

금빛 갑옷 두른 몸은 약간 조이는 듯하구나.

비껴 찬 검은 서슬도 시퍼렇고,

신고 있는 장화는 사자를 밟고 있네.[58]

위로는 벽락[59]의 하늘까지 통하고,

아래로는 구유[60]의 땅까지 가지.

고약한 용이 해코지를 하면,

바다 파도 물 아래까지 가서 잡아오고,

사악한 괴물이 요사스러운 짓을 벌이면,

산골짜기 동굴 구멍 속에서 끌어낸단다.

여섯 정신[61]의 제단 곁에선,

임시로 부리[62]의 직책을 수행하고,

옥황상제의 계단 앞에선,

이어서 천정[63]의 이름을 듣고 있지.

신장이 절을 하면서 큰 소리로

"진군(眞君)께서는 저를 어디로 보내시럽니까?"

하고 말하자, 도인은

"오홍의 집 안에서 설치는 요귀와 타헌령의 요괴들을 모조리 잡아오

너라!"

하는 것이었습니다. 신장이 명령을 받들자마자 바로 오 수재의 집 안

---

58) 신고 있는~ 밟고 있네: 장화에 사자 머리 형상이 그려진 것을 두고 한 말이다.

59) 벽락(碧落): 도교에서 동방 제1층의 하늘인 '벽하만공(碧霞滿空)'을 부르는 이름. 때로
   는 이것이 하늘을 두루 가리키는 말로 사용되기도 한다.

60) 구유(九幽): 원래는 대단히 어두운 곳이나 지하를 말하지만 때로는 지옥이나 저승세계를
   가리키기도 한다.

61) 여섯 정신(丁神): 정묘(丁卯)·정사(丁巳)·정미(丁未)·정유(丁酉)·정해(丁亥)·정축
   (丁丑) 등, 도교에서 옥황상제의 명령을 수행한다고 전해지는 여섯 명의 불의 신. 자세한
   내용은 44쪽 「옥 관음상」 상편 각주 44) 참조.

62) 부리(符吏): 도교에서 부적을 지키는 것으로 전해지는 신관(神官).

63) 천정(天丁): 하늘을 지키는 것으로 전해지는 역사(力士).

에서 한 줄기 바람이 휘몰아치는데

형체도 그림자도 없이 사람 품속으로 파고들면,
2월에도 복사꽃이 피게 만들지.
땅에서 낙엽을 주워 들고,
산으로 들어가면 흰구름을 만들어낸단다.

바람이 지나가고 나자 요괴 몇을 잡아왔는데, 알고 보니 오 수재의 아내 이악랑은 진태사 댁 삼통판 집의 소실로, 통판의 아이를 낳다가 죽은 귀신이었고, 몸종 금아는 그녀의 미모를 시샘한 통판의 본부인에게 얻어맞고 자살하는 바람에 그녀 역시 자살한 원귀가 되었던 것입니다. 또 왕노파는 수고병[64]을 앓다가 죽은 귀신이었고, 중매를 선 진건낭은 백안지에서 빨래를 하다가 물에 빠져 죽은 귀신이었지요. 타헌령에서 옥졸의 부름을 받고 무덤에서 뛰쳐나왔던 주소사는 생전에 묘지기를 하다가 과로로 죽은 귀신이었으며, 고개 아래에서 술집을 하던 그 사내는 상한병[65]을 앓다가 죽은 귀신이었습니다.

도인은 일일이 상세하게 심문을 하더니 허리춤에서 호리병을 하나 꺼내는데, 사람이 보면 호리병일 뿐이겠지만 귀신의 눈에는 커다란 풍도의 감옥이었지요. 어쨌든 도인이 도술을 걸자 귀신들은 저마다 머리를 싸쥐고 갈팡질팡하다가 호리병 속으로 끌려 들어가버리는 것이었습니다. 문둥이 도인이 오 수재에게

---

64) 수고병(水蠱病): 흡혈충 등의 기생충 때문에 몸이 불룩해지는 병. '고창(蠱脹)' '고(蠱)'로 불리기도 한다.
65) 상한병(傷寒病): 중의학(中醫學)에서 세상 열병을 두루 가리키는 말.

"가지고 가서 타현령 아래에 묻으시오."

하고 지시한 뒤 지팡이를 허공으로 내던지니 한 마리 선학(仙鶴)으로 변하지 뭡니까! 도인이 그 학을 타고 가려는데, 오 수재가 바로 엎드려 절을 하면서

"이 오홍의 속된 눈이 신선을 몰라뵈었나이다! 뒤를 좇아 출가하기를 원하오니, 바라옵건대 신선께서 제자로 거두어주십시오!"

하고 말하는 것이었습니다. 그러자 도인은

"나는 바로 천상의 감진인(甘眞人)이고, 너는 원래 약초를 캐던 내 옛 제자이니라. 수행 도중에 네가 순결하지 못한 속된 마음을 품고는, 자신이 출가한 것을 못내 후회하기에 그 벌로 속세로 떨어져 이승에서 가난뱅이 선비가 되어 실컷 귀신 맛을 보고 색정을 해소하게 했던 게다. 네가 드디어 그 깊은 뜻을 깨달았으니, 이제 속세를 떠나 도를 닦을 수 있겠구나. 12년만 더 기다리면 내가 꼭 너를 거두어주겠노라."

하고 말을 마치자마자 한 줄기 맑은 바람으로 변하더니 이내 사라져버리는 것이었습니다. 오 수재는 그때부터 속세를 버리고 출가하여 천하를 떠돌다가, 12년 뒤에 종남산[66]에서 감진인과 재회해 그를 좇았다고 합니다. 그 일을 시에서 이렇게 읊었다고 하는군요.

일심으로 도를 닦아 속세와 인연을 끊는다면,
요귀의 무리가 어찌 함부로 사람을 건드릴 수 있겠나?

---

66) 종남산(終南山): 섬서성(陝西省)을 동서로 가로지르는 진령산맥의 장안(長安) 남쪽 50리 지점에 자리 잡은 주봉 중 하나. 장안, 즉 현재의 서안을 울타리처럼 둘러싸고 있는 이 산은 도교의 비조 노자(老子)가 강의를 하고 『도덕경(道德經)』을 지었다 하여 예로부터 중국 도교의 발상지로 신성시되어왔다.

사악함과 올곧음은 모두가 마음먹기에 달린 법.
서쪽 산 동굴 속 귀신들이 이제야 풀려났구나!

정직한 장 주관

志誠張主管

화자는 늙음을 한탄하는 왕처후(王處厚)와 유사군(劉使君)의 시가를 '입화' 삼아 도입부를 장식한 뒤 본론으로 들어가 젊은 점원 장승(張勝)의 이야기를 들려준다. 개봉부(開封府)에서 큰 털실 가게를 운영하며 원외(員外)라고 불리던 부자 장사렴(張士廉)은 예순이 넘어 홀아비가 되자 매파들의 중매로 왕초선(王招宣) 댁 출신의 젊은 여인을 새 아내로 맞아들인다. 헌 신랑에게 시집온 신세를 슬퍼하던 젊은 새댁은 어느 날 길거리 구경을 하고 가게 점원의 노고를 치하한 뒤 밤이 되자 당직을 서는 장승에게 옷가지와 은덩이를 보낸다. 영문을 몰라 밤새 잠을 설친 장승은 귀가하여 노모에게 자초지종을 고하고 건강을 핑계로 가게를 그만둔다. 얼마 뒤 원소절(元宵節)을 맞아 등불놀이를 나갔던 장승은 귀갓길에 웬 사내의 안내로 한 술집에서 남루한 차림에 산발을 한 젊은 새댁을 만나 장사렴이 가짜 은괴를 만들다가 패가망신한 사연을 전해 듣고, 그녀가 서역산 염주를 내놓으며 집에 잠시 머물게 해달라고 간청하자 마지못해 함께 귀가한다. 염주 알을 팔아 가게를 연 장승은 '작은 장 원외'로 불릴 정도로 성공하지만 한 집에 사는 젊은 새댁의 유혹에도 흔들리지 않고 끝까지 초심을 잃지 않는다. 얼마 뒤 청명절(淸明節) 나들이를 나갔던 장승은 우연히 마주친 장사렴에게서 그간의 경위를 전해 듣고 며칠 뒤 그를 젊은 새댁과 상봉시키려 하지만 그녀는 이미 종적을 감춘 뒤였다. 마침내 진실을 안 두 사람은 왕초선 댁에 염주 값을 변상하고 천도제를 열어 고인의 명복을 빈다.

京本通俗小説第十三卷

志誠張主管

誰言今古事難窮　大抵榮枯揔是空
算乃生前隨分過　爭如云外指溟鴻
暗添雪色眉根白　旋落花光臉上紅
惆悵凄涼兩回首　暮林蕭索起悲風

這八句詩乃西川成都府華陽県王処厚年紀
將及六旬把鏡照面見鬚髭有幾根白的有感
而作世上之物少則有壯、則有老古之常理
人、都免不乃的原来諸物都是先白后里惟

누가 고금의 일들 다 말하기 어렵다 하는가?
영욕이니 쇠망이니 하는 것도 따지고 보면 부질없는 것.
제아무리 생전에 분수대로 살았다 하더라도,
어찌 구름 너머 보이는 저 기러기와 같을 수 있을쏘냐?
어느덧 백설 같은 빛깔 더해져 눈썹은 희끗희끗해지고,
왕년의 그 발그레하던 얼굴도 어느새 시들고 말았네.
슬프고 애달픈 심정으로 두어 번 고개 돌려보니,
을씨년스러운 저녁 숲에선 서글픈 바람만 이는구나!

　이 여덟 구절의 시는 서천(西川) 땅 성도부(成都府) 화양현(華陽縣)의 왕처후(王處厚)가 나이 육순을 앞두고 거울로 얼굴을 비추어 보다가 흰 머리카락이 몇 가닥 생긴 것을 발견하고 감회에 젖어 지은 것입니다. 이 세상 만물에는 소년기가 있으면 장년기가 있고 장년기가 있으면 노년기가 있다는 것은 예로부터 불변의 진리여서 누구도 피할 수 없는 일이지요. 본래

모든 사물은 처음에는 희던 것이 나중에 검어지기 마련이지만 수염만큼은
처음에 검던 것이 나중에 희게 변합니다. 그래서 유사군(劉使君)이라는 사
람도 거울로 반백이 된 머리를 보고 나서 다음과 같이 「취정루(醉亭樓)」라
는 가사를 지었지요.

    평소의 성격상,

    분수에 따라 봄 경치를 좋아하고,

    술에 취하면 꽃 핀 길을 그리워한다네.

    나이야 늙었지만 마음만은 아직 늙지 않았다며,

    모자 옆이 찌그러질 정도로 머리 가득 꽃을 꽂았건만,

    살쩍머리는 서리와도 같고,

    수염은 흰 눈과도 같아졌다며,

    스스로 한탄하고 슬퍼하노라!

    어떤 지인들은 염색하라 하고,

    어떤 지인들은 뽑으라고 하지만,

    염색하고 뽑은들 무슨 이득이 있겠나?

    처음에는 요절한 귀신이 될까 두렵더니만,

    이제는 어느덧 중년 넘긴 나그네가 되었구나.

    일단 조금이라도 남겨서,

    늘그막 모습을 꾸미고,

    모두 희어질 때까지 내버려두자꾸나!

    이제 이야기를 시작해보도록 하지요. 동경(東京) 변주(汴州) 땅 개봉부

(開封府)의 한 원외[1]는 나이가 예순이 넘어 머리가 다 허옇게 세었습니다. 그는 늙은 것을 인정하기는커녕 오히려 여색까지 탐하다가 온 재산을 탕진하고 하마터면 고향을 등진 채 객사한 귀신이 될 뻔했지요. 이 원외는 이름이 무엇이며 어떤 일을 했던 것일까요? 말 그대로

거마 행렬 따라 나부끼는 먼지는 언제나 그치려나?
사람 마음 얽어매는 일들도 끝날 날이 있는 것을……

본론으로 들어가봅시다. 동경 변주 개봉부의 계신자[2] 골목에서 털실 가게를 하는 원외 장사렴(張士廉)은 예순을 넘기고 아내가 죽은 뒤 혈혈단신으로 자녀도 없이 지내고 있었습니다. 십만 꿰미나 되는 큰 재산을 가진 그는 주관[3]을 둘 데리고 가게를 운영하고 있었지요. 하루는 장 원외가 갑자기 가슴을 치고 긴 한숨을 쉬면서 두 주관 앞에서

"이 나이가 다 되도록 자식 하나 없는데 십만 꿰미나 되는 재산이 다 무슨 소용이 있겠나!"

하고 신세타령을 하는 것이었습니다. 두 주관이

"원외님, 마님을 들이시지 않고요? 자녀를 하나라도 얻으시면 대가 끊어지지 않을 것 아닙니까."

하고 말하니, 원외는 몹시 기뻐하면서 사람을 시켜 당장 장(張) 매파

----

1) 원외(員外): 원래는 벼슬 이름이지만, 나중에는 일반 지주나 부자들에 대한 존칭으로 사용되었으며, 이 무렵에는 중소상인들까지 '원외'로 부르게 되었다. 이를 통해 당시 상인의 사회적 지위가 향상되고 있었음을 알 수 있다.
2) 계신자(界身子): 북송 도읍지 변경(汴京)의 동남쪽 상업지구에 있던 골목 이름.
3) 주관(主管): 상점에 고용된 점원을 부르던 호칭. 명대 화본소설에서는 하인 중의 맏이나 가게 집사를 아우르는 뜻으로 주로 사용된다.

와 이(李) 매파를 불러오게 하는 것이었습니다. 이 두 매파는 말 그대로

말만 하면 배필이 이루어지고,

입만 열면 인연이 맺어진다네.

짝 잃은 이 세상 봉새와 난새들을 다 다독여주고,

홀로 잠 이루는 이 세상 사람들을 다 챙겨주지.

신선들 말씀 전하는 옥녀[4]조차,

온갖 계책 다 써서 팔 잡아끌고 데려오고,

책상맡 시중 드는 금동(金童)마저도,

말재주로 홀려서 허리 끌어안고 절대 안 놓아주지.

직녀[5]조차 부추겨서 상사병을 앓게 만들고,

항아[6]까지 끌어내어 월궁을 떠나게 만들 정도라네.

---

4) 옥녀(玉女) : 신선의 시중을 든다고 전해지는 천진무구한 동녀. 뒤에 언급되는 금동(金童)
과 함께 민간전설이나 문학작품 속에 자주 등장한다.

5) 직녀(織女) : 중국 전설에 등장하는 선녀의 이름. 천상에서 옥황상제의 예복을 짜는 일을
맡은 직녀는 인간세상에 내려갔다가 소 치는 목동 견우랑(牽牛郎)과 사랑에 빠졌다. 혼인
을 한 두 사람이 맡은 일을 게을리 하자 분노한 옥황상제는 그 벌로 직녀를 은하수 동쪽에,
견우를 서쪽에 떨어져 살게 하고 1년에 한 번만 만날 수 있게 해주었다. 견우와 직녀가 은
하수 때문에 만날 수 없는 신세가 서러워서 눈물을 흘리자 어디선가 까마귀와 까치들이 날
아와 다리를 만들어 두 사람이 만날 수 있게 해주었다고 한다. 후세 사람들은 그 다리를 까
마귀와 까치가 이었다 해서 '오작교(烏鵲橋)'라고 하며, 이날 내리는 비를 '칠석우(七夕
雨)'라고 불렀다. 양(梁)나라의 종름(宗懍)이 지은 『형초세시기(荊楚歲時記)』에 처음으로
소개된 이 이야기는 지금도 중·한·일 세 나라에 널리 전해지고 있다.

6) 항아(嫦娥) : 달에 산다는 선녀의 이름. 제곡(帝嚳)의 딸이자 요 임금의 사수인 후예(后羿)
의 아내로, 미모가 출중했다고 한다. 『회남자(淮南子)』에 따르면, 남편 후예가 서왕모(西
王母)에게서 불로장생의 영약을 구해 오자 그것을 몰래 훔쳐 먹고 달로 달아나 신선이 되
었다고 한다.

원외가

"내가 자식이 없어서 두 사람한테 중매를 좀 부탁할 참이네."

하고 말하자, 장 매파가 말은 하지 않고 속으로만

'노친네가 저 나이에 중매를 서달라고 난리네그랴! 그런데 누구를 중매에 세워야 옳담? 뭐라고 대답을 한다지?'

하고 생각하고 있는데 이 매파가 장 매파를 슬쩍 밀면서

"그거야 쉽지요!"

하고 대답했습니다. 이윽고 매파들이 자리를 뜨려는데 원외가 도로 불러 앉히더니

"내 세 마디만 함세."

하는 것이었습니다. 바로 그 세 마디 때문에 원외는

청운의 꿈을 안고 전도유망하던 팔자가,

졸지에 고초 당하는 처지로 바뀌어버리고,

무덤조차 없는 백골처럼,

고향 잃은 귀신 신세로 전락하고 마는구나!

매파가

"원외님 의향이 어떠시기에요?"

하고 묻자, 장 원외는

"세 가지만 자네들에게 일러둠세. 첫째, 출중한 재주에 미모가 빼어난 사람이어야 하네. 둘째, 두 집안이 지위나 형편상 엇비슷해야 하네. 셋째, 우리 집에 재산이 십만 꿰미가 있으니, 반드시 십만 꿰미의 지참금을 가진 혼처를 소개해줘야 하네."

하는 것이 아닙니까. 두 매파는 속으로 비웃으면서도 입으로는

"세 가지 다 문제없습니다요!"

하고 건성으로 대답한 뒤 바로 작별 인사를 고했고 원외도 그 자리를 떠났습니다.

돌아가는 길에 장 매파가 이 매파와 상의하면서

"이 혼사는 성사만 시켜주면 백 꿰미 정도의 돈은 거뜬하게 벌겠어. 그건 그렇고 원외 하는 소리가 잠말로 가당치가 않구먼. 그 세 조건에 맞는 사람이야 새파란 서방한테 시집을 가지 누가 당신 같은 영감태기한테 출가하려고나 하겠어? 당신 고 세어빠진 수염에 무슨 설탕을 처발라놓기라도 했냐 이 말씀이야!"

하고 투덜거리는데 이 매파는 엉뚱하게도

"아주 딱 맞는 자리가 한 군데 있긴 하지. 재주도 출중하고 집안도 잘 어울리고……"

하고 말하는 거예요. 그래서 장 매파가

"누군데?"

하고 묻자, 이 매파는

"왕(王) 초선[7] 댁에서 나온 젊은 댁이라우. 왕 초선이 처음 맞아들였을 때는 엄청나게 총애했는데 나중에 한마디 말실수 때문에 주인의 마음을 잃었는지, 대놓고 거저라도 데려가줬으면 합디다. 그러니 가풍만 좋은 혼처면 승낙할 거유. 혼수만 해도 최소한 몇만 꿰미 값어치는 될걸 아마?

---

7) 초선(招宣): 초토사(招討使)와 선무사(宣撫使)의 약칭. 전자는 전시마다 민란 진압이나 반도 회유를 목적으로 임시로 두던 관직으로, 조정 대신이나 장군·지방 군정장관이 겸임했다. 후자는 전란이나 재난을 당한 지역의 시찰을 목적으로 조정에서 임명하던 관직으로, 송대에는 한 지역을 진무(鎭撫)하는 군정장관으로 그 직위가 안무사(按撫使)보다 높았다.

그런데 나이가 너무 어려서 그게 좀……"

하는 겁니다. 장 매파가

"젊은 쪽이야 아무리 나이가 적어도 상관없지만, 늙은 쪽이 너무 삭아버려서 말이지…… 이 혼담에서 장 원외 쪽이야 무슨 불만이 있겠수? 그렇지만 젊은 댁은 내심 달가워하지 않을 게 분명해요. 지금 젊은 댁 입장에서는 장 원외 나이를 한 일이십 년 정도는 속여야 서로 얼추 비슷해진다니까."

하고 말하자, 이 매파는

"내일이 길일이니까 나와 당신이 일단 장씨 댁으로 가서 예물 문제부터 잘 마무리 짓도록 합시다. 그런 다음에 왕 초선 댁에 가서 한마디만 하면 된다니까요."

하고 말했습니다. 이날 밤 두 사람이 의논을 마치고 각자 귀가한 것은 두말할 필요도 없지요.

다음 날, 두 매파는 약속대로 만나 함께 장 원외 집으로 가서

"어제 원외님이 분부하신 세 가지 조건 말씀인데요. 제가 혼처를 하나 찾아냈는데 어쩌면 그렇게 딱 들어맞는지 말씀입니다요! 첫째, 재주도 아주 비상하지요. 둘째, 왕 초선 댁에서 나온지라 명성도 있지요. 셋째, 십만 꿰미나 되는 혼수까지 있더라니까요! 그런데…… 색시 나이가 적다고 원외님이 싫어하실 것 같아서 그게 좀……"

하면서 중매를 서는 것이었어요. 장 원외가

"몇 살이기에?"

하고 묻자 장 매파는

"원외님보다 한 삼사십 살은 적지 뭡니까요."

하고 대답하는 게 아닙니까! 장 원외는 온 얼굴에 함박웃음을 머금고

"성사시켜주는 걸로 알고 있겠네!"

하고 말하는 것이었습니다.

긴말 다 접어두고, 그 자리에서 양가가 혼사를 치르기로 합의를 하자 예물을 보내고 폐백을 드리고 화촉을 밝혀 초례를 치르는 등 일사천리로 일이 진행되었습니다. 다음 날 아침, 사당에 참배를 올리느라 장 원외는 자주색 비단 저고리에 새 두건과 새 장화, 새 버선을 착용하고, 젊은 댁은 진홍색 바탕에 둥근 무늬를 수놓고 넓은 소매는 따로 금실로 수놓은 저고리를 입고 역시 금실로 수를 놓은 얼굴 덮개를 썼는데, 그 미모를 볼작시면

초승달처럼 드리워진 눈썹 하며,
봄 복사꽃이 아른거리는 듯한 얼굴,
자태는 그윽한 꽃같이 유난히 아름답고,
피부는 부드러운 옥처럼 빛이 나는구나.
만 가지 매력은 이루 다 형용할 수조차 없을 정도이고,
천 가지 요염함은 이루 그려낼 수조차 없을 지경이로다!
구름이 초협[8] 너머 먼 곳까지 넘어갈 필요가 어디 있나?
이 사람이야말로 봉래[9] 궁전에 사는 미인인 것을!

---

8) 초협(楚峽): 초 땅에 있는 협곡인 무협(巫峽)의 다른 이름. 사천성(四川省) 무협현(巫峽縣)과 호북성(湖北省) 파동현(巴東縣) 사이에 위치한 무협은 전체 길이가 42킬로미터에 이르는 대협곡으로, 산이 높고 구름이 자욱하며 그 사이에 자리 잡은 '무산 십이봉(巫山十二峰)'은 중국의 문학작품에서 천하의 절경으로 자주 언급된다.

9) 봉래(蓬萊): 신선들이 산다는 전설 속의 산. 중국 전설에 따르면 바다에 있는 세 개의 영산 중 하나가 봉래산인데, 그 모습이 주전자와 닮았다 하여 '봉호(蓬壺)'로도 불렸다고 한다.

　장 원외는 위아래로 훑어보더니 내심 쾌재를 불렀지만, 젊은 댁은 얼굴 덮개를 걷어 올리는 찰나 백발이 성성한 원외를 발견하고 내심 실망해 마지않았습니다. 화촉 밝힌 초야를 보내고 나서도 장 원외는 속으로 기뻐했지만 색시는 속으로 몹시 실망한 눈치였지요.

　한 달쯤 지났을까요? 웬 사람이 인사를 하더니

　"오늘이 원외님 생신이기에 이렇게 도소[10]를 가져왔습니다."

　하는데, 알고 보니 원외는 정월 대보름 생일만 되면 도소를 건네받고는 했던 것입니다. 그때 젊은 댁은 도소를 펼쳐 보다가 원외 나이가 예순이 넘었다는 것을 알고는 눈물을 철철 쏟으면서 두 매파가 내 신세를 망쳤구나 하며 원망해 마지않는 것이었습니다. 그러면서 장 원외를 보았더니 며칠 사이에 몸에 너덧 가지 새로 생긴 것이 있었으니

　　허리에는 요통이 생기고,

　　눈에는 눈물이 늘어나고,

　　귀에는 난청이 생기고,

　　코에는 콧물이 늘었구나.

　하루는 원외가 젊은 댁에게

　"나가서 볼일을 좀 보고 올 테니, 임자는 지루해도 참고 기다리구려."

　하고 말하니, 색시는 마지못해

　"원외님, 얼른 다녀오세요!"

　하고 대답을 했습니다. 말을 마친 뒤 원외가 나가버리자, 젊은 댁은

---

10) 도소(道疏): 도교의 도사들이 하늘에 제사지내거나 복을 기원할 때 작성하던 축문. 주로 제사를 의뢰한 사람의 이름이나 제사를 지내는 사유 등을 기입했다.

속으로

'나 같은 인물이 이렇게 많은 혼수를 끌고 호호백발 늙은이한테 시집을 오다니 정말 분하기 짝이 없구나!'

하고 신세타령을 하고 있는데, 곁에 서 있던 하녀가

"아씨, 오늘 같은 날은 문간에서 길거리 구경이나 하면서 바람을 쏘이지 그러세요."

하고 말하는 것이었습니다. 젊은 댁은 그 말을 듣고 하녀와 함께 바깥으로 나가 길거리 구경을 하기 시작했지요.

장 원외 집 문간방은 연지나 털실 따위를 파는 가게로, 양쪽으로는 찬장이 붙어 있고 그 가운데로는 자주색 명주로 테를 두른 발이 드리워져 있었습니다. 하녀가 발고리를 풀고 발을 내렸더니 문 앞에 점원 둘이 보이는데, 하나는 이경(李慶)으로 쉰이 다 됐고 하나는 장승(張勝)으로 서른이 다 된 사람이었습니다. 안에서 발을 내리는 것을 본 두 사람이

"발은 왜 내려요?"

하고 묻기에 하녀가

"마님이 나와서 길거리 구경을 하신대요."

하고 전하니 두 사람이 고개를 숙이고 발 앞에서 절을 올렸습니다. 젊은 댁이 발 너머에서 붉은 입술을 열자 옥 알갱이 같은 치아가 드러나면서, 몇 마디 하기도 전에 장승을 들뜨게 만드는 것이었어요.

사막같이 멀다고는 하지만,
바닥 없는 큰 바다와 다를 것이 무엇이 있는가?
동산같이 무겁다고는 하나,
무궁한 태산, 화산[11]과는 견주기 어려우리.

젊은 댁이 먼저 이 주관을 불러

"원외 댁에서 일한 지 몇 년이나 됐죠?"

하고 물으니 이 주관이

"여기서 일한 지 삼십여 년은 됩니다요."

하고 대답하기에 젊은 댁이 또

"원외님이 평소에 잘 보살펴주시던가요?"

하고 물으니 이 주관은

"마시고 먹는 걸 원외님께서 다 챙겨주시는뎁쇼."

하고 말하는 것이었습니다. 이번에는 장 주관에게 물었더니 장 주관은

"선친 때부터 원외님 댁에서 일한 지 이십여 년이 되었고 선친을 이어서 원외님을 모신 지도 이제 십여 년은 됐습니다."

라고 대답하는지라 젊은 댁이

"원외님이 잘 보살펴주시던가요?"

하고 물으니 장승은

"온 집안 식구가 입고 먹는 것은 모두가 원외님께서 내려주신 것들입니다."

하고 말하는 것이었습니다. 젊은 댁은

"잠깐만 기다리세요."

하고 말한 뒤 몸을 돌려 안으로 들어가더니 얼마 되지 않아 돌아와서

---

11) 태산(泰山), 화산(華山) : 중국의 5대 명산으로 일컬어지는 두 산. '동악(東岳)'으로도 부르는 태산은 산동성 곡부(曲阜)에 있는 산으로 예로부터 역대 제왕들이 제천의식을 거행하여 성산으로 숭배되었으며, '서악(西岳)'로 불리는 화산은 섬서성 동쪽 진령산맥 동단에 있는 산으로 산세가 높고 험준하기로 유명하다.

는 웬 물건들을 이 주관에게 건네지 뭡니까. 이 주관은 소매로 자신의 손을 싼 다음 그것을 받고 몸을 굽혀 고맙다고 절을 했습니다. 젊은 댁은 이번에는 장 주관을 부르더니

"이 주관한테는 주고 장 주관만 빼놓으면 안 되지. 이 물건은 값어치는 없지만 유용할 거예요."

하기에 장 주관도 이 주관이 그랬던 것처럼 따라서 받은 다음 몸을 굽혀 고맙다는 절을 했습니다. 젊은 댁은 그런 다음 거리 구경을 좀더 하다가 들어가버리고 두 사람은 두 사람대로 각자 문 앞으로 나와서 장사 일을 계속했습니다. 사실 이 주관이 받은 것은 은화 열 문이고 장 주관이 받은 것은 금화 열 문이었습니다. 물론 그때는 장 주관도 이 주관이 받은 것이 은화인지 몰랐고, 이 주관도 장 주관이 받은 것이 금화인지 몰랐지요. 어쨌든 그날은 이미 날이 저물고 다음과 같은 전경만 눈에 들어왔습니다.

들판의 안개는 사방에 자욱히 깔리고,
잠 청하는 새들은 숲으로 돌아가는데,
아리따운 여인은 촛불 들고 방으로 돌아가고,
길가의 나그네도 객줏집에 투숙하네.
어부는 물고기 지고 대나무 길 걸어 귀가하고,
목동은 송아지 타고 고적한 마을로 돌아가누나.

그날 저녁 두 사람은 장부 정산을 마치고 장부를 장 원외에게 넘겨 오늘은 몇 문어치를 팔고 몇 문어치를 샀으며 남한테는 몇 문어치나 빚을 졌는지 일일이 다 결재를 받았습니다. 원래 두 주관은 각자 하루씩 교대

로 가게에서 당직을 서왔는데 그날은 마침 장 주관이 당직을 설 차례였지요. 문 바깥쪽 작은 방에서 등불을 켠 장 주관이 한참을 한가롭게 앉아 있다가 잠잘 준비를 하는데 문득 누군가 문을 두드리는 소리가 들렸습니다. 장 주관이 그 소리를 듣고

"누구요?"

하고 물으니

"어서 문부터 열어봐요. 당신한테 할 말이 있어요."

하고 대답하는지라 장 주관이 방문을 열었더니 그 사람은 방 안으로 뛰어들어 와서는 어느새 등불 뒤에 가 서는 것이 아닙니까! 장 주관이 낯선 여자이기에 놀라서 황급히

"아가씨, 이런 시간에 무슨 일이신지요?"

하고 물었더니 그 여인은

"저는 개인적인 일로 온 게 아니라 아침에 당신한테 물건을 준 분이 보내서 온 거예요."

하고 대답하는 것이었어요. 장 주관이

"마님께서 저한테 금하 열 문을 주셨던데…… 도로 돌려받아 오라고 하셨군요?"

하고 말하자, 그 여인은

"당신은 몰랐겠지만, 이 주관이 받은 건 은화였어요. 지금 마님께서 물건 하나를 더 드리라고 하시더군요."

하더니 등 뒤에서 옷 보따리를 끌러 펼쳐 보이면서

"이 몇 점은 당신이 입으라고 드리는 거고, 다른 여자 옷 몇 점은 당신 어머니에게 드리는 거예요."

하는 것이었습니다. 여인은 옷을 두고 작별 인사를 한 뒤 문을 나서

다가 되돌아서서

"또 하나 중요한 일이 있었는데 깜빡 잊고 있었네."

하더니, 이번에는 소매 속에서 오십 냥짜리 큰 은괴를 꺼내 던져놓고 가버리지 뭡니까. 그날 밤 장승은 생각지도 않았던 많은 물건을 받았지만, 도대체 무슨 영문인지 몰라서 밤새도록 잠을 이룰 수가 없었습니다.

다음 날 일찍 일어난 장 주관은 가게 문을 열고 평소처럼 장사를 하다가 이 주관이 오자 가게 일을 그에게 인계하고 집으로 돌아가서 옷과 은괴를 꺼내 어머니에게 보여주었습니다. 어머니가

"이 물건들이 어디서 난 거냐?"

하고 묻기에, 장 주관이 밤새 있었던 일을 낱낱이 다 고해 올렸더니 어머니는 그 말을 다 듣고는

"얘야, 마님께서 돈을 주시고 거기다 옷과 은괴까지 주셨으니 이게 대관절 무슨 영문이냐? 어미는 지금 예순이 넘었고 너희 아버지가 돌아가신 뒤로는 늘 너만 바라보고 살았는데, 만약 네게 무슨 사달이라도 나면 이 늙은 몸은 누구한테 의지한단 말이냐? 내일은 가지 마라!"

하고 신신당부를 하는 것이었습니다. 장 주관은 분수를 아는데다 효자였기 때문에 어머니의 말을 받아들여 가게에 나가지 않았지요. 장 원외는 그가 가게에 나오지 않은 것을 보고 사람을 보내어

"왜 가게에 나오지 않는가?"

하고 물었지만 어머니는

"아이가 감기가 좀 들었는지 몸이 불편해서 갈 수가 없다더군요. 원외님께 나으면 당장 간다고 전해주십시오."

라고 대답했답니다. 그렇게 또 며칠이 지났는데도 여전히 가게에 나오지 않자 이 주관이 직접 찾아가

“장 주관이 왜 가게에 나오지 않는 겁니까? 가게에는 도와줄 일손도 없는데 말입니다.”

하면서 장 주관을 찾았습니다. 그러나 그의 어머니가 몸이 안 좋더니요 며칠 병세가 더 심해졌다고 핑계를 대는 바람에 이 주관도 돌아갈 수밖에 없었지요. 장 원외가 서너 번이나 사람을 보내 장 주관을 불렀지만 그때마다 어머니는 아직 낫지 않았다고 둘러대기만 하는 것이었습니다. 장 원외는 아무리 불러도 장 주관이 오지 않는 것을 보고

“다른 데로 가려는 게 분명해.”

하고 넘겨짚었고, 장승은 그렇게 내내 집에만 머물러 있었습니다.

시간은 빠르고 세월은 베틀의 북처럼 지나간다고 했던가요? 눈 깜짝할 사이에 벌써 한 달 남짓을 그런 식으로 집에서 지내다 보니 시쳇말마따나

“놀고먹다 보니 산도 남아나지 않는다.”

는 꼴이 되었습니다. 젊은 댁에게서 많은 물건을 받기는 했지만 그 큰 은괴는 함부로 내다 팔 수도 없는 것인데다 옷을 팔아 돈을 융통하는 것도 여의치 않은데, 가게에 나가지도 않고 날이 가고 달이 가도록 쓰기만 하다 보니 수중에 남는 것이 없었지요. 그래서 어머니에게

“장 원외 댁 근처에는 얼씬도 못하게 하셔서 일을 쉬고 있으니, 지금 집에서 날마다 쓸 돈을 어떻게 구하지요?”

하고 묻자, 어머니는 그 말에 대들보 쪽을 가리키면서

“얘야, 보이느냐?”

하고 말하는 것이었습니다. 장승이 보았더니 대들보에 보따리가 하나 걸려 있기에 그것을 끌어내리자

“너희 아버지가 너를 이만큼 키우신 것도 바로 이 물건 덕분이란다.”

하는데 그 종이 보따리를 펼쳐 보니 물들인 버들 바구니가 하나 들어 있지 뭡니까. 어머니는

"이제 예전처럼 이 길을 가도록 하자꾸나. 아버지의 장사를 익혀서 연지와 털실을 좀 팔도록 해라."

하고 말하는 것이었습니다.

그날은 마침 원소절[12]이었지요. 그래서 장승은

'오늘은 원소절이니까 밤에 단문[13] 아래에서 등불놀이를 하겠구나.'

싶어서 어머니에게

"소자가 등불놀이를 구경하러 가도 되겠습니까?"

하고 물었더니 어머니는

"얘야, 네가 한참 동안 그곳을 피하지 않았니. 지금 등불 구경을 하러 단문에 간다고 장 원외 댁 앞을 지나다가 괜한 사달이라도 만들면 어쩌려고 그래?"

하고 걱정을 하는 것이었습니다. 장승이

"다들 등불 구경을 가면서 '올해에는 등불놀이가 볼 만하다더라' 그러던걸요. 소자 금방 갔다가 바로 돌아오겠습니다. 장 원외 댁 문전만 피해서 가면 되잖아요."

하고 통사정을 하는지라, 어머니도

"등불 구경을 가는 건 상관이 없다마는 혼자 가지는 말고 잘 아는 친구와 짝을 지어 다녀오는 게 좋겠구나."

---

12) 원소절(元宵節) : 음력 정월 대보름. 중국에서는 예로부터 연말연시에 등불과 연관된 민속놀이가 많이 거행되었는데, 정월 대보름이 되면 집집마다 문 앞에 등불을 내걸고 '원소(元宵)'를 먹으면서 등불을 감상했다고 한다. 원소절이 등불을 감상하는 '등절(燈節)'로 정착된 것은 당대(唐代) 중기부터다.

13) 단문(端門) : 황궁의 정남문을 이르는 말.

하면서 허락하는 수밖에 없었지요. 장승이

"왕이(王二) 형님하고 같이 갈게요."

하자 어머니도

"둘이 보러 가는 건 괜찮다. 하지만 첫째, 술은 마시지 말고, 둘째, 같이 갔다가 꼭 같이 돌아와야 한다?"

하고 신신당부를 하는 것이었습니다. 어머니가 당부를 마치자 두 사람이 등불 구경을 하러 단문 아래로 나가는데, 그 길에서 우연히 어주(御酒)를 하사하고 금화를 뿌리는[14] 떠들썩한 볼거리를 만났답니다. 왕이 형님이

"여기서는 구경하기가 힘들다. 우리는 체구도 작고 힘도 딸리는데 이리저리 떠밀리고 휩쓸릴 필요가 어디 있냐? 차라리 다른 데로 가자. 거기도 오산[15]을 만들어놓았을 거야."

하기에 장승이

"어딘데요?"

하고 물으니 왕이 형님은

"너는 모르고 있었지 참 왕 초선 댁에서도 자은 오산을 만들고 오늘 밤에 등불놀이를 한다던데."

라고 대답하는 것이었습니다. 두 사람이 바로 몸을 돌려 왕 초선 댁 앞까지 왔더니, 방금 전 단문 아래서처럼 사람들로 북적였습니다. 그런데

---

14) 어주를~ 뿌리는: 송대에는 원소절 밤이 오면 황제가 선덕루(宣德樓)에 올라 백성들과 함께 등불을 감상하면서 사람들에게 술을 내리고 금화를 던져주었다고 한다.

15) 오산(鰲山): 옛날 중국에서 명절 때마다 볼거리로 세우던 산 모양의 가건물. 처음에는 색색의 비단으로 거대한 산 모양의 가건물을 얽어 짓고 그 위에 인형·등롱 등 각양각색의 장식물들을 설치한 뒤 신선이 모임을 즐기는 장면을 연출하다가 시간이 지나면서 다양한 꽃등으로 장식하는 형태로 변모하여 '채산(彩山)' '등산(燈山)'으로 불렸다.

그 댁 문 앞까지 왔을 즈음 갑자기 왕이 형님이 사라지고 없지 뭡니까. 장
승은 목이 터져라 왕이 형님을 부르다가

'이제 어떻게 돌아간담? 집을 나설 때 어머니가 '둘이 같이 갔다가
같이 돌아오라'고 신신당부를 하셨는데…… 왕이 형님은 왜 또 안 보이는
거야! 내가 먼저 귀가하면 어머니가 걱정을 안 하시겠지만 왕이 형님이
먼저 돌아가면 우리 어머니가 나는 어디로 갔느냐고 따지실 텐데……'

하는 생각에 그날 밤 등불놀이는 제대로 구경도 못한 채 혼자 이리저
리 서성거리고 다니는 수밖에 없었지요. 그러다가 문득

'앞쪽은 우리 옛 주인 장 원외님 댁이구나. 해마다 원소절 밤만 되면
털실 가게를 쉬고 불꽃놀잇감을 잔뜩 준비하곤 하셨는데…… 오늘도 저
댁에서는 아직 등불을 치우시지 않았겠지?'

하는 생각이 뇌리를 스치는 것이었습니다. 그길로 발 닿는 대로 꼬불
꼬불 장 원외 댁 앞까지 찾아온 장승은 깜짝 놀라고 말았습니다. 대문이
열려 있기는 한데 대나무 장대 두 개가 열십자로 가로막고 있고 가죽 아
래로 고정해놓은 등롱이 문에 붙여진 통지문을 비추고 있지 뭡니까. 장승
은 그 광경을 보고 놀란 나머지 말문이 막혀 쩔쩔매는 것이었습니다. 장
승은 등롱 밑으로 가서 통지문을 읽기 시작했지요.

"개봉부 좌군순원[16]에서는 백성 장사럼을 심문한 결과 부당하게……"

도대체 무슨 죄를 지었는지 모르겠네 하면서 막 "부당하게"까지 읽은
찰나 등롱 아래에서 누군가가

---

16) 좌군순원(左軍巡院): 송대에 도성 개봉의 치안을 담당하던 국가기관. 개봉부에 설치된
　　좌·우군순원(左右軍巡院)은 각각 도성의 분쟁과 심문 관련 업무를 담당했다. 뒤에 장 원
　　외가 왕 초선의 저택에서 구슬을 훔친 혐의로 좌군순원으로 압송되어 심문을 받았다고 묘
　　사되는 것으로 보아 여기서는 그의 집과 재산도 몰수당한 것을 나타낸다.

"네놈이 참으로 간이 크구나, 여기서 무엇을 보는 게냐!"

하고 호통을 치는 것이 아닙니까. 장 주관은 깜짝 놀라서 잰걸음으로 달아나고 호통을 친 그 사람은 그 사람대로 성큼성큼 쫓아오면서

"누구냐? 이렇게 간이 크다니! 이 밤중에 통지문은 왜 본 거냐?"

하면서 고함을 질러댔고 그 서슬에 놀란 장승은 바로 달아나버렸지요. 이윽고 골목 어귀까지 왔을 때, 길을 꺾어 돌아가려는데 이경[17]이 다 돼서 둥근달이 허공을 밝게 비추고 있었습니다. 그렇게 길을 걷고 있는데 누가 뒤에서 쫓아오더니

"장 주관, 누가 당신을 찾습니다."

하고 부르기에, 장승이 고개를 돌려 보니 웬 술집 종업원이었어요. 장승이

"왕이 형님이 골목 어귀에서 나를 기다리다가 술을 좀 사 마시고 돌아가려는 거겠지. 잘됐다!"

하면서 그 종업원과 같이 술집 안으로 들어가서 그 뒤를 따라 이층 층계로 올라가 어떤 작은 방 앞까지 오니 그 종업원이

"여기 계십니다."

하고 말하는 것이었습니다. 그 방에 드리워진 발을 걷어 올리던 장 주관은 웬 여인 하나가 걸친 옷도 흐트러져 있고 머리도 헝클어진 채 앉아 있는 모습을 발견했는데, 말 그대로

검은 구름처럼 단아하던 트레머리는 헝클어져,
예전의 호사스럽던 모습을 그리워하게 만들고,

---

17) 이경(二更): 해시(亥時), 즉 밤 9시부터 11시까지의 시간.

곱게 단장했던 얼굴은 수시로 쏟는 눈물로 얼룩져,
왕년의 부귀롭던 나날을 떠올리게 만드누나.
가을밤에 뜬 달이 구름에 가려지고,
모란꽃이 흙 속에 파묻혀버린 격인가 하노라!

그 여인이
"장 주관, 내가 당신을 불렀어요!"
하고 부르기에 보고 또 보았지만 안면은 좀 있는 것 같은데 도무지
기억이 나지 않는 것이었어요. 그 여인이
"장 주관, 어째서 나를 기억하지 못해요? 난 주인댁 마님이에요……"
하고 말하자 장 주관은 그제야
"마님께서 왜 여기에 계세요?"
하고 물었습니다. 젊은 댁이
"말하자면 길다오!"
하고 말하기에 장승이
"마님, 어째서 이 지경이 되셨습니까?"
하고 물으니 젊은 댁은
"매파 말만 믿고 장 원외한테 시집오는 것이 아니었는데…… 알고
보니 장 원외는 가짜 은괴를 만들다가 들통나서 좌군순원으로 끌려가더니
만 여태껏 행방조차 알 수 없게 된 데다 재산이며 부동산은 모조리 다 몰
수당하고 말았어요! 이제 이 한 몸 의지할 곳도 없기에 일부러 당신을 찾
아온 거예요. 나와의 옛 인연을 봐서라도 나를 집에서 잠시라도 머물게
해줘요."
하고 하소연하는 것이었습니다. 장승이

"그러시면 안 됩니다! 어머님께서 엄격하시기도 하거니와 '오이 밭에서는 신발을 고쳐 신지 않고 오얏나무 아래에서는 갓을 바로잡지 않는다'[18]는 말도 있지 않습니까? 소인 집으로 오시면 절대 안 됩니다!"

하고 말하니 젊은 댁은 그 말을 듣고

"'뱀을 부르기는 쉬워도 쫓아내기는 어렵다'는 속담처럼, 내가 집에서 오랫동안 버티면서 생활비라도 축낼까 봐 그러는 거예요? 당신한테 보여줄 것이 있어요……"

하더니, 품속에서 웬 물건을 꺼내는 것이었습니다.

종소리를 듣고서야 산속에 절이 있다는 것을 깨닫고,

강기슭에 다다라서야 강 건너에 마을이 있음을 아는 법.

젊은 댁이 백여덟 알을 꿴 서주[19] 염주를 집어 드는데, 알마다 크기가 가시연밥만큼이나 크고 광채도 눈이 부실 정도로 밝았지요. 장승은 그것을 보더니

"여태까지 이렇게 대단한 보물은 본 적이 없습니다!"

하고 감탄해 마지않았습니다. 마님이

---

18) 오이 밭에서는~ 않는다: 『예문유취(藝文類聚)』에 따르면, 삼국시대 위(魏)나라 시인 조식(曹植)은 「군자행(君子行)」에서 "군자는 일어나지 않은 일에 대비하고, 남이 의심할 자리에는 머무르지 않아야 하는 법이니, 오이 밭에서는 신발을 고쳐 신지 않고, 오얏나무 아래에서는 갓을 바로잡지 않는다는 격이다(君子防未然, 不處嫌疑間; 瓜田不納履, 李下不正冠)"라고 읊었다고 한다. 이 이야기에서도 남에게 의심받을 일은 하지 말라는 뜻에서 한 말이다.

19) 서주(西珠): 서역(西域)에서 수입된 진주. 송대만 하더라도 진주는 광주(廣州)의 전용 채취장을 통해 황실에만 공급되는 진귀한 보배로 간주되었으며, 다른 귀족·관료·부호 들은 외국 상인들에게 고가에 매입할 수밖에 없었다고 한다.

"그 많던 혼수품들을 모조리 관가에 몰수당하고 겨우 이것만 숨길 수 있었어요. 집에 머물게만 해주면 이 보물을 한 알씩 갖다 팔며 충분히 살아갈 수 있을 거예요."

하면서 설득을 하고 장 주관은 그 말을 듣고 있노라니 말 그대로

집 돌아갈 땐 그저 붉은 해가 져버릴까 걱정하고,
님 뵈러 갈 땐 말 걸음 느릴 것만 근심하지.
뜻밖의 횡재며 붉은 분 바른 미녀 그리고 기방의 술,
그 누군들 이 세 가지에 얼이 나가지 않을쏘냐!

그날 장승이
"마님께서 저희 집으로 오시려면 우리 어머니 허락이 있어야 됩니다."
하고 말하니 젊은 댁은
"같이 어머님께 여쭈어보러 가요. 나는 맞은편 집에서 대답을 기다릴게요."
하는 것이 아닙니까. 장승은 귀가한 뒤에 전후 사정을 낱낱이 어머니에게 고했습니다. 어머니는 노인인지라 심성이 자애로워 그런 어려움에 처했다는 말을 듣자
"안됐구나, 안됐어! 마님은 지금 어디 계시느냐?"
하고 연거푸 외치는 것이었습니다. 장승이
"맞은편에서 기다리고 계십니다."
하자 어머니는
"어서 모셔라!"
하고 말하는 것이었습니다. 이렇게 해서 서로 만나 인사를 나누고 나

니 젊은 댁이 아까 했던 말을 처음부터 자세히 하며

"이제는 의지할 친척도 없어서 일부러 어머님을 뵈러 왔으니 거두어 주시기 바랍니다!"

하고 말하니, 어머니는 그 말을 듣고는

"잠시 며칠 머무시는 거야 상관이 없지만, 집안 형편이 어려워 제대로 모시지 못할까 걱정이오니 잘 생각해보시고 다른 친척분에게 가서 의지하도록 하시지요."

하는 것이었습니다. 그러자 젊은 댁은 바로 품속에서 염주를 꺼내 어머니에게 건넸고 어머니는 등불 아래에서 그것을 보더니 젊은 댁을 집에 머물게 해주었지요. 젊은 댁은

"내일 알을 하나 빼다 팔아서 연지, 털실 파는 가게를 열고, 문 앞에는 꽃 장식 바구니를 표식으로 걸어두도록 하세요."

하니 장승이

"이런 보물이라면 대충 팔더라도 꽤 돈이 될 겁니다. 게다가 오십 냥짜리 큰 은괴는 건드리지도 않았으니, 장사할 물건을 사면 되겠네요."

하고 말했습니다. 장승은 가게를 연 뒤 장 원외와 같은 장사를 했기 때문에 사람들은 장승을 '작은 장 원외'라고 불렀지요. 젊은 댁은 여러 차례 장승을 유혹했지만 마음이 무쇠처럼 굳건한 장승은 그녀를 주인마님으로만 대할 뿐 전혀 마음이 흐트러지지 않았습니다.

그러던 중에 청명절[20]이 되었습니다. 그 모습이 어떠냐 하면

---

20) 청명절(淸明節): 중국 명절의 하나. 중국인들은 해마다 음력 3월 청명절이 되면 교외로 나가 조상의 묘역을 돌보거나 나들이를 즐겼다고 한다. 이날 강남지역에서는 버들가지로 고리를 엮어 머리에 쓰고 독을 제거하거나 사악한 기운을 없애기도 했다.

청명절에 어디선들 밥 짓는 연기 안 피울까?

교외에선 산들바람 속에서 지전[21]을 매다네.

향긋한 풀밭에선 사람들이 웃고 노래하는데,

살구꽃 흩날리는 하늘은 갰다 비 내렸다 하는구나.

해당화 가지에선 작은 새 속삭이고,

버드나무 늘어선 둑가에는 취한 길손이 잠들어 있네.

곱게 단장한 가인을 서로 화판에 담겠다며 아우성인데,

색실은 나부끼며 하늘 나는 선녀를 흉내 내누나.

온 성내 사람들이 다 금명지[22]로 놀러 나갔기 때문에 '작은 장 원외'
도 덩달아서 놀러 나갔습니다. 날이 저물자 돌아와 만승문[23]을 들어서는
데 뒤에서 누가

"장 주관!"

하고 부르는 소리가 들리지 뭡니까. 장승이

'이제는 사람들이 다 나를 '작은 장 원외'라고 부르는데 누구기에 주
관이라고 부르지?'

싶어서 고개를 돌려 보니 옛 주인인 장 원외가 아닙니까! 장승은 장
원외가 얼굴에 네 글자가 찍힌 금인(金印) 문신을 한 채[24] 머리는 산발인

---

21) 지전(紙錢): 제사나 장례식에서 망자가 저승에서 풍족하게 지내라는 뜻에서 망자의 소지
　　품·옷가지들과 함께 태우던 종이돈.
22) 금명지(金明池): 북송시대에 도성 개봉부 서정문 서북쪽에 있던 연못.
23) 만승문(萬勝門): 북송시대에 동경성(東京城) 외성(外城)의 성문 이름. 이 성문에서 1리
　　정도 가면 매년 6월 6일 참배객들이 향불을 올리며 소원을 비는 최부군묘(崔府君廟)가
　　있었다고 한다.
24) 얼굴에~ 문신을 한 채: 송대의 법률에 따르면, 누구라도 남의 재물을 절도한 액수가 오
　　천 닢을 초과하면 얼굴에 경(黥, 낙인)을 치고 유배지로 귀양 보내 병졸살이를 시켰다고

데다가 때가 앉은 얼굴에, 옷매무새까지 흐트러진 몰골을 하고 있는 것을 보고 바로 술집으로 데리고 들어갔습니다. 장 원외를 아늑한 작은 방에 데려다 앉힌 장승이

"주인님께서 무슨 까닭으로 이런 낭패를 당하셨습니까!"

하고 물으니 장 원외는

"지난번에 혼사를 치르지 말았어야 했는데 말일세! ……아내는 원래 왕 초선 댁 여자였지. 금년 정월 초하루에 아내가 발 너머로 길거리 구경을 하고 있는데 그 댁의 나이 어린 종아이 하나가 그릇을 받쳐 들고 그 앞을 지나가더라는군. 해서 아내가 불러 세워서 '댁에 별일은 없더냐?' 하고 물으니 그 아이가 '별일은 없는데, 다만 일전에 왕 초선께서 백여덟 알짜리 서주 염주를 찾다가 안 보이자 온 집안사람이 다 연루되어 누구 하나 추궁을 당하지 않은 사람이 없었어요' 하고 말했다더군. 아내는 그 말을 듣고 얼굴이 붉으락푸르락해지고 종아이는 가버렸는데, 얼마 후 이삼십 명의 사람들이 집으로 들이닥쳐서 아내의 혼수와 내 재산까지 다 들고 가 버렸다네. 그것으로도 성에 안 찼는지 나까지 좌군순원에 잡아들여 고문을 하면서 그 염주를 내놓으라는 거야. 나는 도통 본 적도 없고 해서 '없다'고 했더니 나를 아주 흠씬 두들겨 팬 뒤에 감옥에 가두지 뭔가! 그나마 다행으로 그날 아내가 방으로 들어가 스스로 목을 매고 죽는 바람에 관가에서도 진상조차 제대로 파헤치기도 전에 부랴부랴 사건을 종결지었지. 다만 한 가지…… 아직까지도 그 백여덟 알짜리 염주는 행방을 알 수가 없다네."

한다. 이 이야기에서도 장 원외는 진주를 훔친 당사자가 아닌 남편인 데다 혐의범에 불과하지만 이미 그 법률에 따라 얼굴에 경을 치는 형벌을 받은 것으로 보인다. 다만, 장물인 진주가 아직 확보되지 않은 상태여서 유배지로 떠나지 않은 상황으로 묘사되고 있다.

하고 말하는 것이 아닙니까. 장승은 그 말을 듣고 속으로

'마님도 우리 집에 계시고 염주도 우리 집에 고스란히 있는데? 물론 몇 알을 내다 팔기는 했지만……'

하는 생각에 몹시 두려웠지만 한편으로는 의아하기도 하여 장 원외에게 술과 음식을 좀 권한 다음 헤어졌습니다.

집으로 돌아오는 도중에

'거참 이상하다!'

하고 생각하던 장승은 집에 돌아와 마님을 발견하고 연신 뒷걸음질을 치면서

"마님, 목숨만은 살려주세요!"

하고 애걸하는데 마님은

"왜 그런 말을 하는 거지요?"

하고 묻는 것이었습니다. 장승이 방금 장 원외가 한 말을 들려주었더니 마님은 그 말을 듣고는

"이상한 일도 아니군요. 내가 입고 있는 옷에 꿰맨 자리도 있고 목소리도 우렁찬 걸 보면서도 모르겠어요? 그이는 내가 당신 집에 있다고 지레짐작을 하고 일부러 그런 소리를 해서 당신이 나를 잡아두지 못하게 하려고 그러는 거예요."

라고 말하는 것이었습니다. 그래서 장승도

"마님 말씀도 옳습니다."

하고 맞장구를 쳤지요.

그 일이 있고 나서 다시 며칠이 지났는데 바깥에서

"누가 작은 원외를 찾습니다."

하는 소리가 들리기에 장승이 마중을 나왔더니 바로 장 원외였습니

다. 장승이 속으로

'집 안에 계신 마님을 나오게 해서 대질시켜보면 사람인지 귀신인지 밝혀지겠지!'

하고 생각하면서 하녀에게 마님을 모시고 나오게 했지요. 그런데 들어갔던 하녀는 사람을 찾아내지도 못하고 마님은 사라지고 없는 것이 아닙니까. 순간 '작은 원외'는 마님이 정말 귀신임을 깨닫고 일전에 있었던 일을 낱낱이 장 원외에게 고할 수밖에 없었습니다.

"그래 그 염주는 어디 있는가?"

하고 장 원외가 묻자 장승이 방으로 가서 그것을 가지고 나오는 것이었습니다. 장 원외는 장승에게 함께 왕 초선 댁으로 가서 자초지종을 고한 다음 염주를 돌려주고 내다 판 몇 알은 돈으로 변상하게 했습니다. 왕 초선은 장사렴의 죄를 사면하고 재산을 돌려주어 예전처럼 털실 가게를 할 수 있게 해주었지요. 장 원외는 이와 함께 천경관[25]의 도사를 초빙해 제사를 올리고 젊은 댁의 명복을 빌었답니다. 사실은 젊은 댁이 생시에 장승에게 애틋한 마음을 갖고 있었기 때문에 사후에도 변함없이 그 곁을 맴돌았던 거지요. 장승이 사람 됨됨이가 지극히 성실한 덕분에 끝까지 유혹당하지 않았고, 때문에 그 재앙에 연루되지 않고 혼자만 무사할 수 있었던 것입니다. 오늘날 재물과 여색이 사람을 유혹하는 경우가 비일비재하지만 장승 같은 사람은 만 명 중에 단 한 사람도 찾아볼 수 없는 실정입

---

25) 천경관(天慶觀) : 북송시대에 지어진 도교 사원. 송대에는 도교가 국교로 숭상되어, 진종
(眞宗) 때부터 어명에 따라 전국의 모든 주(州)·현(縣)에 천경관을 세우고 삼청제군(三
淸帝君)을 모시게 했다. 북송의 수도 개봉에서는 전국의 불교·도교 관련 업무를 총괄하
는 한편 개봉부 관아에 호화스러운 천경관을 세워 도교 신앙의 성지이자 종교 관련 업무
를 보던 장소로 활용했다.

니다. 해서 이렇게 그를 칭찬하는 시까지 나올 정도였지요.

누군들 재물을 탐내거나 색욕에 빠지지 않을 수 있겠는가마는,
올바른 사람 마음은 아무래도 더럽히기 어려운 법.
젊은이로서 장 주관같이 처신할 수만 있다면,
귀신의 해코지나 사람들 입방아로부터 무사할 수 있는 것을……

고집불통 재상님
拗相公

화자는 주공(周公)과 왕망(王莽)의 경우를 '입화'로 삼아 초년의 운명이나 성
패로 인물을 평가해서는 안 된다는 의견을 개진한 뒤, 본론으로 들어가 북송
대의 정치가이자 개혁가로 유명한 왕안석(王安石)의 만년에 관한 이야기를 들
려준다. 초년의 왕안석은 재능과 열정이 넘쳐 조정 대신들은 물론 일반 백성
들 사이에서도 명성이 자자할 정도였다. 때마침 국정 쇄신에 뜻을 두고 있던
신종(神宗)은 그 명성에 따라 왕안석을 재상으로 중용하고 두 사람은 서로 의
기가 투합하여 일련의 신법을 단행한다. 그러나 그가 아들 왕방(王雱)과 측근
여혜경(呂惠卿)만 신임하면서 충신을 배척하고 자신의 생각만 고집하자 처음
에는 호의적이던 사람들까지 그에게 실망한 나머지 스스로 책임을 통감하고
차례로 조정을 떠난다. 기고만장해진 왕안석은 신법 시행에 더욱 박차를 가
하지만 급기야 주변 사람들로부터 '고집불통 재상'이라고 손가락질당하게 된
다. 그러나 얼마 뒤 아들 왕방의 49재를 지내는 자리에서 갑자기 기절한 그
는 한참 만에 정신을 차린 뒤 부인에게 저승에서 아들이 고초를 겪는 사연을
털어놓는다. 왕안석은 부인의 권유로 신종에게 자신의 사직을 간청하고 신
법과 여론에 염증을 느낀 황제는 그 소청을 받아들여 요양을 하라는 뜻에서
그를 판강녕부(判江寧府)로 전보한다. 그러나 강녕 부임길에서 마주치는 사람
마다 자신이 '신법'이라는 이름으로 야심차게 단행한 개혁들의 폐해를 질타
하고 자신마저 만인의 지탄 대상이 되어버린 것을 보고 울분과 회한 속에서
피를 토하며 죽는다.

拗相公

得岁月，延岁月，得歡悅，且歡悅，萬事乘除揔
在天，何必愁腸千萬結。放心寬，莫量窄，古今
興廢言不徹，金谷繁華眼底塵，淮陰事業鋒
頭血。臨潼會上膽氣消，丹陽縣裏簫聲絕。時
來弱草勝春花，運去精金遜頑鐵。逍遙快樂
是便宜，到老方知滋味別，粗衣淡飯是家常，
養乃浮生一世拙。

閒話已畢，未入正文，且說唐詩四句

수명을 얻으면,

그 수명 최대한 늘이고,

즐거움 얻으면,

그 즐거움 일단 누리고 보자꾸나!

만사의 승패는 언제나 하늘에 달렸는데,

곰백번 애가장 태울 필요가 어디에 있나?

마음을 넓게 가지고,

속 좁게 처신하지 말자,

고금에 흥망이란 한마디로 설명할 수 있는 것이 아니란다.

번화하던 금곡[1]도 눈 아래의 먼지로 변해버리고,

---

1) 금곡(金谷) : 진(晉)나라의 부호 석숭(石崇)이 애첩 녹주(綠珠)를 위해 낙양 북서쪽에 지었다는 별장 이름. 화려하고 번화하기로 당대에 으뜸이었다고 한다. 당시 진나라의 실력자이던 손수(孫秀)가 녹주를 탐내어 이 별장을 포위하자 녹주는 절개를 지키기 위해 누각에서 투신자살하고 석숭도 죽음을 당했다고 한다.

포부 원대하던 회음[2]도 칼끝에서 피를 보았으며,

임동(臨潼) 회합에서의 담력은 사라져버리고,

단양(丹陽)에서 불던 통소 소리조차 끊어지지 않았더냐![3]

때가 오면 가냘프던 풀도 봄꽃을 능가하고,

운이 가면 순금조차 고철보다 천대받는 법.

자유롭게 노닐고 신나게 즐기는 건 쉽다마는,

늙어서야 그 의미가 남다르다는 걸 알게 되지.

거친 옷 소박한 밥만으로도 살아가기 충분하니,

덧없는 인생 평생 동안 소탈하게 보내자꾸나!

이렇게 해서 소개 말씀이 끝났군요. 이제 본론으로 들어가기에 앞서 우선 당시(唐詩) 네 구절부터 들려드릴까 합니다.

주공[4]도 유언비어 두려워하던 날이 있었고,

왕망(王莽)도 아랫사람에게 공손할 때가 있었지.

---

2) 회음(淮陰): 한대의 장수 한신(韓信)을 가리킨다. 강소성 회음 출신인 한신은 처음에 초(楚)나라의 항우(項羽)를 섬기다가 중용되지 못하자 한나라 책사 소하(蕭何)의 주선으로 한왕(漢王) 유방(劉邦)의 휘하에 투신했다. 훗날 한나라 군사를 이끌고 해하(垓下)의 회전(會戰)에서 항우를 무너뜨린 공으로 초왕(楚王)에 책봉되었다. 그러나 한나라가 중원을 통일한 뒤 권력투쟁에 휘말려 회음후(淮陰侯)로 격하되고 모반죄로 참살당했다.

3) 임동의 회합에서~ 않았더냐: 두 구절은 전국시대의 무장 오자서(伍子胥)와 관련된 이야기다. 전설에 따르면, 오자서는 임동의 회합에서 초나라 왕을 대신해 막강하던 진(秦)나라를 위협하는 권력을 누렸으나 나중에는 죄를 짓고 오(吳)나라로 피신하여 단양(丹陽) 저잣거리에서 통소를 불면서 걸식을 했다고 한다.

4) 주공(周公): 주나라 문왕(周文王)의 아들 희단(姬旦)을 가리킨다. 형인 무왕(武王)이 천하를 통일하고 죽자 섭정(攝政)을 맡아 어린 나이로 왕위를 계승한 조카 성왕(成王)을 보필하면서 주나라의 문물제도를 수립하는 데 공헌했다.

만약에 바로 그때 그들이 죽어버렸더라면,

그들 일생에 무엇이 참이고 거짓인지 그 누가 알 수 있었겠나!

이 시는 대체로 사람에게는 참된 면도 있고 거짓된 면도 있으니 미워할지언정 때로는 그 사람의 좋은 면도 살필 줄 알아야 하고, 좋아할지언정 때로는 그 사람의 추한 면도 살필 줄 알아야 한다는 이치를 들려주고 있지요.

이 시 첫 구절에서는 주공 이야기를 하고 있습니다. 주공이라는 사람은 성이 희(姬), 이름은 단(旦)으로 주나라 문왕(文王)의 작은 아들인데, 성인의 품덕을 갖춘 까닭에 그의 형 무왕(武王)을 보필하여 상(商)나라를 토벌하고 주나라 왕실 8백 년의 천하를 확립했지요. 무왕이 병들었을 때에는 책문(策問)을 써서 자신이 대신 아프게 해달라고 하늘에 고한 뒤 금궤에 보관했는데 아무도 그 일을 아는 사람이 없었습니다. 나중에 무왕이 붕어했을 때 태자 성왕(成王)이 나이가 어렸기 때문에 주공은 무릎맡에 성왕을 안고 제후들의 알현을 받았지요. 그런데 소실 소생의 형인 관숙(管叔)과 채숙(蔡叔)이 모반을 도모하던 차에 그가 마음에 걸리자 '주공이 어린 군주를 능멸하면서 장차 왕위를 찬탈하려 든다'는 유언비어를 퍼뜨렸지 뭡니까. 급기야 성왕은 주공을 의심했고 주공은 주공대로 재상 자리를 내놓고 동쪽 나라로 피신한 뒤 속으로 몹시 두려워했답니다. 하루는 하늘에서 큰 비와 엄청난 우레를 내리셔서 금궤가 벼락에 맞아 열렸는데 성왕이 그 안에 든 책문을 보고서야 주공의 충성심을 깨닫고 다시 그를 맞아들여 재상 자리에 복귀시키고 관숙과 채숙을 주살함으로써 위기에 처했던 주나라 왕실이 다시 편안해질 수 있었다는군요. 만약 '주공이 역심을 품었다'는 관숙과 채숙의 유언비어가 퍼질 무렵에 주공이 병들어 죽고 책문이 든 금궤도 열리지 않았더라면 성왕의 의심은 풀 길이 없었을 테니 어느 누가 주공을 위해 해명해줄 수 있었겠습니까? 후세 사람들도 좋은 분을 나쁜 놈으로 여겼을 것이 아닙니까!

두번째 구절에서는 왕망 이야기를 하고 있습니다. 왕망은 자가 거군(巨君)으로 바로 서한의 황제 평제(平帝)의 외삼촌이었는데 사람됨이 간사하고 남을 속이기를 잘했지요. 그는 황후의 총애와 재상이던 자신의 권세만 믿고 한나라를 찬탈할 속셈을 품고 있었는데, 민심이 따르지 않을 것을 우려해 자신을 낮추고 공손하게 처신하면서 어진 선비들을 존경심을 갖고 예우하는 등, 정의를 행하는 척하면서 자기 공로와 업적을 턱없이 부풀렸더랍니다. 이렇게 해서 천하에서 왕망의 공덕을 칭송하는 자가 48만 7천 572명에 이르렀지 뭡니까. 왕망은 민심이 자신에게 쏠린 것으로 확신하고 평제를 독살하고 태후를 격하하더니만 스스로 황제로 등극하여 국호를 '신(新)'으로 고친 뒤 18년 동안 집권하다가 남양(南陽)의 유문숙(劉文叔)이 군사를 일으켜 한나라를 부흥시키면서 결국 주살당하고 말았지요. 만약 왕망이 18년 일찍 죽었더라면 명예도 절개도 완벽한 어진 재상으로 역사에 그 이름을 남겼을 테니 하마터면 나쁜 놈을 좋은 사람으로 오판할 뻔하지 않았습니까! 이러한 이유들 때문에 옛사람들도

"세월이 지나봐야 사람의 본심을 알 수 있다."

라고 하기도 하고

"관 뚜껑을 덮고 나야 당사자에 대한 평가가 끝난다."

라고 하기도 했던 것입니다. 따라서 한때의 칭송만 믿고 그 사람을 군자로 단정하는 것도 옳지 않거니와, 한때의 비방만 믿고 그 사람을 소인배로 단정하는 것도 옳지 않다는 것이지요. 그 증거가 될 시가 여기에 있습니다.

비방과 칭송은 예로부터 곧이들을 바가 못 되며,

옳고 그른 것도 언젠가는 저절로 밝혀지게 되는 법.

잠시 동안은 경솔하게 남 하는 말에 넘어간다 해도,

언젠가는 불평을 토로하는 현명한 이가 나타나기 마련이란다.

이제부터는 이전 시대의 어떤 재상 이야기를 해보도록 하겠습니다. 그 사람은 낮은 자리에 있을 때에는 참 명성이 대단했습니다만, 나중에 대권을 손에 쥐고부터는 함부로 행동하고 실책을 범하는 바람에 만인에게 매도당하면서 한을 품고 삶을 마감하고 말았지요. 만약 명성을 누리고 있을 때 잠이 든 채로 깨지 않고 죽었더라면 그래도 사람들이 '나라에 복이 없다 보니 이토록 훌륭한 분이 크게 중용되어 재능을 다 발휘해보지도 못하고 가셨구나!' 하고 못내 애석해하는 식으로 후세에까지 제법 좋은 평판을 남길 수 있었을 겁니다. 그러나 만인에게 매도당하는 지경까지 치닫게 되면 설사 목숨을 내놓는다 해도 이미 때를 놓친 셈이니 이런 경우야말로 몇 년 더 산 죄라고 할 수 있을 테지요.

ㄱ. 재상이 누구이고 어느 왕조 때 사람일까요? 그 왕조는 가깝지도 멀지도 않은 북송 신종[5] 황제 시절이었고, 그 재상은 성이 왕, 이름이 안석[6]

---

5) 신종(神宗) : 북송의 제6대 황제 조욱(趙頊, 1067~1085 재위). 조욱이 황제로 즉위할 무렵 송나라는 외면상으로는 문치(文治)가 자리 잡고 명신들이 대거 배출되는 등 전성기를 맞았으나, 내치에서는 과중한 군사비와 행정상의 비효율성·분배상의 불균등·거상들과의 유착, 외교에서는 호전적인 북방민족의 군사적 압박 속에 군사력의 열세와 소극적인 조공외교로 체제상의 위기에 직면해 있었다. 조욱은 황제로 즉위한 뒤 왕안석을 재상으로 기용하고 재정·군사·관제와 관련된 일련의 신법들을 급진적으로 추진함으로써 부국강병을 도모했다. 그 결과 오랜 폐해들이 극복되고 왕조의 체제 정비와 국가 재정의 보전에도 어느 정도 기여했다. 그러나 본인의 의지와는 달리 구법당(훈구파)과 신법당(개혁파)의 국론분열과 권력투쟁이 심화되자 개혁에 환멸을 느끼고 38세의 나이로 죽었다.

으로 임천(臨川) 사람이었습니다. 이 사람은 단숨에 열 줄을 읽어치울 정도
로 빠르게 만 권이 넘는 책을 독파해서 문언박[7]·구양수[8]·증공[9]·한유[10]

---

6) 왕안석(王安石) : 북송의 정치가이자 문학가. 자가 개보(介甫), 호가 반산(半山)으로 임
   천 사람이다. 경력(慶曆) 2년(1042) 진사 출신으로, 강남지역의 지방관으로 재직하면서
   능력을 인정받았다. 1058년 인종(仁宗)에게 「만언서(萬言書)」를 올려 기술을 갖춘 유능한
   관리들을 육성·기용할 것을 주장했다. 1060년 조정으로 진출한 그는 개혁군주 신종이 즉
   위하자 '신법당(新法黨)'의 영도자로서 북송 건국 이래의 제도상의 폐단들을 적시하며 개
   혁의 필요성을 피력했다. 이를 계기로 황제의 신임 속에 희녕(熙寧) 2년(1069)에 참지정
   사(參知政事)에 임명되어 국정 전반을 총괄하면서 한기(韓琦)·사마광(司馬光) 등 화북
   (華北) 출신이 주축을 이룬 '구법당(舊法黨)'을 축출하고 이재에 능한 강남 출신의 신진관
   료들을 대거 발탁·중용하면서 각 방면에서 본격적으로 '신법(新法)', 즉 개혁정치를 단행
   했다. 그의 신법은 국가 재정의 확보와 국가 행정의 효율성 증대 등의 측면에서는 나름대
   로 성과를 거두었다. 그러나 중소농민과 중소상인의 구제라는 당초 목적은 조세의 증대,
   화폐경제의 강요 등으로 말미암아 후진 지역에서는 오히려 영세농민의 몰락을 가속화해 반
   대파인 구법당에게 재집권의 구실을 제공했다. 원풍(元豊) 2년(1079)에 형국공(荊國公)
   에 책봉된 뒤로 '왕형공(王荊公)'으로 불렸다. 그가 남긴 시들은 청신하면서도 고답적이어
   서 '당송 팔대가(唐宋八大家)'의 한 사람으로 추앙받았다.
7) 문언박(文彦博) : 북송의 정치가이자 문학가. 진사 급제 후 지현(知縣)·통판(通判) 등의
   지방관을 역임하고 서하(西夏) 대책에 공을 세워 1047년 추밀부사(樞密副使)·참지정사가
   되었다. 그 후 어사(御史) 당개(唐介)의 탄핵으로 한때 지방으로 쫓겨났으나 곧 다시 재
   상으로 복귀했으며, 부필(富弼) 등과 함께 영종(英宗)의 옹립에 진력한 공으로 추밀사(樞
   密使)가 되었다. 한때는 왕안석의 시역법(市易法)을 비난하다가 좌천되기도 했으나, 전후
   50년 동안 장상(將相)의 지위에 있으면서 외국에까지 그 명성을 떨쳤다.
8) 구양수(歐陽修) : 북송의 정치가이자 문학가·사상가. 인종 천성(天聖) 8년(1030)에 장원
   으로 급제한 뒤 한림학사(翰林學士)·병부상서(兵部尙書) 등을 거쳐 태자소사(太子少師)
   에 올랐다. 시문에 능해 소순(蘇洵)·소식(蘇軾)·소철(蘇轍) 삼형제와 증공·왕안석 등 당
   대의 명사들을 자신의 문하에서 배출하여 시문 혁신운동을 주도함으로써 초기의 화려한 문
   풍을 일소하고 고문 부흥에 진력하는가 하면, 『육일시화(六一詩話)』를 펴내어 시가평론의
   새로운 체제인 '시화(詩話)'를 탄생시키기도 했다.
9) 증공(曾鞏) : 북송의 정치가이자 문학가. 당송 팔대가의 한 사람으로, 소동파와 같은 해에
   서른아홉의 나이로 진사(進士)에 합격했다. 그는 오랜 지방관 생활 끝에 예순이 지나서야
   중앙의 관직인 사관수찬(史館修撰)·중서사인(中書舍人)에 올랐다. 저서로는 고금의 전각
   (篆刻)을 소개한 『금석록(金石錄)』(500권)과 시문집 『원풍유고(元豊遺藁)』가 있다.
10) 한유(韓維) : 북송의 정치가. 인종 때 구양수의 천거로 지태상예원(知太常禮院)으로 기

등 당대에 명성을 떨치던 대신들조차 그 재능을 신기하게 여기며 칭찬하지 않는 사람이 없을 정도였지요. 그러더니 스물이 되자마자 일거에 이름을 얻어 처음에는 절강(浙江) 경원부(慶元府) 은현(鄞縣)의 지현(知縣)으로 임명되어 이로운 사업을 일으키고 해로운 것들을 없애는 등 유능하다는 칭송이 자자했답니다. 양주(揚州) 첨판[11]으로 전보되었을 때는 한번 책을 펼치기만 하면 아침이 될 때까지 잠을 자지 않았고, 해가 중천에 떠서 태수(太守)가 집무실에 등청했다는 소리를 듣고서야 세수도 제대로 놋한 채 무랴부랴 달려가기 일쑤였습니다. 그때 양주태수가 바로 한위공(韓魏公)으로 이름이 기(琦)[12]인 사람이었는데 왕안석의 때 낀 얼굴을 보더니 아직 세수를 하지 않은 걸 알고 밤새도록 술을 마신 것으로 지레짐작하여 학문에 힘쓰라고 훈계를 했을 정도였답니다. 왕안석은 그 충고를 고맙게 받아들이고 끝까지 변명을 하지 않았지요. 한위공은 나중에 그가 밤새도록 책을 읽었다는 말을 전해 듣고는 속으로 무척 신기해하면서 그의 훌륭한 인품을 높이 평가했더랍니다. 그가 강녕부[13] 지부(知府)로 승진했을 때는 현명하다는 명성이 더욱 자자해지더니 급기야 황제의 귀에까지 전해졌던 것입니다. 말 그대로,

---

용된 뒤 여러 벼슬을 거쳐 신종 연간에는 한림학사와 개봉부 부윤을 지냈으나, 왕안석과의 불화로 양주(襄州)·허주(許州)·하양(河陽) 등지의 외직을 전전했다.

11) 첨판(僉判): 첨서판관청공사(簽書判官廳公事)의 약칭. 송대에 각 주(州)·군(郡) 지방관의 공무 처리를 보좌하거나 문서 업무를 관장했다.

12) 한기(韓琦): 북송의 정치가. 인종 때 진사에 합격해 우사간(右司諫)으로 기용된 뒤 섬서안무사(陝西安撫使)로 나서 명신인 범중엄(范仲淹)과 함께 서하(西夏)의 군사작전에 잘 대처하면서 명성을 얻었다. 그 후 영종(英宗)에서 신종까지 세 황제를 섬기는 동안 외직은 물론 추밀부사·추밀사·재상 등의 요직들을 역임했다. 신종 때는 사마광 등과 함께 보수파를 대표하여 누차 상소를 올려 왕안석의 '변법(變法)'에 반대했다.

13) 강녕부(江寧府): 지금의 강소성 행정중심지 남경(南京).

초년 운세가 너무 좋은 것만 믿고서,

결국 후세 사람들까지 망치고 말았구나!

신종 황제는 국정에 매진하던 시절이었던지라 왕안석이 현명하다는 소문을 듣자 특별히 그를 불러들여 한림학사(翰林學士)로 임명했습니다. 천자가 어떻게 나라를 다스려야 하는지 자문을 구하자 왕안석은 요(堯)·순(舜)의 법도로 다스려야 한다고 대답했고, 천자는 크게 기뻐하면서 2년도 되지 않아 그를 수상에 배수하고 형국공(荊國公)에 책봉하니 온 조정이 고요[14]와 기[15]가 부활하고 이윤[16]과 주공(周公)이 재림했다고 여기며 한목소리로 축하해주었지요. 그러나 유독 이승지[17]만은 왕안석의 눈에 흰자위가 많은 것을 보고 '간사한 인상이어서 훗날 반드시 천하를 어지럽힐 것'이라고 예언했답니다. 소로천[18] 역시 왕안석이 옷차림이 지저분하고 한 달이

---

14) 고요(皐陶) · 중국 선설상의 인물. 우순(虞舜) 시대에 대리(大理)를 지내는 동안 시비·선악을 가릴 줄 아는 영물인 해치(獬豸)를 부려 상벌을 엄정하게 적용해 백성들이 편안히 생업에 종사할 수 있게 해주었다고 한다.

15) 기(夔) : 요·순 시대에 음악을 관장했다는 전설상의 악관. 요 임금이 음악을 짓도록 명하자 돌을 두드려 숲과 계곡의 소리를 재현했는데 짐승들이 일어나 그 장단에 맞추어 춤을 추었다고 한다. 순 임금 때는 음악을 관장하고 귀족 자제들의 교육을 맡는 한편, 「구초(九招)」「육열(六列)」「육영(六英)」 등을 작곡하여 천자의 덕을 널리 알리게 했다고 한다.

16) 이윤(伊尹) : 상(商)나라의 명재상. 원래는 탕왕(湯王)의 부인이 출가하면서 데려온 노예였는데 탕왕에게 그 능력을 인정받아 재상으로 중용되었다. 나중에는 상나라를 도와 하(夏)나라를 멸망시키는 데에도 큰 공을 세웠다. 탕왕에 이어 외병(外丙)·중임(仲壬)까지 모두 세 왕을 섬겼다. 중임 사후에 왕이 된 탕왕의 손자 태갑(太甲)이 무도한 정치를 일삼자 재궁(桐宮)에서 추방했다가 3년 후 자신의 잘못을 뉘우치자 복위시켰다고 한다.

17) 이승지(李承之) : 북송의 정치가. 이적(李迪)의 아들로 진사로 천거되어 명주(明州) 사법참군(司法參軍)으로 전보되었으며 신종 때에도 조례사(條例司) 검상문자(檢詳文字)를 거쳐 섬서도전운사(陝西都轉運使)·이부시랑(吏部侍郎)·호부상서(戶部尙書) 등의 벼슬을 역임했다.

18) 소로천(蘇老泉) : 북송의 명신 소순(蘇洵, 1009~1066)을 말한다. 28세 때 과거에서 낙

넘도록 얼굴을 씻지 않는 것을 보고 사람의 도리에 어긋난다고 여겨 「간신 구별법」[19]을 지어 그를 풍자했다는군요. 이 두 사람은 남다른 혜안을 가진 셈이었지만 당시에는 아무도 그 말을 믿으려 들지 않았다는 것은 두말할 필요도 없습니다.

왕안석은 재상이 되자 신종 황제와 의기가 투합해서 무슨 말을 해도 그대로 받아들여 드디어 일련의 신법들을 제정하기에 이르렀습니다. 그것이 어떤 신법인가 하면

농전법[20]
수리법[21]

방하자 자신이 지은 글을 모두 불태우고 두문불출하며 학업에 전념한 끝에 육경(六經)에서 제자백가(諸子百家)까지 천하의 문장에 통달한 대문장가가 되었다. 인종 때 소식(蘇軾)·소철(蘇轍) 두 아들을 데리고 상경했다가 그의 재능을 알아본 한림학사 구양수의 천거로 황제에게 그의 저서들이 소개되면서 학자들의 찬사를 받았다. 당시 사람들은 소순을 '노소(老蘇)', 장남 소식과 차남 소철을 각각 '대소(大蘇)'와 '소소(小蘇)'로 불렀다. 소순은 비서성(秘書省) 교서랑(校書郎)·문안현(文安縣) 주부(主簿) 등의 벼슬을 지냈으며, 대표적인 저술로는 북송 이래의 예법에 관한 책들을 엮은 『태상인혁례(太常因革禮)』가 있다. 두 아들 역시 문무를 겸비한 인재로 박학다식하여 같은 해에 나란히 과거에 급제하고 역시 나란히 한림학사에 배수되어 조정에서 명망이 높았으며, 나중에는 부자 세 사람이 함께 '당송 팔대가'로 일컬어졌다.

19) 「간신 구별법」: 소순이 쓴 「변간론(辨奸論)」. 도덕군자의 전형을 외모·습관·행동·사고 방식 등의 측면에서 부각시키고 있지만 사실은 사악하고 간사한 인물의 모습을 반어적으로 표현하고 있다. 이 글에서는 왕안석이 철두철미한 악인으로 묘사되어 있는데, 일설에 따르면 소순이 자신의 아들 소철에게 위임장을 써주지 않은 왕안석을 공격할 목적으로 이 글을 썼다고 한다.

20) 농전법(農田法): 신종 때 황무지 개간을 목적으로 시행된 신법. 혜택을 받는 농민들이 세대별 등급에 따라 비용을 분담하는 방식으로 시행되었는데, 각지에서 적극 호응하면서 척박한 황무지들을 옥토로 변모시켰다고 한다.

21) 수리법(水利法): 신종 때 수리시설의 건설·보수·관리를 목적으로 시행된 신법. 그 시행 방법이나 수혜 대상이 기본적으로 농전법과 동일하여 '농전수리법(農田水利法)'으로도 불

청묘법[22)]

균수법[23)]

보갑법[24)]

면역법[25)]

시역법[26)]

보마법[27)]

렸다.

22) 청묘법(靑苗法): 신종 때 정부의 재정 적자를 해소하는 동시에 대지주들의 고리대로부터 농민들을 구제하려는 취지에서 시행된 신법. 재해와 기근에 대비해 상평창(常平倉)·광혜창(廣惠倉) 등에 비축한 양곡을 현금화하여 춘궁기에 식량이나 볍씨가 필요한 농민에게 대여했다가 연 2할의 이율로 양곡이나 현금으로 회수하는 방식으로 시행되었으며, 지주층의 반발이 심했지만 송나라 재정 확충에는 상당한 도움을 주었다.

23) 균수법(均輸法): 신종 때 중간상인의 독점을 방지하고 물자의 수송을 합리적으로 관리하려는 취지에서 시행한 신법. 중앙정부에서 예산을 책정한 뒤 양주(揚州)의 발운사(發運司)에 소요 물자와 수량을 통보하면 발운사가 도성 인근의 원산지에서 물자를 조달하되 불필요한 물품은 수요가 있는 곳에 조달하는 방식으로 운영되었는데, 상인들의 반발은 있었지만 국가 재정 확충에는 상당한 도움이 되었다.

24) 보갑법(保甲法): 신종 때 군사비 절감과 농촌 민병제(民兵制)의 원활한 운영을 목적으로 제정된 신법. 5호(戶)를 '보(保)', 50호를 '대보(大保)', 500호를 '도보(都保)'로 삼고 각 수장을 두어 치안 유지 및 사건 신고 등의 의무를 부과하는 방식으로 시행되었다. 처음에는 요(遼)나라 등 외세와의 군사적 충돌에 대비하여 군대를 강화하려는 부국강병책의 일환으로 제정되었으나, 농민들의 부담이 점차 가중되자 폐지되었다.

25) 면역법(免役法): 신종 때 시행된 신법인 '모역법(募役法)'의 다른 이름. 조세 징수·치안 유지·공물 수송에 농민을 징발하도록 규정한 송대 초기의 차역법(差役法)이 중소 지주나 자작농에게 과중한 부담을 주자, 이에 대한 개선책으로 농민에게는 당초의 노역 대신 면역전(免役錢)을 내게 하고 이를 재원으로 유휴인력을 모아 조세의 관리·운반에 투입하고 그 대가로 저임금을 지불하는 방식으로 시행되었다. 그러나 부족한 재원 충당을 위해 면역 특권을 가진 관료·사원·상인 등으로부터 면역전의 반액에 해당하는 조역전(助役錢)을 내도록 규정하여 이들의 반발을 샀다.

26) 시역법(市易法): 신종 때 거상의 시장 독점과 고리대금에 고통 받던 중소상인의 이익을 보호하려는 취지에서 제정된 신법. 정부 자금으로 물자를 매입해주거나 연리 2할의 저리로 자금을 대부해주는 방식으로 시행되었으나, 거상들의 강한 반발과 구법당(舊法黨)의 압력으로 결국 폐지되었다.

방전법[28]

면행법[29]

을 말하는 것이지요.

왕안석은 그 무렵 그저 성이 여(呂), 이름이 혜경(惠卿)[30]이라는 소인배와 자기 아들 왕방[31]의 말만 들으면서 주야로 공모하여 충신을 배척하

---

27) 보마법(保馬法): 신종 때 부국강병책의 일환으로 보갑법과 함께 시행된 신법. 기마대 육성을 위해 보갑법에 따라 편성된 보호(保戶)에게 한두 필의 말을 대여하고 이의 공급·사육을 위탁하는 방식으로 시행되었다. 그러나 사육 중인 말이 폐사하는 경우 배상 책임이 보호에게 돌아가는 등 농민의 부담이 가중되자 폐지되었다.

28) 방전법(方田法): 신종 때 시행된 신법인 '방전균세법(方田均稅法)'의 다른 이름. 관료·지주들의 토지 겸병을 제한하고 토지·호구에 대한 허위 보고를 방지하기 위해 매년 9월에 지방 관리들이 토지를 측량하고 등급을 매겨 세액을 정한 뒤 다음 해 3월에 토지장첩(土地帳帖)을 발급하는 방식으로 시행되었다.

29) 면행법(免行法): 희녕(熙寧) 6년부터 시행된 신법의 하나로, 각 상점으로 하여금 번갈아가며 관청에 현물이나 노역을 제공하던 기존의 방식 대신 각자의 이윤의 다과에 근거해 매달 시역무(市易務)에 면행전(免行錢)을 납부하도록 하는 방식으로 시행되었다.

30) 여혜경(呂惠卿): 북송의 정치가. 가우(嘉祐) 2년(1507)에 진사로 합격한 이래 인종·영종·신종·철종·휘종까지 다섯 황제를 섬기는 동안 구양수·심구(沈遘)·증공량(曾公亮)·왕안석 등의 중용과 추천을 받아 참지정사 등의 벼슬을 역임했다. 신종 희녕 연간에 시행된 청묘·조역·균수·농전·수리 등의 신법이 모두 그의 주도하에 의정·실천되었다. 권문세족과 구법당의 압력에도 굴하지 않고 희녕 2년(1069)에 구법당의 거두 사마광을 논쟁에서 굴복시키고, 왕안석이 실각한 뒤에는 조태후(曹太后)를 앞세운 구법당이 시역법을 중심으로 신법 반대 운동을 전개하자 참지정사에 임명되어 구법당의 불법행위들을 엄정하게 조사함으로써 변법운동이 지속적으로 추진될 수 있도록 뒷받침해주었다. 변법운동을 적극 지지했던 탓에 휘종 때까지 정적들로부터 공격과 폄적을 당하여 사후에는 그 이름이 「간신열전(奸臣列傳)」에 수록되는 수모를 겪기도 했다. 박학다식하여 왕안석이 "혜경의 현명함이 어찌 오늘날의 사람들에만 그치겠는가? 전대의 유학자라 해도 그에게 견주기에는 만만치 않을 것이다. 선왕의 법도를 익혀 활용할 줄 아는 이는 오로지 혜경뿐이리라(惠卿之賢, 豈特今人, 雖前世儒者, 未易比也。學先王之道而能用者, 獨惠卿而已)"라고 칭찬했을 정도였다. 신법을 추진하면서 왕안석의 아들 왕방(王雱)과 함께 『삼경신의(三經新義)』를 편수하는가 하면 『문집(文集)』(100권)을 비롯하여 『효경전(孝經傳)』 『도덕경주(道德經注)』 『논어의(論語義)』 『장자해(莊子解)』 등을 저술하기도 했다. 정화(政和) 원년(1111)에 관문전학사(觀文殿學士) 및 광록대부(光祿大夫)를 끝으로 낙향한

고 직간을 거절하는 데에만 바빴습니다. 심지어 세간에서 원성이 자자하고 천재지변이 잇따라 생겨도 형공은 혼자만 옳다고 여기면서 급기야

> 천재지변은 두려워할 것이 못 되고,
>
> 남의 말은 근심할 것이 못 되며,
>
> 선대의 법도는 지킬 것이 못 된다.

라는 '삼부족'[32]의 궤변을 늘어놓는 지경에까지 이르고 말았지 뭡니까!

왕안석은 집요한 성격을 가진 탓에 일단 생각이 정해지면 부처님, 보살님이라 해도 그를 설득할 수가 없었습니다. 그래서 사람들이 다들 그를 '고집불통 재상님'이라고 부를 정도였지요. 문언박·한기 등과 같이 애초에 칭찬을 하던 사람들도 일이 이 지경이 되자 자신들의 실언을 후회하면서 저마다 상소를 올려 논쟁을 벌였습니다. 그래도 충고를 듣지 않자 줄줄이 벼슬을 그만두고 낙향해버리니 이때부터 신법이 더욱 강력하게 시행

뒤 병사했다.

31) 왕방(王雱): 왕안석의 차남. 어려서부터 박학다식하여 약관의 나이가 되기도 전에 이미 방대한 양의 저서를 저술하는가 하면 여혜경과 함께 『삼경신의』를 편수하기도 했다. 부친 왕안석의 변법운동에도 적극적이어서 나중에 반대파의 방해로 변법이 좌절되자 울화병을 앓을 정도였다. 희녕 9년에 용도각직학사(龍圖閣直學士)로 전보되었으나 병으로 33세의 나이에 죽었다. 저서로는 『남화진경신전(南華眞經新傳)』, 시작(詩作)으로는 「권심방(倦尋芳)」「안아미(眼兒媚)」 등이 전한다. 왕방이 5세 때 부친의 지인이 선물로 노루와 사슴을 한 마리씩 끌고 와서는 "어느 놈이 노루이고 어느 놈이 사슴이냐?"고 물었더니, 한번도 노루나 사슴을 본 적이 없던 왕방이 재치있게 "노루 옆에 있는 것이 사슴이고 사슴 옆에 있는 것이 노루지요" 하고 대답했다는 일화가 전해진다.

32) 삼부족(三不足): "천재지변은 두려워할 것이 못 되고, 남의 말은 근심할 것이 못 되며, 선대의 법도는 지킬 것이 못 된다(天變不足畏, 人言不足恤, 祖宗之法不足守)"라는 말에 모두 들어 있는 3개의 '부족(不足)'을 이르는 말.

되어 선대의 제도는 어지러워지고 백성들은 생업을 잃어갔지요.

그러던 어느 날 아끼던 아들 왕방이 등창을 앓다가 죽고 말았습니다. 형공은 이 일을 몹시 애통해하면서 천하의 고승들을 초치하여 칠칠 사십구일의 불재(佛齋)를 마련하고 망혼을 추도하는 한편 자신이 직접 향을 사르고 절을 올렸지요. 그날 49일째 불재가 다 끝나고 사경[33]을 알리는 북소리가 울리자 형공은 향을 살라 불전에 바치다가 갑자기 혼절하여 배전[34] 위로 쓰러졌는데, 주위 사람들이 아무리 불러도 깨어나지 않는 것이었습니다. 그러다가 오경[35]이 되자 그제야 꿈에서 막 깨어난 듯이

"괴이하구나, 괴이해!"

하는 것이었습니다. 사람들이 부축해서 중문(中門)으로 들어가니 오국부인[36]은 여종에게 그를 내실로 모시게 한 다음 어떻게 된 영문인지 물었습니다. 형공은 눈물을 흘리면서

"방금 의식을 잃었을 때 몽롱한 상태에서 어딘가에 도착했는데, ……큰 관청 같기는 한데 대문이 굳게 닫혀 있습디다. 그런데 우리 아들 방이가 무게가 얼추 백 근은 될 법한 큰 칼을 쓰고 그 무게도 제대로 주체하지 못하면서 쑥대머리에 더러운 얼굴로 온몸에 피를 흘리면서 문밖에 서서 통곡을 하며 나한테 자기 고통을 하소연하기를 '저승에서는 아버님이 오랫동안 높은 벼슬을 하시면서도 선행을 베풀 생각은 하지 않고 그저 우격

---

33) 사경(四更): 축시(丑時), 즉 밤 1시부터 3시까지의 시간.
34) 배전(拜甎): 불교나 도교 사원에서 신불에 참배할 때 무릎 보호를 위해 바닥에 까는 모직 방석.
35) 오경(五更): 인시(寅時), 즉 새벽 3시부터 5시까지의 시간.
36) 오국부인(吳國夫人): '국부인(國夫人)'은 송대에 재상의 부인에게 내려지던 칭호. 왕안석의 부인은 지금의 강남(江南)에 해당하는 오(吳) 땅에 녹읍이 내려져서 '오국부인'으로 불렸다.

다짐으로 청묘법 같은 신법을 시행하여 나라를 좀먹고 백성들을 해치는 바람에 원한의 기운이 충천해 있습니다. 소자 불행하게도 이승에서의 복이 먼저 다하고 지은 죄가 막중하여 불재로도 풀 수가 없을 지경입니다. 아버님께서는 하루 속히 생각을 바꾸시고 더 이상 부귀영화에 미련을 두지 마십시오!' 하는데, 그 말이 끝나기도 전에 누가 관청에서 대문을 열고 호통을 치는 바람에 놀라서 깬 거요."

하는 것이 아닙니까. 그러자 부인도

"시쳇말에도 '무슨 일이든 있다고 믿어야지 없다고 믿으면 안 된다'고 했습니다. 소첩 역시 세상 사람들이 이러쿵저러쿵 서방님 탓을 하는 말들을 듣고 있습니다. 서방님, 왜 급류 속에서 과감하게 발을 빼지 않으십니까? 하루라도 빨리 물러나신다면 저주도 그만큼 줄어들 텐데요!"

하고 설득하는 것이었습니다. 형공은 부인의 말을 좇아 연달아 열 번 남짓 상소를 올리고 병을 이유로 사직을 간청했지요. 천자도 세간의 공론을 풍문으로 전해 듣고 있던 참인 데다가 신법에 싫증도 나고 해서 결국 그 간청을 받아들여 그를 판강녕부(判江寧府)로 전보했답니다. 옛 송나라 때에는 자리에서 물러나는 재상들은 모두 외직(外職)의 직함을 달고 그 지방으로 가서 봉록을 받아 노후를 보내면 그만으로 그 업무를 정식으로 수행할 필요가 없었지요. 형공이 생각해보니 강녕은 바로 금릉[37]의 유적이 있는 땅이요, 육조(六朝)[38] 제왕들이 도읍으로 삼았던 곳으로 강산이 수려하고 인물이 번성하여 편안히 지낼 수 있는 곳이어서 아주 흡족하게 여겼

---

37) 금릉(金陵): 남경의 다른 이름. 초나라 때에는 금릉성(金陵城)으로 불리다가 삼국시대에 오나라 손권(孫權)에 의해 중건된 뒤부터는 석두성(石頭城)으로 불렀다.
38) 육조(六朝): 중국 역사상 남경(南京)을 도읍지로 정했던 오(吳)·동진(東晉)·송(宋)·제(齊)·양(梁)·진(陳) 등 여섯 왕조를 통칭한 말.

답니다. 부인도 떠나기 전에 얼추 수천 금에 달하는 비녀며 팔찌 등의 장신구와 소장했던 보물과 골동품들을 모두 꺼내다 각지의 절과 사원에 보시하여 추모재를 지내고 향을 사르면서 죽은 아들 왕방의 명복을 빌었지요. 그런 다음 길일을 잡아 조정에 하직인사를 드리고 부임길에 오르자 문무백관이 술자리를 마련하고 전송해주려 했지만 형공은 병을 핑계로 아무도 만나지 않았습니다. 대신 그의 집에는 성이 강(江), 이름이 거(居)인 수족 같은 아전이 있었는데 시중을 아주 잘 들었기 때문에 이 사람과 동복들만 가족을 따라 동행하게 했지요.

동경(東京)에서 금릉까지는 수로였습니다. 그러나 형공은 관선(官船)은 이용하지 않고 평복 차림으로 출행하여 작은 배를 타고 황하에서부터 물살을 따라 남하하기로 계획을 세웠습니다. 형공은 배가 출발하기에 앞서 강거와 동복들을 불러놓고

"내 비록 재상이기는 하지만 이제는 벼슬을 내놓고 돌아가는 길이다. 도중에 나루에 배를 세울 때마다 내 이름이 무엇이고 어떤 벼슬을 했는지 누가 묻더라도 너희들은 그냥 지나가는 유람객이라고만 하고 절대로 사실대로 말하면 안 되느니라 현지 관청을 들쑤셔서 마중하고 배웅한다고 나리를 피운다거나 인부를 동원해서 호위를 하느니 마느니 하면서 주민들이 불편하게 법석을 떨게 하면 안 되느니라. 만약 혹시라도 소문이 퍼진다면 그건 분명히 너희들이 지방 관리들에게 관례[39]를 강요하거나 백성의 재물을 갈취하려 한 것으로 간주할 것이다. 내가 그 사실을 발견하면 누구든지 반드시 엄벌로 다스릴 것이다!"

---

39) 관례[常例]: 옛날 고급 관리가 출행하면 그가 도중에 거쳐가게 되는 지역의 지방관들이 필요한 경비나 물품을 조달해야 했는데, 그 과정에서 그가 대동하는 수행인들이 '상례(常例)', 즉 관례임을 빙자하여 재물을 강요하는 경우가 많았다고 한다.

하고 분부하니 사람들 모두

"삼가 명하신 대로 따르겠사옵니다!"

하고 대답하는 것이었습니다. 강거가

"마님께서는 흰 용이 물고기 옷을 입듯이[40] 신분을 감추라 하십니다만, 혹시라도 도중에 분수를 모르고 마님을 비방하는 소인배라도 있으면 어떻게 할까요?"

하고 묻자 형공은

"시쳇말에 재상 배 속에서는 배도 저어갈 수 있다고 했나니, 남의 말에는 신경 쓸 필요가 없느니라. 나를 좋게 말한다고 해서 기뻐할 필요도 없고 나쁘게 말한다고 해서 성을 낼 필요도 없으니, 그냥 귓가로 바람이 지나가나 보다 하고 여기면 그뿐 절대로 화근을 만들지 말라!"

하는 것이었습니다. 강거는 그 명령을 따르는 한편 선원에게도 잘 알아듣도록 일렀습니다. 이렇게 해서 수로를 통한 여정이 시작된 것은 말할 나위도 없지요.

어느 사이에 20여 일이 지나 배는 벌써 종리(鍾離) 땅에 이르렀습니다. 형공은 원래 담화증[41]을 앓았는데 작은 배에서 며칠을 지내다 보니 마음이 울적해져 그 병이 재발하고 말았지 뭡니까. 그는 배를 벗어나 뭍으로 올라가서 저잣거리 경치라도 구경하다 보면 울적한 마음이 조금이라

---

40) 흰 용이 물고기 옷을 입듯이: 중국의 옛 우화에 따르면, 흰 용이 하루는 물고기로 둔갑하여 강 속에서 놀다가 어부가 날린 작살에 눈을 다치자 그 사실을 옥황상제에게 고했더니 옥황상제가 '물고기는 원래부터 인간이 작살로 잡는 것인데 어찌 작살을 날린 어부를 탓하겠는가?' 하고 말했다고 한다. 이 이야기에서는 왕안석 내외가 자신들의 신분을 감추고 백성들 틈에 끼어든 것을 두고 한 말이다.

41) 담화증(痰火症): 체내의 담이 탁해지는 현상이 울화병과 결합되거나 담이 탁해지는 현상이 장기간 누적되어 울화병이 되는 과정에서 나타나는 병리적 변화로, 보통 천식·해소·정충(울렁거림)·어지럼증 등의 증세가 나타난다.

도 풀리겠지 싶어서 집사에게

"여기서부터 금릉까지는 멀지 않으니 자네는 부인 마님과 가솔들을 잘 모시고 수로를 따라서 과보(瓜步), 회양(淮揚) 구간을 통해 양자강을 지나도록 하게. 나는 육로를 따라갈 테니 금릉강 어귀에서 만나기로 하세."

하고 분부하는 것이었습니다. 왕안석은 가솔들이 배를 타고 떠나게 한 뒤 자신은 단출하게 동복 둘과 측근 강거만 대동한 채 뭍에 내렸지요.

물과 뭍의 교통이 하도 어지러운 탓에
남북을 오가는 사람들이 애를 먹는구나.

"마님, 육지로 가시자면 탈것을 쓰셔야 합니다요. 명함을 갖고 현의 역참으로 가서 부탁할까요, 아니면 자비로 대절을 할까요?"

강거가 이렇게 아뢰자 형공은

"내가 미리 분부하지 않았더냐? 관청에서 법석을 떨게 만들면 안 된다니까! 우리가 자비로 대절하면 되느니라."

하고 말했습니다. 강거가

"자비로 대절하려면 중개업자를 찾아가야 합니다."

하더니 그길로 동복은 보따리를 들고 강거는 형공을 안내하면서 어떤 중개업자 집으로 찾아갔습니다. 그 집 주인은 일행을 영접하여 상석에 앉히더니

"손님께서는 어디로 가려고 하십니까?"

하고 물었습니다. 형공이

"강녕으로 가려던 참이오. 멜가마 한 대하고 노새나 말 세 필만 구하면 바로 떠날 수 있을 것 같구려."

하고 말하자 주인은

"지금은 예전 같지가 않아서 서두른다고 되는 게 아닙니다."

하는 것이었어요. 그래서 형공이

"어째서 그렇소?"

하고 물으니 주인은

"말하자면 길지요. 고집불통 재상님이 권력을 쥐고 신법을 밀어붙인 뒤부터 백성들에게 손해를 끼치는 바람에 주민들이 뿔뿔이 흩어져버렸지 뭡니까! 가난한 사람들 몇 집이 남기는 했지만 관가의 노역에 끌려다니기에도 바쁜 판국이니 어디 고용될 틈이나 나겠소이까? 더욱이 백성은 가난하고 재물은 바닥나서 사람들도 배부르게 먹지 못하는 판국에 말이나 노새를 기를 여윳돈이 있을 턱이 없지요. 설사 몇 마리 가지고 있다 치더라도 노역에 징발하기에도 모자랄 형편이랍니다. 진득하게들 앉아 계시면 제가 대신 구해보도록 합지요. 구하더라도 좋아하지 마시고 못 구하더라도 나무라진 마십시오. 그리고…… 돈도 예전 시세보다 갑절은 더 쳐주셔야 할 겝니다!"

하는 것이었습니다. 강거가

"그런데…… 그 고집불통 재상이 누굽니까?"

하고 묻자 주인은

"왕안석이라고 합디다. 듣자니 두 눈 다 흰자위만 있다고 그러더군요. 나쁜 인간은 더러운 인상을 갖고 있는 법 아니겠소?"

하는 것이 아닙니까. 형공은 눈꺼풀을 지그시 내리깔고 강거에게 남의 일에 끼어들지 말라고 일렀지요. 주인은 나간 지 한참 지나서야 돌아오더니

"가마꾼은 딱 두 사람밖에 못 준답니다. 세 명을 원해도 구할 수가

없다는군요. 도중에 교체할 수도 없고요. 그러면서도 품삯은 네 사람 값
으로 고용하랍니다. 그리고…… 말도 없어서 겨우겨우 노새 한 마리하고
수나귀 한 마리만 구했다네요. 내일 오경(五更)에 우리 가게로 온다고 하
니까, 손님은 출발하실 때 그 사람들한테 돈을 건네면 됩니다."

하고 알려주는 것이었습니다. 형공은 방금 전에 별별 악담을 다 들은
터여서 더 못 참고 당장 길을 나서고 싶었습니다. 그래서

"가마꾼이 둘뿐이면 천천히 가면 되지. 그런데 말이 한 필 부족하구
나…… 할 수 없지. 한 필은 강거에게 타라고 주고 저 한 필은 두 동복에
게 교대로 타게 해야겠군."

이렇게 생각하고는 강거에게 주인이 달라는 대로 돈을 주되 절대로
그 사람들과 실랑이를 벌이지 말라고 분부했습니다. 강거는 저울로 은을
달아서 주인에게 값을 치렀고요. 시간은 아직 여유가 있었지만 형공은 주
인 집에 있는 것이 갑갑한 나머지 동복을 불러 함께 저잣거리로 나가서
한가하게 걷기 시작했습니다. 아니나 다를까 저잣거리가 참 썰렁하고 가
게도 문을 연 집이 별로 없지 뭡니까. 형공이 착잡한 심정으로 걷다가 어
떤 찻집까지 왔는데 제법 깨끗해 보이는 곳이었지요. 찻집으로 들어가서
차를 시키려고 하는데 벽에 웬 절구(絶句) 시가 적혀 있는 것이 눈에 들어
왔습니다.

선대의 제도들이 너무도 치밀하고 분명하여,
백년이 넘도록 온 백성들이 태평성대를 누렸건만,
청맹과니가 공연히 번번이 옹고집을 부리며,
온갖 분란 다 일으켜 민심을 흔들어놓는구나!

뒤의 낙관에는

"무명씨가 세상을 개탄하면서 지음"

이라고 씌어 있었습니다. 형공은 차를 즐기려던 흥이 다 깨져서 묵묵히 아무 말도 없이 서둘러 문을 나서고 말았지요. 다시 수백 걸음을 더 걸었을까요? 이번에는 도교 사원이 하나 보이기에 형공이

"일단 가서 한번 둘러보면서 기분전환이나 하자."

하면서 대문을 들어서니 세 칸짜리 사당이 서 있는 것이었습니다. 형공이 참배를 할 요량으로 막 전각 안으로 들어서려는 찰나, 붉은 벽 바깥쪽으로 웬 노란 종이가 붙어 있는 것이 눈에 띄었습니다. 그 종이에는 이런 시가 씌어 있었지요.

다섯 대에 걸쳐 어진 군주와 훌륭한 신하가 태평성대를 이루셨거늘,
재상께서는 어쩌자고 한사코 뜯어고치려 드시나?
요·순을 법도로 삼는 게 옳다고 했으면,
이윤·주공을 본받아 천자를 보필해야 옳은 것을!

옛 신하들 모조리 배척하여 뿔뿔이 내쫓았으니,
그 모두가 신법 때문에 만백성을 해친 셈이 아니겠나?
편안한 안식처에서 늙기를 거듭해서 바라신다면,
천진[42] 두견이가 우는 뜻부터 먼저 깨달으시라!

---

42) 천진(天津) : 하남(河南) 낙양(洛陽)에 있던 다리 이름. 수나라 양제(隋煬帝)는 낙수(洛水)가 도읍지 낙양을 관통해 흐르는 모습이 은하수의 기상을 가졌다고 여겨 부교(浮橋)를 세우고 '하늘의 나루'라는 뜻에서 천진(天津)으로 명명했다고 한다. 수대 말기에 소실된 뒤로 여러 번 개조와 증축을 거쳤으나 금대 이후에는 그 흔적만 남았다. 당나라 시인 백거이(白居易)는 「화우인낙중춘감(和友人洛中春感)」이라는 시에서 "금곡원의 달을 슬

이 일이 있기 전인 영종(英宗) 황제 시절에 덕망 높은 선비가 한 사람 있었습니다. 그 사람은 성이 소(邵), 이름이 옹(雍)[43]이며 별호가 요부(堯夫)로, 점술에 정통해서 천지의 이치에 통달해 있었지요. 그는 자신의 거처를 '안락와(安樂窩) — 편안한 보금자리'라고 이름 짓고 늘 손님과 함께 낙양의 천진교(天津橋) 위를 거닐곤 했답니다. 그런데 한번은 두견이 소리를 듣더니

"천하가 이제 어지러워지겠구나!"

하고 탄식을 했다는 겁니다. 손님이 그 까닭을 묻자 요부가

"천하가 다스려지려 하면 땅의 기운이 북쪽에서 남쪽으로 움직이지만 천하가 어지러워지려 하면 땅의 기운이 남쪽에서 북쪽으로 움직인답니다. 예전에는 낙양에 두견이가 없었는데 지금 갑자기 생겼으니 땅의 기운이 남쪽에서 북쪽으로 움직이고 있다는 징조입니다. 머지않아 천자께서 남쪽 사람을 재상으로 삼으셔서 선대의 법도를 어지럽히고 결국에는 송나라의 태평성대도 끝나게 될 것입니다."

라고 대답했다고 하는데, 바로 그 징조가 왕안석에게서 나타난 꼴이었지요. 형공이 그 시를 끝까지 묵송하고 나서 향불을 지키던 도인에게

퍼하지 말며, 천진교의 봄을 아쉬워하지 마라. 정 많은 이 흉내 내어 지난 일을 더듬겠지만, 인간 세상 그 어딘들 슬프게 만들지 않는 곳이 있겠나?(莫悲金谷園中月, 莫嘆天津橋上春. 若學多情尋往事, 人間何處不傷人)"라고 읊은 바 있다.

43) 소옹(邵雍): 북송의 유학자이자 정치가. 젊은 시절 하도(河圖)·낙서(洛書)·천문학을 배우는 한편, 도교사상을 참고하여 천지운행의 이치를 사계절의 생성·변화 원리를 통해 규명하고자 시도하기도 했다. 정치적으로는 사마광(司馬光) 등 구법당과 교류하면서 왕안석의 변법운동에 반대했지만, 평생 벼슬을 멀리하고 낙양에 살면서 학문에 정진하여 '안락선생(安樂先生)'으로 불렸다. 『황극경세(皇極經世)』를 통해 세상에 알려진 그의 사상은 성리학을 집대성한 주희(朱熹)에 의해 성리학의 근본 이념으로 자리 잡았다.

"이 시는 누가 지은 것이오? 낙관이 없구려."

하고 물으니 도인은

"며칠 전에 함께 도를 닦는 도반(道伴) 하나가 와서 종이를 달라고 하더니 시를 지어 벽에다 붙이더군요. 무슨 고집불통 재상인가 하는 작자를 꾸짖는 내용이라나요."

하는 것이 아닙니까. 형공은 시가 적힌 종이를 뜯어 소매 속에 넣고 묵묵히 그곳을 나와버렸답니다. 그러고는 주인 집에 돌아와서도 내내 울적한 심정으로 하룻밤을 보낼 수밖에 없었지요.

오경이 되어 닭이 울자 가마꾼 둘과 말몰이꾼 하나가 노새 한 마리 수나귀 한 마리를 끌고 왔습니다. 형공은 평소처럼 제대로 씻지도 않은 채로 멜가마에 올랐고 강거는 나귀를 탔으며 동복 둘은 노새를 번갈아가면서 탔지요. 그렇게 얼추 40여 리 길을 가다가 점심나절이 다 되어 어떤 고을에 당도하자, 강거가 나귀에서 내려 한 걸음 나오더니

"마님, 점심 불을 지펴야겠습니다!"

하고 고했습니다. 형공이 담화증을 앓고 있었기에 수행 종자가 폐를 맑게 하는 마른 떡과 환약, 차병[44] 따위의 음식물을 휴대하고 있었던지라 형공은 수하에게

"끓인 물이나 한 사발 가져오고 너희들은 가서 밥을 먹거라."

하고 분부를 내린 뒤 끓인 물에 차를 타서 간식을 먹고 그 수행원들은 밥을 먹었습니다. 식사를 채 마치기도 전에 형공은 집 옆에 측간이 있는 것을 보고 휴지를 얻어서 측간으로 갔는데 측간 토담 위에 흰 석회로 시 여덟 구절을 적어놓은 것이 보이는 것이었습니다.

---

44) 차병(茶餠) : 운남 특산 보이차(普洱茶)의 경우처럼, 찻잎을 여행지나 야외에서 휴대하기 편하도록 벽돌이나 원반 모양으로 뭉쳐 건조시킨 것.

은읍(鄞邑) 지현을 맡아 아직 출세하지 않았을 당시,
헛된 명성 덕으로 사람들마다 추천을 했지만,
「간신 구별법」 지은 소옹(蘇翁)은 진작부터 예언했었고,
탄핵 올린 이승(李丞)도 이미 사전에 다 알고 있었네.[45]
현명하고 올바른 사람들 배척하고 오로지 권력만 휘두르며,
허망하고 헛된 부류들 끌어들여 화근을 만들었구나.
가장 괘씸한 건 요망하게 '삼부족'을 떠든 짓이러니,
천년토록 해를 끼칠 추악한 명성만 남겼구나!

형공은 용변을 마친 뒤 몰래 왼쪽 신발을 벗더니 밑창을 토담에 대고 박박 문질러대다가 글자를 못 알아볼 정도가 되어서야 멈추었습니다. 그 사이에 사람들이 점심식사를 다 끝내자 형공은 다시 멜가마를 타고 출발했는데, 거기서 30리 길을 더 갔더니 역참 객사가 하나 나오는 것이었습니다. 강거가

"이 관사는 널찍해서 묵어도 되겠습니다."

하고 고했더니 형공은

"어제 너희들에게 뭐라고 이르더냐? 지금 역참 객사에 묵으면 남들이 따지고 물을 게 아니냐! 다음 마을까지 가서 한적한 민가를 골라 묵는 게 더 편할 게다."

하고 말하는 겁니다. 다시 5리 정도를 더 가고 있는데 날이 막 저물려는 것이었어요. 가까스로 어떤 시골 민가에 도착하고 보니 대울타리와

---

45) 소옹은~ 알고 있었네: '소옹'은 소순(蘇洵)을, '이승'은 이승지(李承之)를 각각 가리킨다.

띠를 얹은 집인데 사립문이 반쯤 닫혀 있었지요. 형공이 강거에게 가서 하룻밤 묵어갈 수 있을지 알아보라고 분부를 내리자 강거가 사립문을 밀고 들어갔습니다. 마침 안에서 웬 노인이 지팡이를 짚고 나와서 찾아온 이유를 묻기에 강거가

"우리는 놀러 나온 사람들인데 댁에서 하룻밤만 묵어갈까 합니다. 숙박비는 정해진 대로 드리지요."

하고 말하니 노인도

"나으리님네들 편한 대로 하시지요."

하는 것이었습니다. 강거는 형공을 안내해 들어와 주인과 인사를 시켜주었습니다. 형공을 상석에 앉히자 강거 등 세 사람이 그 곁에 가서 서는 것을 보고 형공이 지체가 있는 사람임을 눈치챈 노인이 옆방으로 안내해 따로 쉬게 해주었지요. 노인이 차와 식사를 준비하러 나간 사이 형공이 새로 회를 칠한 벽을 보니 큰 글씨로 율시(律詩)가 한 수 적혀 있는데 그 시에 이런 내용이 있지 뭡니까.

글솜씨 타고났다 호들갑 떨지 마라.
삐뚤어진 학문은 사악하기 짝이 없어 알 만한 이들은 다 무시하나니,
무리하게 메추리 죄인 변호한 일[46]은 정도가 아니었으며,
실수로 낚싯밥을 먹은 것[47] 역시 어찌 진심이었겠는가?

---

46) 무리하게 메추리 죄인 변호한 일: 왕안석은 규찰형옥사(糾察刑獄司)에서 봉직할 때 메추리 싸움으로 승부를 겨루다가 살인을 저지른 어떤 소년을 위해 그의 처형이 부당하다고 변호한 적이 있었다. 이 시구는 그 일을 표현한 것으로 보이며, '메추리 죄인'이란 메추리 싸움으로 사형수 신세가 된 소년을 가리킨다.

47) 실수로 낚싯밥을 먹은 것: 인종(仁宗) 때 왕안석이 궁궐에서 꽃을 감상하며 낚시를 하다가 내시가 접시에 담아온 낚시 미끼를 다 먹어치우자 다음 날 인종이 "왕안석은 교활한

간사한 계책 덕분에 벌써 생전의 포부 다 이루었다지만,
너무도 고집스러운 탓으로 사후에는 부질없이 오명만 남겠지.
죽은 아들이 저승에서 천벌 받는 꼴을 직접 보고 나서야,
하늘께서 가차 없이 응보를 내리신다는 것을 깨달았겠구나!

형공은 그 내용을 다 읽고 나서 마음이 쓸쓸하고 몹시 언짢아졌습니다. 잠시 후, 노인이 밥을 날라 오자 하인들은 다 배가 터지도록 맛있게 밥을 먹었습니다. 형공도 요기를 하고 나서 노인에게

"벽의 시는 누가 쓴 것입니까?"

하고 물었더니 노인은

"오가던 나들이 손님이 쓴 건데 성함은 모르겠습니다요."

하는 것이었습니다. 형공은 고개를 숙인 채

'내가 예전에 무리해서 메추리 죄인을 변호한 일과 물고기 미끼를 실수로 먹은 일은 남들도 잘 알고 있는 일이다. 하지만 죽은 아들이 저승에서 고초를 당한다는 것은 부인한테만 한 말이어서 남들은 전혀 알 리가 없는데 어떻게 이 시에 언급되어 있는 걸까? ……참으로 괴이하다, 괴이해!'

하면서 곰곰이 생각해보았지만 형공은 시의 마지막 구절이 자신의 폐부를 찌른 것에 대해서는 도무지 의구심을 떨쳐버릴 수가 없지 뭡니까. 그래서 노인에게

"춘추가 어떻게 되십니까?"

하고 물으니 노인은

"일흔여덟이 되었습니다."

자다. 실수로 먹은 것이었다면 한 알로도 충분한데 그걸 다 먹어치웠으니!" 하고 측근들에게 말했다고 한다.

하고 대답했습니다. 형공이 다시

"아드님은 몇 분이나 되시는지요?"

하고 물었더니 노인은 눈물을 철철 쏟으면서

"아들 넷이 있었는데 다 죽고 늙은 마누라하고 여기서 외롭게 지내고 있소이다!"

하고 고하는 것이었어요. 형공이

"아드님들이 어째서 모두 다 요절했나요?"

하고 묻자 노인은

"십 년 동안 신법에 시달린 탓이지요! 아들이 여럿 있었지만, 어떤 녀석은 관가에서 죽고 어떤 녀석은 길가에서 죽어버린걸요! 이 늙은이는 나이가 많은 덕분에 그나마 구차스럽게라도 목숨이 붙어 있지 만약 젊은 나이였다면 나도 이 세상에 없었을 겝니다!"

하는 것이 아니겠습니까. 형공이 놀라서

"신법에 무슨 불편한 구석이 있었기에 이 지경이 되셨단 말씀입니까?"

하고 묻자 노인은

"벽에 적힌 시만 봐도 아실 수 있을 겁니다. 조정에서 왕안석을 재상으로 기용한 뒤로 선대의 제도를 바꾸고 그저 세금 거두는 데에만 환장하면서 충간(忠諫)을 무시하고 잘못을 감추는가 하면 충신을 몰아내고 간신을 중용했지요. 처음에는 청묘법을 만들어서 농민들을 학대하더니 나중에는 보갑·조역·보마·균수 같은 개떡 같은 법까지 잔뜩 만들어놓았잖습니까! 관가에서는 상부에는 아부하고 백성들은 학대하면서 날마다 매질과 수탈을 능사로 삼고, 아전들은 한밤중에 문 앞에까지 들이닥쳐 사람들을 불러대니 백성들이 잠조차 편히 잘 수가 없는 형편입니다. 그래서 가산을 버리고 처자식을 데리고 깊은 산속으로 도망치는 자가 하루에도 수십 명이나 된답니다! 이 마을에는 원래 백여 집이 살고 있었는데, 지금 남은 건 여덟아홉 집 정도밖에 안됩니다. 우리 집도 남녀를 합쳐서 열여섯 식구였는데 지금은 겨우 네 식구만 남았지요!"

하면서 말을 마치자마자 눈물을 비 오듯이 쏟아내는 것이었습니다. 형공 역시 쓰라린 슬픔을 느끼며 이번에는

"어떤 사람은 신법이 백성들에게 편리하다고 하던데 노인장은 지금 불편하다고 하시니…… 어디 그 내막 좀 상세하게 들어봅시다그려."

하고 캐물었지요.

"왕안석이 하도 생고집을 부린다고 해서 항간에서는 그 작자를 '고집 불통 재상'이라고 부를 정도인걸요! 누가 신법이 불편하다고 하면 성을 내면서 좌천시키고, 편리하다고 하면 승진을 시킵네 발탁을 합네 법석을 떤답디다. 신법이 백성들에게 이롭다고 지껄이는 것들은 죄다 아첨꾼들뿐이고, 솔직히 백성들은 피해가 너무도 극심합니다! 게다가 보갑이 번을 서는 제도 같은 경우도 마찬가지입니다. 아 글쎄, 집집마다 장정 하나씩을 훈련장에서 교육시키고 사열하게 하면서 거기다 다른 장정들이 이들에게 주야로 식사를 대도록 정해놓았지 뭡니까요! 비록 훈련이 닷새에 한 번뿐이라지만 보정[48]이라는 작자들이 날마다 장정들을 연병장에 모아놓고는 뇌물을 줘야 풀어주고 안 주면 무예가 미숙하다는 핑계로 붙잡아두고 놓아주지 않는 바람에 결국 농사철에 아무 일도 못해서 얼어 죽거나 굶어 죽는 사람까지 있어요!"

---

48) 보정(保正): 왕안석은 부국강병을 위해 보갑제를 시행할 때 10호(戶)를 '보(保)'로, 50호를 '대보(大保)'로 정하고 그 수장을 각각 보장(保長)·대보장(大保長)으로 삼는 한편, 10대보를 '도보(都保)'로 정하고 그 수장을 도보정(都保正)으로, 그 보좌원을 부도보정(副都保正)으로 삼았다. 후세에는 이 제도를 인습하여 보장 등을 '보정(保正)'으로 부르게 되었다.

노인은 말을 마치자마자

"그놈의 고집불통 재상은 대체 지금 어디에 있답니까?"

하고 물었습니다. 형공이

"지금 조정에서 천자를 보필하고 있다지요 아마……"

하고 둘러대자 노인은 뜰을 향해 침을 뱉으면서

"그렇게 간사한 인간을 죽이기는커녕 끝까지 중용하려고 드시다니! 공정한 법도는 대체 어디에 있는 건지, 원! 조정에서는 어쩌자고 한기나 부필[49]·사마광(司馬光)·여회[50]·소식 같은 군자들을 재상으로 기용하지 않고 하필이면 그 따위 소인배를 중용한답니까!"

하고 호되게 욕을 퍼붓지 뭡니까. 강거 등이 손님 자리에서 나는 떠들썩한 소리를 듣고 와서 보니 노인이 말을 너무도 험하게 하는지라

"노인장, 말씀을 함부로 하지 마시오! 만약 왕 승상께서 이런 말을 듣기라도 하신다면 이만저만한 죄가 아니올시다!"

하고 나무랐지만 노인은 벌컥 화를 내면서 벌떡 일어나더니

"내 나이 여든이 다 됐는데 죽는 게 뭐가 두려워! 이놈의 간신을 만나기만 하면 기필코 이 손으로 놈의 모가지를 베고 놈의 심장과 간을 도려내서 먹어치울란다! 그렇게만 하면 아무리 솥에 삶아지거나 톱에 썰려

---

49) 부필(富弼): 북송의 정치가. 경력(慶歷) 2년(1042)에 어명을 따라 거란(契丹)에 사신으로 파견되어 할양 요구를 거절하는 대신 세폐(歲幣) 증액을 약속했다. 요(遼)나라와의 타협을 강조했으며 나중에는 왕안석의 변법운동을 저지하다가 좌천되기도 했다. 범중엄(范仲淹) 등이 추진한 '경력신정(慶歷新政)'에 참여했으나 곧 물러났고 나중에 재상이 되었으나 이렇다 할 공적은 세우지 못했다.

50) 여회(呂誨): 북송의 정치가. 인종 때 시어사(侍御史)·기거사인(起居舍人)에 임명되었으며, 왕안석이 변법운동을 추진할 때 "(왕안석이) 명성은 있다 하나 편견에 집착하기를 잘한다(雖有其名, 然好執偏見)"면서 변법에 극력 반대하다가 외직인 하남지부(河南知府)로 좌천되자 울화병이 생겨 죽고 말았다.

죽는 끔찍한 형벌을 받는다고 해도 여한이 없다!"

하는 것이 아니겠습니까! 사람들은 그 서슬에 다들 놀라 혀를 내두르고 목을 움츠릴 수밖에 없었지요. 형공이 낯빛이 사색이 돼서 대꾸조차 못하고 있다가 자리에서 일어나 뜰로 가서 서더니 강거에게

"달이 대낮같이 밝으니 길 가기에는 그런대로 좋겠구나……"

하고 말하니 강거도 그 말뜻을 알아듣고 노인에게 밥값을 치르고 가마와 나귀를 준비하는 것이었습니다. 형공이 손을 들어 노인과 작별 인사를 나누는데, 노인이 웃으면서

"이 늙은 것이 간신 왕안석이 욕을 좀 했기로서니 그게 나으리와 또 무슨 상관이 있다고 이렇게 부리나케 떠나시는 겁니까? 혹시 나으리…… 왕안석과 무슨 친척이나 친구라도 되는 건 아니슈?"

하고 떠보자 형공은 연거푸

"아니올시다, 아냐!"

하고 대답할 뿐이었지요. 형공이 가마에 오르자마자 허겁지겁 출발하자고 분부를 내리자 종자들이 그 뒤를 좇아 달빛이 비치는 밤길을 걷기 시작했습니다.

그렇게 10여 리를 가서 숲 아래에 당도하고 보니 세 칸짜리 초가집만 있고 이웃집이라고는 하나도 보이지 않았습니다. 형공이

"여기가 제법 고적하니 쉬어가도 되겠군."

하더니 강거에게 대문을 두드리게 했습니다. 안에 있던 노파가 사립문을 열기에 강거는 이번에도 '놀러 나온 사람들인데 길을 찾다가 객줏집을 지나치고 말았습니다. 묵고 가게 해주시면 내일 아침에 사례를 하겠습니다' 하고 말했지요. 노파가 중간의 집 한 칸을 가리키면서

"이곳은 비어 있으니 묵으셔도 됩니다. 그런데 초가가 비좁아서 가마

하고 나귀는 둘 데가 없군요."

하자 강거는

"상관없습니다, 제가 알아서 하지요."

하고 대답했습니다. 이렇게 해서 형공이 가마에서 내려 방으로 들어가자 강거는 가마를 처마 밑에 내려놓고 노새와 나귀는 숲 속에 두도록 지시했답니다. 형공이 방 안에 앉아서 그 노파를 보니 옷은 남루하고 머리는 덥수룩했지만 초가집 토담은 제법 깨끗했습니다. 노파는 등불을 들고 형공을 방에서 쉬게 해주고 자러 가버렸습니다. 얼마 후 형공은 창문에 글귀가 적혀 있는 것을 발견하고 등불을 들고 다가가 보았더니 역시 아까 같은 여덟 구절의 율시(律詩)인데, 그 시의 내용은 이러했습니다.

살아서 한껏 명예를 탐하며 기염을 토하더니,
죽어서도 여전히 거짓으로 아이들을 미혹하다니,
오국(吳國)에게 남길 덕담은 하나도 없는 주제에,
섭도[51]를 기만하는 허황된 말만 늘어놓는구나.

백성들 다 사방으로 도망치고 집들만 덩그러니 비어버렸으니,
천년토록 증오하며 청묘법을 들먹거릴 테지?

---

51) 섭도(葉濤): 북송의 정치가이자 문학가. 신종 때 진사가 되었는데 황제가 "국정은 하완이 으뜸이요 글은 섭도가 으뜸이다(政事何琬, 文章葉濤)"라는 문구를 친히 병풍에 쓰고 그의 재능을 칭찬하면서 국자직강(國子直講)에 제수했다고 한다. 왕안석에게 중용되어 사위가 되었고 나중에 태학박사(太學博士)에 임명되었다. 소성(紹聖) 원년(1094)에 비서성정자(秘書省正字)에 임명되어 『신종사(神宗史)』를 편수하고 중서사인(中書舍人)으로 승진했으며, 그 후 채경(蔡京)의 모함으로 광주지부(光州知府)로 좌천되었다가 나중에 급사중(給事中)으로 복직되었다.

이곳을 지나다가 직접 이 글귀를 보고 나면,

하룻밤 근심으로 머리가 눈처럼 허옇게 세버릴 게다.

그걸 본 형공은 만 대나 되는 화살이 가슴팍에 박히기라도 한 듯이 몹시 언짢아져서

'오는 길 내내 찻집, 사원에서부터 시골 마을 민가까지 곳곳마다 나를 비방하는 시가 있다니! 이 노파는 혼자 사는 것 같은데 누가 여기에 왔었기에 이런 시구가 다 있는 걸까? 나를 원망하고 헐뜯는 말들이 얼마나 세상에 많이 퍼져 있는지 알겠구나! 저 세번째 구절에서 '오국'이라는 것은 바로 내 내자이고, 섭도라면 내 오랜 친구인데…… 이 두 구절이 무슨 뜻인지 도무지 알 수가 없구나.'

하고 생각하면서 노파를 불러 물어보려고 했지만 옆방에서는 코 고는 소리가 들렸고, 강거 등은 나귀를 타느라 고생을 해서 다들 벌써 자러 가버린 뒤였습니다. 형공은 잠자리에서 몸을 뒤척이며 곰곰이 생각하다가도 가슴을 쓸고 발을 구르기도 하면서

"니는 그저 세간에서 신법을 아주 이롭게 여길 거라고 징딤하던 '복건자(福建子)'의 말만 곧이듣고 남들의 반발을 다 물리치면서까지 신법을 시행했건만 세상 사람들이 이토록 증오할 줄이야…… 이게 다 복건자 탓이다!"

하고 후회해 마지않았습니다. 여혜경은 복건 사람이었기 때문에 형공이 그를 '복건자'라고 한 거지요. 이날 밤, 형공은 한숨을 푹푹 내쉬다가 옷을 입은 채 드러눕기는 했지만 도무지 잠을 이루지 못하고 소리 죽여 남몰래 훌쩍이는 바람에 두 소매가 다 젖어버리고 말았지 뭡니까.

이윽고 날이 밝자, 노파는 잠자리에서 일어나 쑥대머리를 한 채 맨발

의 굼뜬 여종과 함께 돼지 두 마리를 몰고 문밖으로 나갔습니다. 그러고
는 여종은 쌀겨를 들고 노파는 물을 든 채 나무 주걱을 여물통 속에서 휘
저으면서 입으로

"로, 로, 로! 고집불통 재상아, 이리 온!"

하고 부르는 것이 아니겠습니까. 그러자 돼지 두 마리는 그 소리를
듣기가 무섭게 여물통에 달라붙어서 먹이를 먹는 것이었어요. 이번에는
여종이 닭에게

"쭈, 쭈, 쭈, 쭈! 안석아, 이리 온!"

하고 부르자 닭들이 떼를 지어 몰려드는 것이었습니다. 강거와 사람
들은 그 광경을 보고 놀라지 않는 사람이 없었습니다. 형공이 더더욱 언
짢아져서 노파에게

"노인장, 닭과 돼지 이름을 어째서 그런 식으로 지었소!"

하고 따졌더니 노파는

"나으리께서 뭘 모르시는구려. 왕안석은 바로 현직 승상이고 '고집불
통 재상'은 그 작자의 별명이랍니다. 왕안석이가 재상이 되더니만 신법을
만들어서 백성들을 못살게 굴지 않수! 이 늙은 것은 20년 동안을 청상과
부로 아들도 며느리도 없이 고작 여종 하나하고 같이 지내는 신세인데,
우리 아녀자 두 식구조차도 '면역(免役)'이니 '조역(助役)'이니[52] 하는 명목
으로 돈을 내야 한답니다. 돈을 내는데도 노역은 그대로 시키지 뭡니까!
이 늙은 것은 누에 치고 베 짜는 걸 생업으로 삼았었는데, 누에가 고치를
틀기도 전에 '명주 빚'부터 꾸어다 쓰고, 베를 베틀에 올리기도 전에 또

---

52) 면역이니 조역이니: 북송대의 세금 이름. '면역(免役)'은 군역 대상자가 군역을 면제받기
　　위해 관청에 세금을 내는 것을 말하며, '조역(助役)'은 군역 대상자가 군역을 면제받는 대
　　신 다른 입영자 또는 그 가족을 부양할 경비를 세금 조로 내는 것을 말한다.

'베 빚'부터 꾸어다 쓸 수밖에 없더라고요. 누에 치고 베 짜는 일만으로는 계속 손해만 나기에 할 수 없이 돼지나 치고 닭이나 키우게 된 건데, 그것조차도 아전이나 이보[53]가 세금을 뜯으러 오기라도 하면 그렇게 그 작자들한테 주거나 삶아서 대접하는 데나 쓰지 정작 우리는 고기 한 점도 맛을 본 적이 없다우. 그러다 보니 항간에는 신법에 대한 증오가 뼛속까지 박혀서 기르는 닭이나 돼지를 모두들 '고집불통 재상'이니 '왕안석'이니 하면서 짐승 취급을 하지요. 이승에서는 어찌할 수가 없다지만 내세에서 그 작자가 짐승으로 변하면 삶아 먹어서 가슴속 원한을 풀고 말 거유!"

하고 분통을 터뜨리는 것이었습니다. 형공은 남몰래 눈물을 흘리면서 입도 벙긋할 엄두조차 내지 못하고 있는데 곁에 있던 사람들이 갑자기 놀라면서 형공의 모습이 바뀌었다고 하는 거예요. 그래서 거울을 건네받아 자신을 비추어 보았더니 어느 사이에 수염과 머리털이 다 세고 두 눈이 모두 퉁퉁 부어 있지 뭡니까. 그게 다 내심 참담해져서 자신이 우울해하고 속상해한 결과였던 거지요. "하룻밤 근심으로 눈처럼 허옇게 머리가 세버릴 게다"라는 시구를 떠올려보건대 이것이 어찌 운명이 아니겠습니까! 형공은 강거를 시켜 돈을 꺼내 노파에게 사례를 한 뒤 짐을 챙겨 길을 나섰습니다.

도중에 강거가 가마 앞으로 가서

"마님께서 천하에 훌륭한 정치를 베푸셨건만 백성들이 무지몽매하다 보니 되레 원망하는 것뿐입니다요. 오늘 밤부터는 더 이상 민가에서 묵을 수 없겠고…… 역시 역참의 관사가 더 편하실 것 같습니다!"

하고 아뢰자 형공도 대꾸는 하지 않았지만 고개를 끄덕이면서 수긍하

204

는 것이었습니다. 일행이 길을 나선 지 한참이 지나 모 역참에 당도하자,
강거가 먼저 나귀에서 내려 가마에서 내리는 형공을 부축해 정자로 가 앉
게 한 뒤 아침을 준비하기 시작했지요. 그사이에 형공이 정자의 벽을 쳐
다보니 아 글쎄 이곳에도 절구가 두 수나 씌어 있는 것이 아닙니까! 첫번
째 절구는 다음과 같았습니다.

> 부필·한기·사마광이 언제나 외롭게 충성을 바쳤건만,
> 간곡한 간언과 좋은 말들을 귓가의 바람처럼 무시하고,
> 그저 혜경이만 심복으로 깍듯이 우대하고 있으니,
> 예(羿)를 죽인 것이 봉몽(逢蒙)이었던 것도 모르시나![54]

두번째 절구는 이랬습니다.

> 도덕입네 들먹이며 입이야 청산유수더니만,
> 바뀌는 법이 그렇게 많을 줄 누가 알았더냐?
> 훗날 목숨이 시들고 시운이 다하고 나면,
> 사람들도 비난하고 귀신도 탓할 텐데 그 근심을 어이할꼬!

---

54) 예를 죽인 것이~ 모르시나: 중국 전설에 따르면, 활쏘기를 잘하고 무예에 뛰어났던 후
예(后羿)는 하늘에 열 개의 해가 떠서 사람을 비롯한 생물들이 타 죽자, 요 임금의 명령
을 받들어 활로 그중 아홉 개의 해를 쏘아 떨어뜨렸다고 한다. 또, 후예의 문하에서 활쏘
기를 배운 봉몽(逢蒙)은 스승에게 비법을 모두 전수받자 세상에서 자신보다 활을 잘 쏘
는 자는 살려둘 수 없다 하여 그를 죽였다고 전한다. 맹자는 "이 일은 후예에게도 잘못이
있는 것이다(是亦羿有罪焉)"라고 논평하면서 제자를 받아들일 때 사람 됨됨이를 살피지
않은 후예의 실수를 지적했다고 한다. 이 시구에서도 같은 논리로 왕안석을 망친 것이 여
혜경이 아니라 왕안석 자신이라는 뜻을 나타낸 것이다.

형공이 그것을 다 보고 나서 발끈 화를 내며 역졸을 불러

"어떤 미친놈이 감히 조정의 정치를 이토록 비방한단 말이냐!"

하고 따졌더니 그 늙은 역졸은

"이 역참에만 시가 있는 것이 아니오라 곳곳마다 다 있습니다요!"

하고 대답하는 것이 아닙니까. 형공이

"이 시를 무엇 때문에 지었단 말이냐?"

하고 묻자 늙은 역졸은

"왕안석이 신법을 만들어 백성들을 해코지하는 바람에 백성들의 원한이 뼈에 사무쳐 있나이다. 근래에 왕안석이 재상 자리에서 물러나 강녕부의 원님으로 부임할 때 분명히 이 길을 지나갈 거라는 소식을 듣고는 아침저녁으로 마을 농부 수백 명이 이 부근에서 그자가 나타나기만 기다리고 있답니다요."

하는 것이었습니다. 형공이

"그가 나타나기를 기다리다니? 절이라도 올리겠다던가?"

하고 묻자 늙은 역졸은 피식 웃으면서

"증오하는 자한테 인사가 다 무엇입니까! 백성들은 몽둥이를 들고 그자가 나타나기만 하면 때려죽이고 살을 나누어서 씹어 먹겠다고 벼르고 있는 게지요."

라고 하는 것이 아닙니까! 형공은 자지러지게 놀라서 밥이 익기도 전에 역참을 뛰쳐나와 가마에 올라 타는 것이었습니다. 강거는 사람들을 불러 그 뒤를 따르게 했는데 도중에 마른 식량이나 사서 허기를 채우는 수밖에 없었지요.

형공은 형공대로 가마에서 나올 엄두도 내지 못하고 갑절로 속도를 내어 길을 재촉하도록 일렀습니다. 금릉(金陵)에 당도하여 오국부인과 합

류한 뒤에도 강녕 시내로 들어가기는 민망했던지, 종산[55] 중턱에 거처를
정하고 그 집을 '반산당(半山堂)'이라고 이름 지은 뒤 그 안에 틀어박힌 채
불경을 읽고 염불을 하면서 자신의 죄를 씻는 데 전념했습니다. 그는 원
래부터 슬쩍 곁눈질만 해도 줄줄 외울 정도로 총명한 사람이었기 때문에
도중에 본 시도 모조리 다 기억하고 있었지요. 그는 그 시구들을 은밀히
적어뒀다가 오국부인에게 보여주고 나서야 죽은 아들 왕방이 저승에서 벌
을 받는 꿈을 꾼 것이 우연이 아니었다는 것을 깨닫게 되었습니다. 그래
서 온종일 걱정과 울분에 젖어 담화증이 단단히 도진 데다가 호흡장애까
지 겹치는 바람에 마시고 먹는 것조차 제대로 할 수가 없었지요. 그 증상
은 겨울까지 이어져서 금방이라도 숨이 넘어갈 것 같았으며 몸도 장작개
비처럼 피골이 상접해 베개에 기대야 겨우 앉을 수 있을 지경이 되고 말
았지 뭡니까. 오국부인이 곁에서 눈물을 떨구면서

"대감, 분부하실 말씀이라도 있으세요?"

하고 묻기에 형공이

"부부의 사랑이란 우연한 결합일 뿐이오. 내가 죽더라도 더는 마음을
쓰지 말고 그저 가산을 털어 선행이나 두루 쌓도록 하시구려……"

하고 말을 하는데, 그 말이 채 끝나기도 전에 누군가가 오랜 친구 섭
도가 문병을 왔다고 고하는 것이었습니다. 부인이 자리를 피하자 형공은
섭도를 침대맡으로 청해 대면한 뒤 그의 손을 잡더니

"그대는 남달리 총명하니 불경을 많이 읽되 하찮은 글 따위는 쓰지도
마시오. 그게 다 헛수고요 아무 짝에도 쓸모가 없으니…… 이 왕가는 평
생 동안 부질없이 정력을 허비하면서까지 글로 남을 이겨보겠다고 기를 썼

---

55) 종산(鍾山) : 남경 북쪽 근교에 있는 자금산(紫禁山)의 다른 이름.

는데…… 이제 죽을 때를 앞두고 보니 그것이 후회스럽기 짝이 없구려!"

하고 신신당부를 했습니다. 섭도가

"대감의 수명이 한참이나 남았는데 어찌 그런 말씀을 하시오니까!"

하고 위로했지만 형공은 한숨을 내쉬면서

"살고 죽는 것은 무상한 법. 이 몸은 그저 막상 죽을 때가 되면 이 말을 못하게 될 것 같아서 오늘 그대에게 이 말씀을 드리는 게요."

하고 말하는 것이었습니다. 섭도가 물러가자 형공의 뇌리에는 문득 노파의 초가집에서 본 시구 중 셋째, 넷째 구절의

오국에게 남길 덕담은 하나도 없는 주제에,
섭도를 기만하는 허황된 말만 늘어놓는구나.

라는 글귀가 떠올랐습니다. 그는 오늘에서야 그 말이 맞아떨어진 것을 깨닫고 자기도 모르게 허벅지를 쓰다듬으며

"모든 일이 진작부터 정해져 있었던 게로구나. 이게 어찌 우연이라고 하겠느가! 이 시를 지은 자는 귀신이 아니면 신일 테지. 그렇지 않다면 어떻게 내 미래의 일을 알 수 있었단 말인가? 내가 귀신한테까지 이처럼 꾸지람을 당했으니 어찌 인간 세상에 오래 있을 수가 있겠는가!"

하면서 길게 탄식을 하는 것이었습니다.

며칠 되지 않아 그의 병세는 더욱 악화되어 헛소리를 하다가 자기 뺨을 때리면서

"이 왕가가 위로는 천자를 저버리고 아래로는 백성들을 저버렸으니 그 죄가 죽어 마땅하다. 구천(九泉)에서 무슨 낯으로 당자방[56] 등 여러 대감들을 뵙는단 말인가!"

하고 스스로를 꾸짖는 것이 아닙니까. 그렇게 연거푸 사흘 동안 욕을 퍼붓더니 급기야 피를 몇 되나 토하고 죽고 말았답니다. 당자방이라는 사람은 이름이 개(介)로, 바로 송나라의 강직한 충신이었습니다만 신법이 이롭지 못하다며 꿋꿋하게 직간을 하다가 왕안석이 받아들이지 않자 피를 토하고 죽은 사람이었지요. 똑같은 모습으로 죽기는 했지만 죽을 때 왕안석보다 더 높은 명성을 얻은 셈입니다. 지금도 산골 민가 중에는 돼지를 여전히 '고집불통 재상'이라고 부르는 곳이 있다고 합니다. 후세 사람들은 송나라의 국력이 희녕(熙寧) 연간의 변법으로 악화되는 바람에 정강(靖康) 연간의 재앙[57]을 당하고 말았다고 이야기하고는 하는데, 그 일을 증명할

---

56) 당자방(唐子方) : 북송의 정치가. 인종 때 전중시어사(殿中侍御史)로 있으면서 외척 장요좌(張堯佐)와 재상 문언박(文彦博)을 탄핵한 죄로 폄적되었다가 나중에 복직되었다. 직간으로 천하에 명성이 알려져 조정 대신들이 "참된 어사라면 당자방이 적격(眞御史必曰唐子方)"이라고 칭찬했다고 한다. 영종 때는 황제가 그의 강직함에 주목하여 어사중승(御史中丞)을 시작으로 용도각학사(龍圖閣學士) 겸 태원부(太原府) 지부 등의 벼슬을 거쳤다. 신종 즉위 후에는 조정으로 복귀하여 삼사사(三司使)로 임명되어 염철(鹽鐵)·호부탁지(戶部度支) 등 국가 재정을 총괄하기도 했다. 그러나 신종이 왕안석을 재상으로 기용하려 하자 극력 반대했으며 그 후로도 국가시책을 놓고 여러 차례 왕안석과 충돌을 일으켰다.

57) 정강(靖康) 연간의 재앙 : 북송 제9대 황제인 흠종(欽宗) 정강 연간에 발생한 '정강의 변〔靖康之變〕'을 가리킨다. 송나라는 휘종(徽宗) 때 요(遼)나라의 지배를 받던 여진족(女眞族)이 금(金)나라를 세우자 1120년 동맹을 맺고 요나라를 협공하여 남경(南京, 지금의 북경)을 탈취하려 했다. 금나라는 자력으로 요나라를 멸망시킨 뒤 송나라가 해마다 세폐(歲幣)를 바친다는 조건으로 남경을 양보했다. 그러나 송나라가 약속을 어기자 정강 원년(1126)에 송나라의 도성인 개봉(開封)을 포위하고 화북(華北) 땅을 영유하려 했다. 송나라는 금나라의 압박 속에 휘종이 퇴위하고 그 아들 흠종이 즉위하여 영토를 할양하고 대량의 공물을 바치기로 약속하고 강화를 맺었다. 그러나 이 약속이 이행되지 않고 더욱이 송나라의 허실을 간파한 금나라가 재차 개봉을 함락하고 이듬해에 휘종·흠종 부자와 황족·대신 등 3천 여명을 포로로 잡아가는 '정강의 변'이 발생했다. 이 사건을 계기로 흠종의 동생 강왕(康王)은 강남으로 피신하여 황제로 즉위한 뒤 임안(臨安)을 도읍으로 정하고 송나라를 재건했는데, 역사적으로 '정강의 변'과 왕조 재건 이전 시기를 '북송(北宋)' 그 이후를 '남송(南宋)'으로 부른다.

시가 있지요.

희녕 연간의 신법을 두고 상소도 어지간히 많았건만,
고집스레 자기 입장만 관철시켰으니 그대를 어찌할꼬!
이때에 저력이 탕진되지만 않았더라면,
오랑캐의 군대가 어찌 황하를 넘어올 수 있었겠나?

이와 함께 형공의 재능을 아까워하는 시도 있습니다.

그 총명하다던 개보(介甫) 옹,
높은 재주로 벼슬 두루 거치며 고결한 기풍까지 있었건만,
딱하게도 신세 망친 것도 바로 그 높은 벼슬 때문이었던가?
그 한 몸 다하도록 한림원[58]만 지켰으면 좋았을 것을!

---

58) 한림원(翰林院) : 어명의 출납이나 역사 편찬·도서 관리 등의 사무를 관장하던 기관. 한
　　대(漢代) 이래로 인습되어온 이 기관의 수장은 장원학사(掌院學士)이고, 그 아래에 배속
　　된 시독학사(侍讀學士)·시강학사(侍講學士) 등 시독·시강·수찬(修撰)·편수(編修)·검
　　토(檢討) 등의 관리를 통틀어 '한림학사(翰林學士)'라고 불렀다. 송대 이후로는 한림원이
　　라는 명칭 말고도 '옥당(玉堂)'이라고 불리기도 했다. 이 시구에서는 왕안석이 정사에 참
　　여하지 않고 끝까지 한림학사로 남았더라면 역사의 오명을 뒤집어쓰지 않았을 것이라는
　　뜻에서 한 말이다.

210

최녕의 억울한 죽음

錯斬崔寧

화자는 먼저 젊은 위붕거(魏鵬擧)가 무심결에 한 농담으로 촉망되던 장래를 망친 일을 '입화'로 들려주고 본론에서는 몰락한 임안(臨安) 명문가 출신의 유귀(劉貴)가 농담 때문에 무고한 사람을 넷이나 비명횡사로 몰고간 이야기를 들려준다. 어느 날 장인의 생일잔치에 간 유귀는 장인 왕씨가 장사 밑천으로 준 돈 열다섯 꿰미를 받아 혼자 귀가하던 길에 지인 집에서 술을 마시며 자문을 구한다. 귀가 후 장난기가 발동한 유귀는 그 돈이 소실을 잡히고 꾼 돈이라는 농담을 던지고 곯아떨어지고 놀란 소실은 이웃집에서 하룻밤을 보낸 뒤 친정으로 향한다. 그사이 웬 사내가 집으로 들어와 그 돈을 챙기려다가 잠을 깬 유귀와 격투를 벌인 끝에 그를 살해하고 돈을 챙겨 달아난다. 날이 밝아 유귀가 주검으로 발견되자 이웃들은 마침 함께 길을 걷던 소실과 명주 장사 최녕(崔寧)을 붙잡아 와 관가로 끌고 가고, 부윤은 최녕에게서 열다섯 꿰미의 돈이 발견되자 모진 고문으로 허위자백을 받아낸 뒤 두 사람을 사형에 처한다. 1년 뒤, 남편 유귀의 기제를 마친 부인 왕씨는 친정으로 가던 길에 산적을 만나 하인은 죽고 자신은 산적과 강제로 혼례를 치르게 되는데, 형편이 넉넉해져 가게를 연 산적이 한가할 때마다 불재와 염불을 올리다가 하루는 왕씨에게 자신에게 억울한 죽음을 당한 네 사람의 사연을 털어놓는다. 그제서야 진실을 알게 된 왕씨는 그 사실을 관가에 알려 산적은 사형에 처하고 그 머리를 네 사람의 영전에 바친 뒤 재산을 모두 절에 희사하고 그 원혼들을 달래는 데 여생을 바친다.

京本通俗小說第十五卷

錯斬崔寧

聰明伶俐血天生　懵懂痴呆未必真
嫉妬每因眉睫淺　戈矛時起笑談深
九曲黃河心較險　十重鐵甲面堪憎
時因酒色亡家國　幾見詩書誤好人

這首詩單表為人難處只因世路窄狹人心叵
測大道邇遠人情萬端熙熙攘攘都為利來虫
蟲蠢蠢皆納禍去持身保家萬千反覆所以古
人云嬖有為蹩尖有為尖嘴尖之間最宜謹慎

총명하거나 영리한 것은 하늘에서 내리는 거라지만,
멍청하거나 어수룩한 것까지 그런 것만은 아니더라.
시샘이라는 것도 안목이 좁아서 생기는 것,
때로 다툼이 생기더라도 정은 돈독해지기 마련이라네.
아홉 굽이 황하(黃河)보다 사람 마음이 더 음흉하고,
열 겹 철갑보다 사람 낯짝이 훨씬 더 가증스럽지,
때로 주색 탓에 집안과 나라를 망치는 건 보았어도,
학문이 사람 신세 망치는 일이야 몇 번이나 있더냐!

이 시는 사람 노릇 하는 것이 어려운 이유가 세상은 좁은데 사람 마음은 예측조차 어렵고, 큰 진리는 아득하게 먼 곳에 있는데 사람의 감정은 복잡다단해서, 왁자지껄 다들 이득 챙기려고 몰려들었다가 망연자실한 채 죄다 손해만 보고 흩어지기 일쑤이니, 제 한 몸 건사하고 가문을 지키는 데에도 수만 번 신중에 신중을 거듭해야 한다는 이치를 단적으로 일러주고 있습니다. 그래서 옛사람들도 '찡그리는 데에도 찡그릴 이유가 있고 웃는 데에도 웃을 이유가 있겠지만, 찡그리고 웃는 데에도 정말 신중해야 한다'고 했던 게지요.

이번에는 어떤 양반이 술김에 우연히 내뱉은 농담 때문에 결국 패가 망신하고 다른 사람들 목숨까지 앗아가고 만 이야기를 들려드릴까 합니다. 그 전에 잠시 '맛보기'[1]로 들려드릴 이야기가 있습니다.

그럼 이야기를 시작해보도록 하지요. 우리나라[2]에 성은 위(魏), 이름은 붕거(鵬擧), 자는 충소(衝霄)인 젊은 선비가 있었습니다. 나이 열여덟이 되어 꽃 같고 옥같이 아리따운 아내를 맞아들이기가 무섭게 달포도 되지 않아 춘방[3]이 붙고 과거시험장이 열리자 아내와 작별한 뒤 행장을 챙겨 상경해서 과거를 보기로 결심했습니다. 작별하는 자리에서 아내는 남편에게

"벼슬을 얻든 못 얻든 간에 바로 돌아오셔야지 절대로 금실 좋은 부부의 인연을 저버리시면 안 돼요!"

---

1) 맛보기〔德勝頭回〕: 화본소설의 도입부(prologue)에 해당하는 부분. '덕승' 또는 '득승(得勝)'은 송사(宋詞) 이래로 많이 사용되어온 가락의 하나인 「득승령(得勝令)」을 말한다. 송·원대의 이야기꾼은 이야기를 시작하기 전에 「득승령」을 연주해 청중을 모았는데, '득승'이라는 말 자체가 '승리(성공)를 기원한다'는 뜻이다. 또, '두회'는 첫 대목·첫 마당이라는 뜻이다. 루쉰도 『중국소설사략(中國小說史略)』에서 "그 전반부는 '득승두회'라고 하는데, '두회'는 앞 대목이라는 말과 같다. 이야기를 듣는 청중 가운데 군인이나 민간인이 많았기 때문에 길한 말을 붙여서 '득승'이라고 한 것이다(凡其上半, 謂之'得勝頭回', 頭回由云前回. 聽說話者多軍民, 故冠以吉語曰'得勝')"라고 소개한 바 있다.
2) 우리나라〔我朝〕: 『경본통속소설(京本通俗小說)』에는 "우리나라〔我朝〕"로 되어 있지만 『성세항언(醒世恒言)』에는 "옛 송나라〔故宋〕"로 되어 있다. 현재는 많은 학자들이 『경본통속소설』의 최초 발견자 무전손(繆荃孫, 1844~1919)이 "옛 송나라"를 "우리나라"로 조작한 것으로 보고 있다.
3) 춘방(春榜): 당·송대 이래로 과거시험의 최종 단계인 진사(進士) 시험은 봄철에 거행된다 하여 '춘시(春試)'로 불렸다. 여기서 봄에 붙이는 방, 즉 '춘방'은 바로 '춘시'를 가리킨다.

하고 신신당부했지요. 위 선비도

"부귀공명은 내가 가야 할 길이기에 나서는 것뿐이니 그런 걱정일랑 접어두시오."

하고 대답했습니다. 그렇게 이별을 하고 길을 나선 위 선비는 서울에 당도한 뒤 과연 덜컥 목적을 이루어 1갑 2등의 방안⁴⁾으로 급제했지 뭡니까. 그렇게 해서 서울에서 지내보니 정말 어지간히 화려하고 사람을 설레게 만드는 곳인지라 집에 편지를 한 통 써서 인편에 가솔들을 서울로 부르는 일이 빠질 리가 없었지요. 그가 편지에 제일 먼저 안부 인사와 벼슬 얻은 경위를 적은 것까지는 좋았습니다. 그런데 말미에다 엉뚱하게도

"서울에서 조석으로 챙겨줄 이가 없구려. 해서 일찌감치 소실을 하나 구해놓고 부인이 올라오면 함께 부귀영화를 누릴 날만 기다리고 있는 중이오."

라는 내용을 한 줄 더 써넣었지 뭡니까! 편지를 잘 챙겨 그 길로 선비의 고향 집으로 달려간 하인은 부인을 뵙고 축하 인사를 올린 다음 편지를 전했지요. 부인이 뜯어보니 이러저러하고 여차저차하다는 이야기인지라 하인에게

"서방님께서 이런 식으로 사랑을 저버리시다니! ……벼슬을 얻은 지가 얼마나 됐다고 냉큼 소실을 들이셨단 말이냐!"

하고 따지는 것이었습니다. 하인이 바로

---

4) 방안(榜眼) : 과거 응시자들은 최종적으로 궁중에서 시행되는 전시(殿試)를 보게 되는데, 이 시험에 합격하면 '진사(進士)'가 되어 고급 관리에 임용될 자격을 얻었다. 진사 합격 발표는 궁중에서 황제가 임석하고 문무백관이 참석한 가운데 성대하게 거행되었는데, 이때 수석 합격자를 '장원(狀元)', 2등을 '방안(榜眼)', 3등을 '탐화(探花)'라고 불렀다. 송나라 태종(宋太宗) 때부터는 진사를 '3갑 5등(三甲五等)'으로 나누었는데, 이때 '1갑(一甲)'은 '진사급제(進士及第)'로 불렸던 1·2등에 해당한다.

216

"쇤네도 서울에 같이 있었지만 그런 일은 도통 본 적이 없는뎁쇼? 나으리께서 장난으로 하신 말씀 같습니다요. 마님께서 상경하시면 진상을 아시게 될 테니 너무 심려하지 마십시오!"

하고 고하니 부인도 그제야

"그렇게 말을 하니 이 정도 하세."

하는 것이었습니다. 그러나 인부와 배편이 그렇게 쉽게 제때에 마련될 리가 있나요. 해서 출발 채비를 하면서 불정에 밝은 사람을 구해 일단 집안이 평안하다는 편지부터 서울로 부치기로 했지요. 편지를 전하기로 한 그 사람이 서울에 당도해 이번에 급제한 위(魏) 방안의 거처를 수소문해서 편지를 전한 뒤 술과 식사를 대접받고 돌아간 것은 두말할 필요도 없었습니다.

다시 위 선비 이야기로 돌아가보지요. 위 선비가 편지를 뜯어보니 다른 이야기는 한마디도 없이 딸랑

"서방님이 서울서 소실을 들이셨다기에 나도 집에다 기둥서방을 하나 들였는데 조만간 같이 상경할까 합니다."

라고만 써놓았지 뭡니까! 위 선비는 그걸 보고 나서 부인이 우스갯소리로 한 말이거니 싶어 전혀 염두에 두지 않았지요. 그런데 편지를 치우려는 찰나 바깥에서

"급제 동기 한 분이 예방하셨습니다!"

하고 고하는 것이었습니다. 서울 거처는 고향 집처럼 넓지도 않은 데다가 그 사람은 절친한 사이여서 위 선비 거처에 식솔이 아무도 없다는 걸 잘 아는지라 곧바로 안채까지 들어와 턱 앉더니 안부를 묻는 것이었습니다. 그 동기는 위 선비가 일어나 용변을 보러 간 사이에 무심코 책상 위의 서첩을 뒤적거리다가 그 편지를 발견했는데 내용이 하도 우스워서 일

부러 큰 소리로 읽는 것이 아닙니까. 위 선비는 당황해서 낯을 붉히며

"이건 허튼소리올시다. 소생이 장난을 좀 쳤더니 내자가 농담 삼아 쓴 것뿐입니다!"

하고 변명했지만 동기는 큰 소리로 허허 웃으면서

"이런 건 장난칠 일이 아닌걸요!"

하더니 작별 인사를 하고 가버리는 겁니다. 그 동기라는 사람도 젊은 나이다 보니 떠벌리기를 좋아했던지 순식간에 편지 이야기를 온 서울 땅에 다 퍼뜨리고 말았습니다. 개중에는 위 선비가 새파란 나이에 급제한 일을 시기해서 이 일을 '풍문언사'[5]의 자잘한 소문으로 삼아 '위 선비가 나이가 젊어 자기 언행 단속에 신중하지 못하여 중책에는 부적합하므로 외직으로 좌천시키십사' 하는 상소를 올리는 무리까지 있었지 뭡니까. 위 선비는 그제야 후회를 했지만 아무 소용이 없었습니다. 결국 나중에는 벼슬길에서 좌절하여 출세는 해보지도 못하고 비단같이 촉망 받던 장래를 망쳐버리고 말았지요. 이 이야기는 농담 한마디 때문에 높은 벼슬이 달아나버린 경우일 것입니다.

오늘도 한 양반 이야기를 들려드릴 텐데, 아 이 양반도 술 마신 뒤 순간적으로 내뱉은 농담 때문에 칠 척 거구에도 불구하고 맥없이 목숨을 잃었을 뿐만 아니라, 다른 사람들까지 억울한 죽음을 당하게 만들었다는군요. 무엇 때문에 그렇게 된 걸까요? 이 이야기를 증명할 시가 있답니다.

---

5) 풍문언사(風聞言事): '풍문(風聞)'은 바람을 타고 들리는 소문이라는 뜻이고, '언사(言事)'는 특정한 사안을 (황제에게) 고한다는 뜻이다. 고대 중국에서는 어사(御史)나 간관(諫官)처럼 감찰·간언의 직무를 수행하는 관리들은 아무리 사소하고 허황된 소문이더라도 바로 황제에게 보고하고 그 일에 연루된 관리를 탄핵할 수 있었다.

기구한 세상살이 슬프기 짝이 없는데,

남들은 웃음 띠고 입을 되는대로 놀리지.

흰 구름은 원래 감정이 없는 존재이건만,

또다시 미친 바람에 떠밀려 나왔구나!

다시 본론으로 돌아가볼까요? 고종 때[6] 임안(臨安)에 도읍을 정했는
데 번화하고 부귀롭기가 왕년의 저 변경(汴京) 땅과 견주어도 손색이 없을
정도였지요. 성 안에서 전교[7] 왼편으로 가면 성이 유(劉), 이름이 귀(貴),
자가 군천(君薦)인 양반이 살고 있었습니다. 원래는 뼈대 있는 집안이었는
데 그의 대에 와서는 시운이 나빠서 그런지 가세가 기울고 말았지요. 선
대에는 학문을 하는 집안이었지만 갈수록 형편이 나빠지자 급기야는 본업
을 바꾸어 장사를 하게 되었지요. 그런데 그야말로 '도중에 어중간한 중
이 된 격'이라고 할까? 장사도 애초에 본업이 아니었던 데다 설상가상으
로 밑천까지 다 까먹고 말았지 뭡니까. 이런 식으로 큰 집에서 작은 집으
로 여러 차례 이사를 다니다가 마지막에는 두세 칸짜리 집에 세를 들어
아내 왕씨와 두 식구만 오붓하게 살게 되었습니다. 그러다가 대를 이을
아들이 없어서 나중에 진(陳)씨 성을 가진 소실을 맞아들였는데 떡장수 진
가의 딸로 집에서는 다들 '작은아씨〔二姐〕'라고 불렀지요. 이조차도 그나마
덜 쪼들리던 과거에나 있었던 일이고, 지금은 집안에 피붙이 세 식구만
남고 외간 식구는 다 나가고 없었습니다. 유군천은 사람 됨됨이가 서글서

<hr>

6) 고종 때〔高宗時〕: 『성세항언』에는 "남송 때〔南宋時〕"로 나와 있지만 『경본통속소설』에는
   왕조는 명시하지 않고 재위한 황제의 묘호(廟號)만 "고종 때〔高宗時〕"로 밝히고 있다. 현
   재 많은 학자들은 『경본통속소설』의 발견자 무전손이 이 책의 가치를 높이기 위해 시대를
   앞당겨 왕조명을 생략하고 "고종 때"로 조작한 것으로 보고 있다.
7) 전교(箭橋): 남송의 임시 도읍지 임안의 숭신문(崇新門) 안에 있던 '천교(薦橋)'를 말한다.

글해서 마을에서도 제법 사랑을 받는 편이어서 다들 그를 '유 관인(官人)'[8]
이라고 불렀지요.

"당신은 잠깐 운이 나빠져서 이렇게 됐지만 조금만 있으면 반드시 팔
자가 트일 날이 올 겁니다!"

말이야 그렇게 해준다지만, 아 그게 대체 무슨 소용이 있겠습니까?
그저 집에서 애나 태울 뿐 뾰족한 수가 있을 리 없었습니다.

다시 본론으로 돌아가보지요. 하루는 유 관인이 한가하게 집에 앉아
있는데 장인 댁에서 일하는 나이 일흔 가까운 왕 노인이 오더니

"집안 원외[9] 어른 생신이라고 서방님하고 아씨를 모셔오라고 하셨습
니다요!"

하고 전하는 것이었습니다. 그러자 유 관인은 바로

"날마다 걱정만 하고 사느라고 장인어른 생신까지 다 잊고 있었군!"

하더니 아내 왕씨와 함께 휴대할 옷을 챙겨 보따리를 싸서 왕 노인에
게 짊어지게 한 뒤 작은아씨에게

"집을 잘 보게. 오늘은 늦어서 못 돌아오겠지만 내일 저녁까지는 꼭
돌아옴세."

하고 당부하고 바로 길을 떠났지요. 유 관인은 도성에서 20여 리 길
을 지나 장인 왕 원외의 집에 도착한 뒤 문안 인사를 올렸습니다. 그러나
그날은 내방객이 많아 장인과 사위가 이런저런 궁색한 이야기를 진득하게

---

8) 관인(官人): 당대(唐代)에는 벼슬아치를 이르는 말이었으나 송대에 이르러 어느 정도 사
  회적 지위가 있는 남자에 대한 존칭으로 사용되기 시작했으며, 때로는 아내가 남편을 부르
  는 말로 사용되기도 했다.
9) 원외(員外): 당대(唐代)에는 나라에서 정한 절차에 따라 정식으로 임용된 관리가 아닌,
  돈으로도 살 수 있던 "정원 외" 벼슬을 일컫는 말이었고, 송대 이후로는 재산이 많은 부자
  나 권세가 있는 지역 유지에 대한 존칭으로 사용되었다.

나누기가 어려웠고 잠도 손님들이 다 귀가하고 나서야 가까스로 객실에 남아 청할 수 있었지요.

날이 밝자 장인이 건너와서 사위에게 이야기하기를

"유 서방, 자네도 이렇게 살면 안 되네. 놀고먹다 보면 산도 거덜 나고 땅도 남아나지 않는다지 않던가! 어디 그뿐인가? 목구멍은 바다처럼 깊고 세월은 베틀 북처럼 빠르다는 말도 있지 않은가 말이야…… 자네도 장기 계획을 세워야 하네. 내 딸을 출가시킨 깃도 평생 질 입히고 질 먹이라고 한 일 아니겠나? 고작 이 모양으로 살 요량이라면 아예 그만두게!"

하는 것이었습니다. 그러자 유 관인은 한숨을 쉬더니

"그러게 말씀입니다! 장인어른 앞이니 드리는 말씀입니다만…… 산에 가서 범을 잡기는 쉬워도 입을 열고 남에게 하소연하기는 어렵다지 않습니까? 지금 같은 상황에서 장인어른처럼 이렇게 저를 보살펴줄 분이 또 누가 있겠습니까? 지금까지는 그저 이렇게 궁한 대로 참는 수밖에 없었고, 설사 누구한테 부탁하러 가도 고생만 했지 아무 소용도 없던걸요!"

하고 신세타령을 했습니다. 장인이 그 말을 받아서 바로

"자네가 그런 말 하는 걸 탓할 수는 없지. 하지만 나로서는 두 사람을 차마 보고만 있을 수가 없구먼! 오늘 자네한테 밑천을 좀 도와줄 테니 돌아가면 되는대로 장작이나 양곡 파는 가게라도 내고 이윤이라도 좀 남기면서 생계를 꾸리면 좋지 않겠는가?"

하고 말하자 유 관인은

"장인어른께서 그렇게 배려해주신다면 좋다마다요!"

하고 대답했지요. 그 자리에서 점심을 먹고 나니 장인이 돈 열다섯 꿰미[10]를 가져와 건네는 것이었습니다.

"유 서방, 일단 이 돈을 가져다가 가게를 장만하게. 개업 날이 되면

열 꿰미를 더 보탬세. 자네 아내는 일단 여기에 며칠 더 남겨두도록 하게. 개업 날 내가 데리고 직접 축하 인사를 하러 들르겠네…… 자네 생각은 어떤가?”

유 관인은 거듭 고마움을 표하고 나서 그 돈을 짊어지고 바로 대문을 나섰습니다.

성내에 당도했을 때는 벌써 날이 저물었는데, 가는 길에 평소 알고 지내던 사람 집 문 앞을 지나던 참이었습니다. 어차피 장사를 시작하려는 참이니 의논을 좀 하는 것도 좋지 않을까 싶어 가까이 가서 그 집 대문을 두드렸더니 안에서 주인이 대답을 하고 나와서는 인사를 하더니

“노형께서 우리 집을 다 찾아주시고…… 그래 어쩐 일이십니까?”

하고 묻는 것이었어요. 유 관인이 사정을 이야기하자 그 사람이 머뭇거리는 기색도 없이

“소생은 집에서 한가하게 지내고 있으니 필요하실 때 바로 가서 도와드리도록 하지요.”

하고 말했습니다. 그러자 유 관인은

“그렇게만 해주신다면 정말 좋겠습니다!”

하면서 그 자리에서 장사와 관련된 일들을 의논했습니다. 그 사람이 유 관인을 집에 잡아놓고 바로 술상을 마련해오는 바람에 두어 잔을 마시기는 했습니다만 평소에 주량이 적은 유 관인은 금세 알딸딸해지자 자리에서 일어나더니

“오늘 큰 신세를 졌습니다. 괜찮으시다면 내일 아침에 노형께서도 저희 집에 들르셔서 같이 장사 일을 의논했으면 좋겠군요.”

---

10) 꿰미〔貫〕: 옛날에 엽전을 꿰는 데 사용하던 줄을 말하는데, 나중에는 엽전 일정량(일반적으로 1천 닢)을 한 꿰미로 꿰어 한 ‘관(貫)’으로 부르면서 엽전를 세는 단위로 굳어졌다.

하면서 작별 인사를 했습니다. 그 사람이 유 관인을 길 어귀까지 배웅하고 작별 인사를 나눈 뒤 귀가한 것은 두말할 필요도 없지요.

만약에 이야기를 들려드리는 내가 유 관인과 동년배에다 함께 자란 오랜 친구 사이였다면 허리를 부여잡고 팔을 잡아끌어서라도 그런 불행을 당하게 내버려두지는 않았을 겁니다. 그러나 결국 유 관인은 어이없게도

『오대사』[11] 속의 이존효,[12]

『한서』[13]에서는 팽월,[14]

이 두 사람보다도 못한 개죽음을 당하고 만 겁니다!

---

11) 『오대사(五代史)』: 중국 후량(後梁)·후당(後唐)·후진(後晉)·후한(後漢)·후주(後周) 등 다섯 왕조〔五代: 907~960〕의 사적·문물·제도 등을 기록한 송대의 역사책. 설거정(薛居正)이 편찬한 『구오대사』와 구양수(歐陽修)가 편찬한 『신오대사』가 있다.

12) 이존효(李存孝): 당대 말기의 장수로 진왕(晉王) 이극용(李克用)이 사냥터에서 범과 마주쳤을 때 맨손으로 그 범을 때려죽였다. 이극용은 그 보답으로 이존효라는 이름을 내리고 자신의 양자이자 심복으로 삼았다. 그 후로 매번 선봉장이 되어 용맹을 떨치고 혁혁한 공을 세워 벼슬이 형대유후(邢大留侯)에 이르렀다. 그러나 이극용이 또 다른 양자 이존신(李存信)의 참언에 넘어가 자신을 홀대하자 그를 배신했다가 거열형(車裂刑)에 처해져 다섯 마리의 말에 의해 사지와 머리를 찢기는 참혹한 죽음을 맞았다.

13) 『한서(漢書)』: 중국 후한(後漢)의 역사가 반고(班固, 32~92)가 저술한 역사책. 사마천의 『사기』가 상고시대부터 무제까지의 통사(通史)인 반면, 『한서』는 전한(前漢)만을 다룬 단대사(斷代史)로, 한고조(漢高祖) 유방(劉邦)부터 왕망(王莽)의 난(亂)까지 12대 230년간의 역사를 기전체(紀傳體) 방식으로 기록했는데, 『한서』의 이러한 역사 기술 방식은 이후로 중국 정사 편찬의 전형으로 답습되었다.

14) 팽월(彭越): 진(秦)나라 말기의 장수. 처음에는 항우(項羽)를 섬겼으나 3만의 병력을 이끌고 유방(劉邦)에게 귀순하여 여러 전투에서 혁혁한 공을 세웠다. 기원전 203년, 해하(垓下)의 회전(會戰)에서 활약한 공으로 양왕(梁王)에 책봉되고 위(魏)나라의 옛 영토를 하사받았다. 그 후 한나라 고조(漢高祖) 유방이 진(陳)을 토벌하면서 자신의 군사를 징발하려 하자 병을 핑계로 거부했다가 나중에 모반죄로 참수당하고 시신은 다져져 고기 젓으로 절여지는 참혹한 최후를 맞았다.

다시 본론으로 돌아가봅시다. 유 관인은 돈을 짊어지고 집을 향해 한 걸음 한 걸음씩 나아갔지요. 대문을 두드릴 즈음에는 벌써 등불을 켤 시간이 다 되었습니다. 혼자 집에 있던 소실 작은아씨는 딱히 할 일도 없고 해서 날이 어두워질 때까지 집을 지키다가 대문을 닫고 등불 아래에서 졸고 있던 참이었지요. 그러니 대문을 두드린들 그 소리를 어떻게 들을 수 있겠습니까? 유 관인이 그렇게 한참을 두드리고 난 뒤에야 겨우 알아채고 "갑니다!" 한마디 하더니 몸을 일으켜 대문을 열어주는 것이었습니다. 유 관인이 방으로 들어서자, 작은아씨는 유 관인에게서 돈을 넘겨받아 책상 위에 놓으면서

"서방님, 어디서 이 돈을 다 꾸어오셨어요? 어디에 쓰시게요?"

하고 물었지요. 그런데 이 유 관인이라는 양반, 술기운도 좀 올랐겠다, 그녀가 대문도 좀 늦게 열어줬겠다, 일단은 농담으로 그녀를 좀 놀래줄 요량으로

"말을 꺼냈다가는 자네한테 꾸지람을 당할까 봐 조심스럽고, 그렇다고 말을 안 하자니 아무리 그래도 자네한테 알리기는 해야겠고…… 사실은 내가 잠시 곤경에 빠졌는데 도저히 뾰족한 수가 없어서 자네를…… 어떤 손님한테 저당 잡혔다네. 그래도 자네를 완전히 포기할 수는 없어서 딱 열다섯 꿰미만 꾸었지…… 내가 하는 일이 조금이라도 잘 풀리기만 하면 이자까지 쳐서 자네를 꼭 찾아올 참이네. 한데…… 만에 하나 전처럼 그렇게 여의치가 못하면 포기하는 수밖에 없을 것 같으이……"

하고 내뱉어버렸지 뭡니까! 그 소리를 들은 소실은 믿고 싶지 않았지만 열다섯 꿰미나 되는 돈이 눈앞에 떠억 하고 쌓여 있지 않습니까. 그렇다고 믿자니 '이이는 나와 한마디 말다툼도 한 적이 없고, 나 역시 본부인과 잘 지내왔는데 어쩌자고 난데없이 이런 모진 짓을 하셨나' 싶어서 내

내 의구심을 떨쳐버릴 수가 없었지요. 하는 수 없이 다시

"그렇다고는 해도 저희 부모님한테 한 말씀 알려드리기는 하셨어야지요!"

하고 따졌더니 유 관인은

"만약 자네 부모에게 알렸더라면 이 일은 아예 성사시키지도 못했을 걸세. 어쨌든, 자네가 내일 일단 그 집으로 가면 내가 사람을 시켜서 자네 부모한테 천천히 알리도록 하시. 두 분도 나를 과히 탓하시지는 않을 게야."

하는 것이었습니다. 소실이 또

"서방님, 오늘 어디서 술을 드신 거예요?"

하고 묻자 유 관인은 이번에도

"자네를 잡히고 계약서를 쓴 뒤에 그 사람이 대접하는 술을 먹고 왔지."

하고 대답해버렸습니다. 소실이 다시

"큰마님은 왜 같이 안 오셨어요?"

하고 묻자 유 관인은

"자네가 떠나는 모습을 차마 볼 수가 없다면서 내일 자네가 가고 난 뒤에 돌아오기로 했네. 그렇게 하겠다는데 막을 도리도 없고 해서 그냥 그러라고 했지."

하고 말한 뒤 더 이상 웃음을 참을 수가 없게 된 유 관인은 옷도 벗지 않고 침대에 누웠다가 이내 저도 모르는 사이에 잠이 들고 말았습니다. 소실은 소실대로 차마 걱정을 떨쳐버리지 못하고

"저이께서 나를 어떤 작자한테 팔았는지 모르겠구나…… 일단 친정으로 가서 알려드리기부터 해야겠다. 설사 그자가 내일 나를 데려가려고

우리 집에 사람을 보내더라도 확실히 할 건 해야 하니까……"

하면서 한참을 망설이더니 그 열다섯 꿰미의 돈을 유 관인 발 뒤편에 쌓아놓고 남편이 취한 틈에 휴대할 옷을 조심스레 챙긴 다음 천천히 대문을 열고 나가서 문고리를 끌어당겨 문을 닫았습니다. 그러고는 왼편의 '주삼(朱三) 노인'이라는 잘 아는 이웃집으로 가서 주삼댁과 하룻밤을 자면서

"서방님이 오늘 아무 이유도 없이 저를 팔아버렸지 뭐예요. 일단 부모님한테 가서 알려야겠어요. 수고스러우시겠지만 날이 밝으면 한마디만 전해주세요. '기왕에 새 주인이 생긴 바에야 우리 서방님과 같이 친정으로 와서 시비를 따지시라'고요. 확실히 할 건 해야 하니까요."

하고 당부했습니다. 그러자 그 이웃은

"새댁 말이 일리가 있구먼! 일단 떠나구려. 유 관인한테 그대로 전할 테니."

하고 대답하는 것이었습니다. 그렇게 하룻밤을 보낸 소실이 작별 인사를 나누고 떠난 것은 두말할 필요도 없지요. 말 그대로,

큰 바다거북이 낚싯바늘을 벗어나면,
꼬리 치고 머리 저으며 다시는 돌아오지 않으리.

이 이야기는 일단 접어두고 아까 하던 이야기나 마저 하도록 하지요. 유 관인은 한번 곯아떨어지더니 삼경[15]이 다 돼서야 잠에서 깼답니다. 그는 책상에 등불이 그대로 켜져 있고 작은아씨도 곁에 없는 것을 보고 아

---

15) 삼경(三更): 자시(子時), 즉 밤 11시부터 1시까지의 시간.

직도 부엌에서 그릇을 정리하는 줄 알고 그녀를 부르면서 마실 차를 달라고 했지요. 그런데 아무리 불러도 대답하는 기척이 없자 일어나려고 기를 쓰다가 술이 덜 깬 탓에 어느새 도로 잠이 들어버리고 말았습니다. 그런데 바로 그때 뜻밖에도 나쁜 짓을 하는 어떤 작자가 낮에 노름판에서 돈을 잃고 융통할 길이 없자 밤에 집에서 나온 김에 물건이라도 훔칠 심산으로 우연히 유 관인 집 앞을 지나고 있었어요. 소실이 나가면서 대문을 닫기는 했지만 제대로 잠그지 않은 탓에 슬쩍 밀기만 했는데도 문이 활짝 열리고 살금살금 곧장 방 안으로 갈 때까지 아무도 눈치를 채는 사람이 없었지요. 침대 앞까지 다가갔더니 등불이 그대로 밝게 빛나고 있는데 주위를 둘러봐도 무엇 하나 가져갈 만한 것이 없는 거예요. 그래서 침대 위를 더듬다 보니 누가 벽을 마주한 채 잠들어 있는데 그 사람 발 뒤로 엽전이 한 더미나 쌓여 있는 게 아니겠습니까. 아 그래서 몰래 다가가 몇 꿰미를 챙기려는데 뜻밖에도 놀라 깬 유 관인이 일어나더니

"이놈이 경우가 없구나! 내가 장인 댁에서 돈을 몇 꿰미 꾸어다 생계를 꾸릴 참인데 네놈이 훔쳐 가면 어쩌자는 게냐!"

하면서 호통을 치는 것이었습니다. 도둑이 대꾸도 하지 않고 얼굴에 주먹부터 날리는데 유 관인이 몸을 비켜 피하더니 바로 일어나서 대들었지요. 그 사람은 유 관인이 손발을 민첩하게 놀리는 것을 보고 허겁지겁 방을 나갔지만 유 관인은 거기서 멈추지 않고 방문을 뛰쳐나가더니 곧장 부엌까지 쫓아갔습니다. "다들 일어나서 도둑 좀 잡아줘요" 하고 이웃집을 향해 막 고함을 지르려는 찰나, 그 사람이 당황해서 어쩔 줄을 모르는데 마침 손 가까이에 번쩍번쩍하는 장작 패는 도끼가 잡히는 것이었습니다. 사람이 궁지에 몰리면 물불을 가리지 않는다고 했던가요? 도둑은 그 도끼를 들어 단번에 유 관인의 얼굴을 내려치더니 그가 털썩 쓰러지자 다

시 한 번 내려쳐 한쪽으로 꼬꾸라뜨렸습니다. 그렇게 해서 유 관인도 이제는 살아날 가망이 없게 되고 말았으니, 오호라 슬프구나! 삼가 명복을 비나이다!

"기왕 이렇게 된 바에야 끝장을 보는 수밖에! 쫓아온 네 탓이지 내 잘못은 아니다."

도둑은 이렇게 말을 내뱉더니 그길로 몸을 돌려 방으로 들어갔습니다. 돈 열다섯 꿰미를 다 챙긴 그가 홑이불을 찢어 돈을 잘 싸고 척척 묶은 다음 대문을 나와서 그 문을 끌어당겨 닫고 달아나버린 것은 두말할 필요도 없지요.

다음 날, 아침에 일어난 이웃들은 유 관인이 집 대문도 열지 않고 아무 기척도 없는 것을 보고

"유 관인, 여태 주무시우?"

하고 불러봤지만 안에서는 아무런 대답도 없는 겁니다. 문을 밀어보니 대문도 잠겨 있지 않았습니다. 그길로 방 안까지 들어갔더니 유 관인이 도끼에 맞아 숨진 채 바닥에 쓰러져 있는 것이 아닙니까.

"이 댁 큰마님은 이틀 전에 친정에 갔다지만 작은아씨는 왜 안 보이지?"

하면서 다들 웅성거리는 것은 당연한 반응이었지요. 어젯밤 작은아씨가 묵고 간 이웃집 주삼 노인이

"작은아씨는 어제 해거름에 우리 집에 와서 잘 때 유 관인이 아무 이유도 없이 자기를 팔았다면서 그길로 자기 부모 집으로 가버렸는데, 날더러 유 관인한테 '기왕에 새 주인이 생긴 바에야 우리 서방님과 같이 친정으로 와서 시비를 따져보라'고 전하랍디다. 지금으로서는 사람을 보내 그녀를 불러오면 자초지종을 알 수 있겠지요. 그리고 한편으로는 이 댁 큰

마님한테 가서 알리고 그녀가 도착하면 이 사건을 처리하도록 합시다."

하고 제안하니 사람들이 모두

"옳은 말씀입니다!"

하고 동의하는 겁니다. 그래서 먼저 사람을 시켜 왕 원외 집으로 가서 비보를 전하니 늙은 원외와 딸은 대성통곡을 하면서 그 사람에게

"어제 멀쩡하게 대문을 나섰고, 나도 사위에게 돈 열다섯 꿰미를 주어 그걸 가져다 밑천으로 삼으라고 일렀는데, 어쩌다가 그렇게 죽음을 당했단 말이오!"

하면서 물었더니 심부름을 간 사람은

"원외님과 큰마님께서 잘 이해하실 수 있게 말씀을 드리지요. 어제 유 관인께서 귀가했을 때는 벌써 날이 어둑어둑해져 있었고 술도 거나하게 마신 상태였으니, 우리야 그가 돈이 있는지 없는지 늦게 돌아왔는지 일찍 돌아왔는지조차도 몰랐지요. 그런데…… 오늘 아침 유 관인 댁 대문이 잠겨 있지 않기에 밀고 들어갔더니, 아 글쎄 유 관인이 살해당한 채 바닥에 쓰러져 있지 뭡니까! 열다섯 꿰미의 돈은 한 푼도 보이지 않고, 작은아씨도 종적이 묘연하고 말씀입니다. 그렇게 다들 웅성거리고 있는데 왼편에 사는 이웃 주삼 노인이 '그 댁 작은아씨가 어젯밤 해거름에 우리 집에서 묵어가면서 유 관인이 아무 이유도 없이 자기를 남한테 팔아서 자기도 부모님께 한마디 드려야겠다면서 하룻밤을 묵고 오늘 바로 가버렸다'고 하는 겁니다. 그래서 지금 사람들이 의논해서 큰마님과 원외님께 알려드리는 한편, 사람을 시켜 쫓아가서 그녀를 불러오게 했습니다. 만약 도중에 붙잡지 못하면 바로 그녀의 친정집까지 가서라도 도로 불러와서 자초지종을 따지기로 했답니다. 그러니 원외님과 큰마님이 좀 가주셔야겠습니다. 유 관인의 원한을 풀어드려야 하지 않겠습니까?"

하는 것이었습니다. 원외와 큰마님이 서둘러 출발 준비를 하면서 심부름 온 사람에게 술과 음식을 대접하고 잰걸음으로 성내로 달려간 것은 두말할 필요도 없지요.

다시 본론으로 돌아가봅시다. 이른 아침에 이웃집을 나선 소실은 길을 나선 뒤 2, 3리도 못 가서 벌써 다리가 아파 꼼짝도 못한 채 길옆에 앉아 있었습니다. 아 그런데 웬 젊은이가 ‘만(卍)’자 두건[16]을 두르고 일직선으로 재봉한 헐렁한 저고리를 입고 동전이 든 전대를 둘러멘 채 명주 신과 깨끗한 버선을 신은 차림으로 바로 앞에서 걸어오는 것이었습니다. 소실 눈앞까지 온 그가 힐끔 쳐다보니 대단한 미모는 아니지만 해맑은 눈썹에 하얀 이 하며, 봄철의 연꽃 같은 얼굴, 요염함을 실은 눈길은 정말 사람 마음을 다 흔들어놓았지요. 말 그대로,

들에 핀 꽃들도 뜻밖에 사람 눈을 끌고,
시골 마을 술에도 취하는 사람 많기도 하지!

그 젊은이는 전대를 내려놓고 정중하게 인사를 하더니
“낭자께서는 길동무도 없이 혼자 길을 가시는군요. 어디로 가시는지요?”
하고 묻는 것이었습니다. 그러자 소실은
“복 많이 받으십시오!”[17]

---

16) ‘만’자 두건: ‘만(卍)’자 문양이 들어간 두건. ‘만’자는 그 형태가 선회운동의 상징이기 때문에 옛날 사람들은 만물의 변화를 나타내는 일종의 부적이나 호신부 혹은 종교적 표지로 이 문양을 사용했으며, 불교에서도 이를 석가모니의 가슴에 나타난 ‘상서로운 형상[瑞相]’으로 풀이했다. 당나라 때부터 이것을 ‘만(万)’으로 읽으면서 일종의 상서로운 장식문양으로 민간에서도 널리 사용되기 시작했다.

하고 답례를 한 뒤

"친정집으로 가던 길인데 걸을 수가 없어서 잠시 여기서 쉬던 참입니다."

하고 말하면서 내친김에

"댁은 어디서 어디로 가시는 길인지요?"

하고 물었습니다. 그 젊은이는 두 손을 가슴에 모으고

"소생은 시골 사람입니다. 성내에서 비단 휘장을 팔아 돈을 좀 마련해서 저가당[18] 쪽으로 가는 길이지요."

하고 대답했습니다. 소실이

"저희 부모님도 저가당 왼편에 사신답니다. 댁이 저와 조금만 동행해 주시면 참 좋겠군요."

하고 말하자 그 젊은이가 말했지요.

"안 될 것이 뭐가 있겠습니까? 그러시다면, 소생이 기꺼이 낭자를 모시도록 하지요!"

이렇게 해서 두 사람이 길동무가 되어 함께 길을 걷기 시작했습니다. 그런데 2, 3리도 채 못 갔을 때 뒤에서 웬 사람 둘이 발이 땅에 닿을 틈도 없을 정도로 허겁지겁 달려오는 것이 아니겠습니까. 두 사람은 땀을 흘리고 숨을 헐떡거리며 옷은 다 풀어헤친 채 뛰어오면서

"앞에 새댁! ……잠깐만! ……할 말이 좀 있소!

하고 연신 외쳐대는 것이었습니다. 소실과 그 젊은이는 해괴한 행색

---

17) 복 많이 받으십시요〔萬福〕: 옛날 부녀자들이 하는 인사말. 이 인사를 할 때는 주먹을 쥔 두 손을 포개어 오른쪽 가슴 아래쪽에 두고서 위아래로 흔들면서 절을 하는 자세를 취했는데, 지금은 전통극에서 젊은 아가씨가 이런 인사를 하는 것을 볼 수 있다.

18) 저가당(褚家堂): 당나라의 저명한 서예가 저수량(褚遂良)이 살았다고 전해지는 집. 항주 동성(東城)에 있다고 한다.

을 하고 뛰어오는 두 사람을 보고 발을 멈추었지요. 두 사람은 지척까지 쫓아와 소실과 그 젊은이를 확인하더니만 다짜고짜 한 사람씩 잡아채고는

"너희들이 참 엄청난 짓을 저질러놓고 그래 어디로 내빼는 게냐!"

하고 호통을 치지 뭡니까. 소실이 깜짝 놀라 눈을 들어 보니 두 사람 다 이웃 사람이었습니다. 그중 한 사람은 바로 어젯밤 소실이 묵었던 집 주인이기에 소실이

"어젯밤 말씀드렸을 텐데요? 남편이 아무 이유도 없이 저를 팔았다기에 부모님께 알려드리러 간다고요. 무슨 말씀을 하시려고 오늘 이렇게 쫓아오셨어요?"

하고 물으니 주삼 노인은

"그런 건 내 알 바가 아니고…… 다만…… 당신네 집에서 살인사건이 났으니까…… 돌아가서 대질을 해줘야겠어!"

하는 것이었습니다. 소실이

"남편이 저를 팔고 어제 벌써 돈까지 집 안에 져다 놓았는데 무슨 살인사건이 났단 말씀입니까? 전 절대로 안 가요!"

하니 주삼 노인은

"참 막무가내로구먼! 당신이 정 안 가겠다면 이 고을 원님을 불러다가 '여기 살인범이 있으니 좀 잡아주십시오. 안 그러시면 우리가 연루되는 건 물론이고, 당신네 고을도 편안하지는 못할 게요!' 하고 고함을 칠 거야!"

하고 윽박지르는 겁니다. 그 젊은이는 상황이 심상치 않자 바로 소실에게

"그러시다면 댁은 돌아가십시오. 소생은 혼자 가도록 하지요."

하고 말했습니다. 그랬더니, 쫓아온 두 이웃이 한 목소리로

"이 자리에 없었다면 모를까, 당신도 젊은 댁과 동행하고 있었으니 혼자서만 빠져나갈 수는 없지!"

하고 일제히 소리쳤습니다. 그 젊은이가

"거참 이상하군요? 저는 도중에 이 새댁을 만나 우연히 동행하게 된 것뿐입니다. 그런데, 길에서 무슨 불미스러운 일을 저질렀다고 같이 가자고 억지를 부리십니까?"

했더니 주삼 노인은

"저 집에서 살인사건이 터졌다니까? 당신을 놓아주고 피고도 없이 송사를 벌이란 말인가?"

하고 말하는 게 아니겠습니까. 그 자리에서 소실과 젊은이가 어떻게 자기변명을 할 수 있겠습니까? 그사이에 구경꾼은 점점 불어나서 다들

"총각, 그냥 내빼면 안 되지. 대낮에 양심에 거리낄 짓을 하지 않았다면 한밤중에 누가 대문을 두드려도 놀라지 않는다지 않던가? 따라간들 무슨 상관이 있겠어?"

하고 거들었지요. 쫓아온 그 이웃도

"따라가지 않겠다고 버틴다는 건 어딘가 켕기는 구석이 있다는 뜻이지. 우리는 절대로 호락호락 놓아줄 수 없어!"

하고 우기는지라, 네 사람은 오는 길 내내 서로 멱살잡이를 한 채 아웅다웅할 수밖에 없었지요.

유 관인 집 문 앞에 당도해 보니 그야말로 온 동네가 다 난리였습니다. 소실이 집으로 들어갔더니 유 관인이 도끼에 맞아 숨진 채 바닥에 쓰러져 있고 침대 위에 있던 돈 열다섯 꿰미는 한 푼도 보이지 않았습니다. 벌어진 입은 다물 수도 없었고 내민 혀는 거둘 엄두조차 나지 않았지요. 그 젊은이도 당황했는지

"이렇게 재수가 없을 수가 있나! 괜히 저 여자와 동행을 했다가 졸지에 공범 신세가 되고 말았구나!"

하는 것이었습니다. 사람들도 다들 웅성거리고 난리도 아니었지요. 그렇게 아무 변명도 못하고 있는데, 왕 원외와 딸이 걷다 넘어졌다 하면서 허둥지둥 집으로 돌아와 사위의 시신을 보더니 한바탕 통곡을 하고 나서 소실에게

"네가 어쩌자고 남편을 죽였단 말이냐! 돈 열다섯 꿰미를 빼앗아서 도망을 가? 이제 하늘이 진실을 밝혀주셨으니, 네년이 무슨 할 말이 있겠느냐!"

라고 힐난하는 것이었습니다. 소실은

"돈 열다섯 꿰미는 분명히 있었습니다! 다만…… 서방님께서 어젯밤에 돌아와서는 어쩔 수가 없어서 소녀를 남에게 저당 잡히고 열다섯 꿰미의 몸값을 이렇게 꾸어 왔다면서 오늘만 지나면 소녀가 그 집으로 가야 한다고 했습니다. 소녀는 서방님이 어떤 작자한테 저당 잡혔는지 몰라서, 일단 부모님께 알려드려야겠다 싶어 밤이 깊어진 틈을 타서 그 돈 열다섯 꿰미를 서방님 발치에 더미째 쌓아놓고 문을 끌어당겨 닫은 다음 주삼 노인 댁으로 가서 하룻밤을 묵고 오늘 아침에 친정집에 가서 알려드리려던 참이었어요. 소녀는 떠날 때에도 주삼 노인한테 기왕에 새 주인이 생겼다면 같이 제 친정집으로 와서 시비를 따져달라고 서방님께 전해달라고 당부를 했었다고요. 그랬는데 어째서 여기서 죽음을 당하셨는지 도통 영문을 모르겠습니다!"

하고 해명했지만 큰마님은

"또 그 소리냐! 우리 아버님이 어제 분명히 돈 열다섯 꿰미를 주시면서 지고 가서 밑천으로 삼아 처자식을 먹여 살리라고 당부하셨단 말이다!

그이가 어떻게 네년한테 저당 잡힌 몸값이라고 속일 리가 있겠느냐? 이건 네년이 이틀 동안 혼자 집에 있으면서 외간남자를 끌어들였다가 우리 집안 형편이 초라해 보이니까 더 이상 살고 싶은 생각이 들지 않아, 견물생심이라고 돈 열다섯 꿰미에 순간적으로 서방님을 죽이고 돈을 챙긴 게 아니냐! 그러고는 잔꾀를 부린답시고 이웃집에서 하룻밤을 묵고는 사내놈과 같이 도망을 쳤던 게지! 지금 네년이 외간남자를 따라 동행까지 하다가 걸려놓고 그래도 할 말이 있단 말이냐? 발뺌을 한다고 통할 성싶으냐!"

하고 윽박지르는 것이었습니다. 이웃들도 일제히

"큰댁 말씀이 정말 일리가 있구려!"

하더니 이어서 그 젊은이에게도

"총각, 자네는 어째서 작은댁과 작당해서 그녀의 남편을 죽였는가? 으슥한 곳에서 기다렸다가 같이 가기로 몰래 약속했을 테지? 다른 고을로 내뺀 다음에는 어쩔 셈이었나!"

하고 추궁해댔지요. 그러자 그 사람은

"소인은 성이 최(崔), 이름이 녕(寧)이온데, 저 여자하고는 일면식도 없습니다. 어젯밤 성내로 들어가 명주를 팔아 이렇게 돈 몇 꿰미를 벌었고요. 돌아가는 길에 이 여자를 만났는데 무심결에 어디로 가시기에 혼자서 가시느냐고 물었더니, 이 여자가 같은 길이라고 하기에 길동무 삼아 동행했을 뿐, 전후 사정은 전혀 몰랐다니까요!"

라고 변명했지요. 그러나 사람들은 그의 해명은 아예 들을 생각도 하지 않고 바로 최녕의 전대부터 뒤지는데 공교롭게도 거기에 단 한 푼도 남거나 모자라지 않는 딱 열다섯 꿰미의 돈이 들어 있는 것이 아닙니까!

"'하늘의 그물은 넓고도 넓어 구멍이 난 것 같아도 절대로 흘리는 법이 없다' [19]고 하더니만, 네놈이 새댁과 작당해서 살인을 하고 돈을 빼앗은 뒤에 아녀자를 강탈해서 딴 고을로 내빼려고 한 게지? 하마터면 우리 원님과 이웃들까지 연루되어 피고조차 없는 송사를 벌일 뻔했구나!"

하고 사람들이 일제히 고함을 지르는 것이었습니다.

그길로 큰마님은 소실을 부여잡고 왕 원외는 최녕을 거머쥐고는 증인을 맡은 이웃 사람 넷과 함께 부산스럽게 임안부(臨安府) 안으로 들어갔지요. 부윤[20]은 살인사건이 발생했다는 말을 듣자마자 재판정에 나와서 피고와 관련자들을 차례로 소환한 뒤 자초지종을 진술하게 했습니다. 먼저 왕 원외가 올라가더니

"나으리, 소인은 이 임안부의 한 마을 주민으로 나이가 예순이 다 됐사옵고, 딸 하나가 있어서 예전에 임안부 성내의 유귀(劉貴)에게 정실로 출가시켰습니다. 나중에는 후사가 없어서 진씨를 첩으로 들여 '작은아씨'로 부르면서 여태껏 세 식구가 한집에 살아왔지만 말다툼 한번 한 적이 없었습니다. 그저께는 이 늙은이의 생일이어서 인편에 딸과 사위를 집으로 불러 하룻밤을 재웠습니다. 그러고 나서 다음 날 사위 집에 생계 수단이 전혀 없어 가족도 먹여 살리지 못하는 것이 딱해 돈 열다섯 꿰미를 사위한테 주면서 밑천으로 삼아 가게를 열고 생계를 꾸리라고 일렀지요. 아 그런데 사위 집을 지키고 있던 소실은 어젯밤 사위가 집에 도착한 시각

19) 하늘의 그물은~ 흘리는 법이 없다: 노자 『도덕경(道德經)』 제73장에 나오는 말. 세속의 법망은 조밀해도 죄인이 요행히 피할 수 있지만, 하늘의 법망은 성글어도 빠져나가지 못하고 결국 죗값을 받는다는 뜻이다.

20) 부윤(府尹): 중국 고대에 경기(京畿)지역을 관할하던 행정장관. 한대(漢代)의 서울시장, 즉 '경조윤(京兆尹)'이라는 관직명에서 유래했다. 북송대에는 도읍지인 개봉(開封)에 부윤을 두고 문신으로 하여금 도성의 일을 전담하게 했는데, 그 지위는 상서(尙書)보다는 낮았지만 시랑(侍郎)보다는 높았기 때문에 재상과 동급이라는 의미에서 '상공(相公)'으로 존칭하기도 했다.

에, 무슨 영문인지는 몰라도, 사위를 도끼로 찍어 죽이고 최녕이라는 젊은 놈과 같이 도망쳤다가 사람들한테 붙잡혀 끌려왔지 뭡니까! 두 연놈과 장물이 지금 여기 있사오니, 이 늙은이의 사위가 사인도 불분명하게 죽은 것을 불쌍히 여기시고 현명한 판결을 내려주시기를 삼가 엎드려 비나이다!"

하고 고했습니다. 부윤은 여차여차하다는 사정을 다 듣고 나서 진씨를 소환해서

"너는 어째서 간부와 내통하여 지아비를 살해하고 돈까지 강탈해 함께 도주했더냐? 그래 무슨 할 말이 있느냐?"

하고 추궁했습니다. 소실은

"소첩은 유귀에게 출가한 뒤로 비록 소실이긴 해도 그분의 보살핌을 잘 받아왔사옵니다. 큰마님 또한 어질고 지혜로우셨지요. 그런데 어떻게 그런 모진 마음을 품겠나이까? 다만 어젯밤 남편이 귀가할 때 술이 거나하게 취해 열다섯 꿰미를 지고 대문을 들어서기에 그 경위를 물었더니 제대로 먹여 살리지 못해 소첩을 남에게 저당 잡히고 몸값 열다섯 꿰미를 이렇게 받았는데, 저희 부모님께 알리지도 않고 날이 밝으면 당장 그 사람 집에 가야 한다고 하는 게 아닙니까. 소첩은 당황한 나머지 밤중에 대문을 나와 이웃집으로 가서 하룻밤을 묵은 뒤, 오늘 아침 그길로 일단 친정집으로 가기로 하고 이웃한테는 남편에게 기왕에 나를 팔아 새 주인이 생겼다면 우리 친정집으로 와서 시비를 따지라고 전해달라고 당부했습니다. 그런 다음에 걸어서 반 정도나 갔을까요? 어제 묵었던 이웃집 주인이 쫓아와서 소첩을 붙잡고 놓아주지 않기에 돌아온 것뿐이지 남편이 어째서 살해당했는지는 모르옵니다!"

하고 고했습니다. 그러나 부윤은

"말도 안 되는 소리! 이 돈은 분명히 유귀의 장인이 사위에게 준 것이거늘 너는 엉뚱하게도 너를 저당 잡힌 몸값이라고 하니, 내가 보기에도 터무니없는 소리다! 게다가, 아녀자가 어떻게 캄캄한 한밤중에 돌아다닌단 말이냐? 도주하려는 수작이 분명하다! 이런 일은 너 같은 아녀자가 혼자 벌인 일이 아닐 게다. 분명히 네가 재물을 노리고 목숨을 해치는 것을 거들어 준 간부(姦夫)가 있을 터이니 사실대로 고하렷다!"

하고 호통을 치지 뭡니까. 소실이 막 해명을 하려는 찰나, 이웃 사람들이 일제히 땅바닥에 무릎을 꿇더니

"나으리 말씀이 참으로 지당하십니다! 저 집 작은댁은 어젯밤 확실히 왼편 두번째 집에서 묵고 오늘 아침에 길을 나섰습니다. 그런데 소인들이 그녀의 남편이 살해당한 것을 발견하고 사람을 시켜 그 뒤를 쫓게 했더니만, 반쯤 갔을까요? 작은댁이 저 젊은 놈과 같이 길을 가고 있었고, 죽어도 돌아오지 않으려는 것을 소인들이 억지로 끌고 돌아온 겁니다요! 소인들은 따로 사람을 시켜 그 집 큰마님과 장인을 모셔오게 했는데 두 분이 오더니 어제 돈 열다섯 꿰미를 사위에게 생계를 꾸리라고 주었는데 지금 사위는 죽어버리고 그 돈은 어디로 갔는지 모르겠다고 하더이다. 해서 저 작은댁을 거듭 추궁했더니 문을 나설 때 돈을 더미째 침대 위에 쌓아두었다는 겁니다. 그런데 저 젊은 놈 몸을 뒤졌더니 열다섯 꿰미에서 한 푼도 모자라지 않았습니다. 작은댁과 저 젊은 놈이 작당해서 살해한 것이 아니고 무엇이겠습니까? 장물이 분명히 있는데 어떻게 속일 수가 있겠습니까?"

하고 고하는 것이었어요. 부윤이 이들이 하는 말을 듣고 보니 일리가 있는지라 바로 그 젊은이를 불러서

"폐하께서 계신 이 서울에서 어찌 이처럼 고약한 네놈의 범죄를 용납

할 수 있겠느냐! 네놈이 어떻게 유귀의 소실을 가로채고 열다섯 꿰미를
빼앗았고 그 남편을 살해했으며, 오늘은 함께 어디로 가려 했는지 사실대
로 자백하지 못할까!"

하고 추궁하자, 젊은이는

"소인은 성이 최, 이름이 녕으로 시골 출신이온데, 어제 성내에서 명
주를 팔아 이 돈을 번 것이옵니다. 오늘 아침 우연히 길에서 이 여인을 만
났습니다만, 성이 무엇이고 이름이 무엇인지조차 알지 못하는데 그 집안
에서 살인사건이 있었는지 어찌 알았겠사옵니까?"

하고 고했습니다. 그러자 부윤은 크게 화를 내면서

"말도 안 되는 소리! 이 세상에서 그 같은 우연이 있다고 믿을 사람
이 어디 있겠느냐! 유귀의 집에서 열다섯 꿰미의 돈을 잃어버렸는데 네놈
이 명주를 판 돈도 똑같이 열다섯 꿰미라니! 이건 멋대로 둘러대는 소리
인 것이 분명하다! 게다가, 남의 아내는 탐내지 말고 남의 말은 타지 말
라고 했거늘, 네놈이 저 여인과 아무 상관이 없는데 어떻게 함께 길을 가
고 함께 잠을 잘 수가 있단 말이냐! 네놈처럼 교활한 무뢰한에게 치도곤
을 내리지 않고서야 어떻게 자백인들 하겠는가!"

하고 호통을 쳤습니다. 그 자리에서 아전들은 최녕과 소실을 초주검
이 되도록 호되게 매질을 했고, 곁에 있던 왕 원외와 딸도 이웃 사람들과
함께 말끝마다 그 두 사람을 헐뜯었습니다. 이 사건을 속히 처리하기를
바라던 부윤은 모진 고문을 가했고 불쌍한 최녕과 소실은 고문을 더 이상
견디지 못하고 '한 순간 재물을 보자 욕심이 생겨 남편을 살해하고 열다섯
꿰미의 돈을 챙겨서 간부와 함께 도망친 것이 사실'이라고 허위 자백을 할
수밖에 없었지요. 그렇게 해서 이웃 사람들이 모두 '열 십(十)'자[21]를 그리
고 나자 두 사람은 큰 칼이 채워져 사형수 감옥으로 송치되었습니다. 열

다섯 꿰미는 원 주인에게 돌아가기는 했어도 도로 관아 사람들한테 쓰라고 바칠 수밖에 없었는데, 그것조차 부족하다고 난리가 아니었지요. 부윤이 문안을 꾸며 조정에 보고해서 형부에서 재조사를 한 뒤 황제에게 상세하게 복명하니 마침내 이런 어명이 내려졌답니다.

"최녕은 남의 아내를 간음하고 재물을 노려 인명을 해쳤으니 국법에 의거하여 참형에 처하노라. 진씨는 간부와 공모하여 남편을 살해하는 대역무도한 죄를 지었으니 능지[22]형에 처하고 백성들에게 본보기를 보이도록 하라!"

그러고는 그 자리에서 진술서를 낭독한 뒤 사형수 감옥에서 두 사람을 끌어내 재판정에서 한 사람에게는 참형(斬刑)을 내리고 한 사람에게는 과형(剮刑)을 내린 뒤 저잣거리로 압송해 형벌을 집행하고 백성들에게 본보기를 보이니, 두 사람은 입이 열 개가 달렸다 해도 변명할 길이 없었습니다. 말 그대로,

벙어리가 난데없이 황벽[23]을 먹은 격이랄까?
그 쓰디쓴 맛을 남들에게 하소연할 길조차 없구나!

---

21) '열 십'자: 글자를 쓸 줄 모르는 까막눈 서민들의 서명법. 옛날에는 글자를 모르는 사람이 서명 대신 열 십자나 동그라미 등 간단한 부호를 적는 경우가 많았다고 한다. 이와 비슷한 상황은 루쉰의 대표작 『아큐정전(阿Q正傳)』에서 아큐가 자신의 처형 판결문에 동그라미로 서명하는 장면에서도 엿볼 수 있다.

22) 능지(凌遲): 고대 중국의 혹형 중 하나. 쇠갈고리로 죄수가 움직이지 못하도록 고정시킨 뒤 두 눈썹 부위, 이어서 두 어깨 부위, 다음으로 두 젖꼭지 부위와 두 팔꿈치의 순서로 죄수의 살과 근육을 작은 칼로 조금씩 발라내고 이어서 생식기·심장·간을 뽑아 죄수의 고통과 공포감을 극대화하는 방식으로 집행되었는데, 수천 번 난도질한다고 해서 속칭 '천도만과(千刀萬剮)' 또는 '과형(剮刑)'으로 불리기도 했다. 이 절차가 완료되면 최종적으로 죄수의 목을 베어 집행을 마쳤기 때문에 '능지처참(凌遲處斬)'으로 불리기도 했다. 통상적으로 알려진 소나 말을 연결하여 사지를 찢어 죽이는 거열(車裂)과는 다른 형벌이다.

240

여러분, 이 사건 이야기를 좀 들어보십시오. 정말 소실과 최녕이 재산을 노리고 인명을 해친 것이었다면 두 사람은 그날 밤 바로 다른 지방으로 도망쳤어야 옳지요. 그런데 왜 엉뚱하게 이웃집으로 가서 하룻밤을 묵었을까요? 이튿날 아침에는 또 왜 친정집으로 가다가 고분고분하게 붙잡혀줬을까요? 이 억울한 사연은 꼼꼼히 따져보기만 하면 금방 알 수 있는 것들입니다. 그런데 재판을 맡은 이 어리석은 관리가 나머지 절차를 서둘러 마무리하기에만 급급한 나머지 아무 생각도 없이 매질만 하면 무엇이든 다 얻을 수 있다고 착각할 줄 누가 알았겠습니까, 글쎄! 남모르게 음덕을 쌓으면 그 보답이 멀게는 자손, 가깝게는 자신에게 미치는 법입니다. 저 두 사람의 원혼이 부윤 당신을 가만히 내버려두지는 않을 것이오! 이래서 벼슬을 하는 사람은 절대로 경솔하게 판결을 내리거나 감정에 휩쓸려 형벌을 가하면 안 되며, 반드시 공평하고 현명한 방법을 모색해야 한다고 하는 게지요. 죽은 사람은 다시 살릴 수 없고 끊어진 것은 다시 이을 수 없다는 말도 있지 않습니까? 참 통탄스럽기 짝이 없는 노릇입니다!

여담은 그만하고 다시 본론으로 돌아가봅시다. 유씨네 큰마님은 집에 도착하자 남편의 위패를 모셔놓고 상례를 치렀지요. 그 모습을 보다 못한 부친 왕 원외는 그녀에게 재가할 것을 권했다가 딸이

"3년은 못 채울지언정 그래도 기제사는 마쳐야 되지 않겠습니까!"

하고 대답하는지라 그러마고 수긍을 하고 돌아갔답니다.

세월은 빨리도 흘러서, 큰마님이 집에서 지낸 지 그럭저럭 한 해가

---

23) 황벽(黃蘗): 한방 약재의 이름. 한방에서는 황벽나무의 내피를 약재로 사용하는데, 맛이 쓰고 성질이 차서 위장이나 간장의 기능을 개선시키고 해독·수렴·살균 효과가 있는 것으로 알려져 있다.

다 되어갈 무렵, 부친은 그녀가 상을 치르는 것을 버거워하는 모습을 보고 당장 집안의 왕 노인에게 그녀를 데려오라고 당부하면서

"큰아씨한테 짐을 챙겨 집으로 돌아와서 유 관인 기제사를 치르고 나서 돌아가라고 전하게."

하고 일렀습니다. 큰마님은 어쩔 수가 없었던지 곰곰이 생각하더니 아버님 말씀도 일리가 있다 싶어서 보따리를 챙겨 왕 노인에게 지운 다음 이웃들과 작별 인사를 하고 잠깐 다녀오기로 했지요. 그런데 그길로 도성을 나서니 때마침 가을철이어서 시커먼 바람과 세찬 비가 몰아치는지라 부득이하게 길을 벗어나 숲 속으로 가서 비를 피하겠다고 허둥거리다가 뜻밖에도 길을 잘못 들고 말았지 뭡니까. 말 그대로,

돼지와 양이 푸줏간으로 뛰어든 격인가?
한 발 한 발 죽음의 길로 접어드는구나!

그렇게 숲 속으로 들어갔는데 그 숲 뒤편에서

"나는 정산대왕(靜山大王)이시다! 행인은 걸음을 멈추고 내게 통행세를 바쳐라!"

하고 외치는 소리가 들려왔습니다. 큰마님과 왕 노인이 크게 놀라서 보았더니 웬 사람 하나가 숲에서 튀어나오는데,

머리에는 빨간 두건을 두르고,
몸에는 오래된 전포를 입고,
허리에는 붉은 비단 띠로 배를 감싸고,
발에는 검은 가죽 장화를 신고,

손에는 박도[24]를 들었구나!

그 사람이 칼을 휘두르면서 앞으로 달려 나오자 왕 노인은 죽으려고 들었는지

"네 이 강도짓이나 하는 금수 같은 놈아! 내가 상대해주마. 어디 한 번 붙어보자!"

하면서 그쪽으로 뛰어갔습니다. 그러나 상대가 봄을 피하는 바람에 애꿎게도 무리하게 힘을 쓴 노인만 제풀에 때굴때굴 나동그라지고 마는 거예요. 그 사람은 버럭 화를 내면서

"이 무례한 영감태기 같으니라고!"

하더니 칼로 연거푸 몇 번이나 찌르는 게 아닙니까! 그러자 피가 땅바닥에 낭자하게 쏟아지면서 왕 노인은 숨이 끊어지고 말았지요. 유씨네 큰마님은 그가 우악스럽게 날뛰는 것을 보고 이제 빠져나가기는 글렀구나 하고 생각하던 차에 문득 '빠져나갈 계책'이 떠올랐는지 손뼉을 치면서

"참 잘 죽이셨어요!"

하고 외치는 것이었습니다. 그 사람은 손을 멈추더니 눈이 휘둥그레져서 고함을 내질렀지요.

"이 영감은 너와 어떤 관계냐?"

큰마님이 일부러

"저는 불행하게도 남편을 잃고 중매쟁이한테 속아서 이 영감태기한테 출가했는데, 밥 축내는 일밖에 할 줄 모릅디다. 뜻밖에도 오늘 대왕님께서 죽여주셨으니 저 대신 악당을 없애주신 셈입니다!"

---

24) 박도(朴刀): 나무 손잡이에 길고 넓은 무쇠 칼을 장착한 병기. 칼과 날의 무게를 이용하여 대상물을 베는 데 썼다.

하고 대답하자 그는 큰마님이 세심한 데다 얼굴도 제법 반반하게 생긴 것을 보고는

"내 수발을 드는 두령 부인이 되어줄 텐가?"

하고 묻는 것이었습니다. 큰마님은 아무리 생각해봐도 별다른 묘안이 떠오르지 않자

"당연히 대왕님을 모시고말고요!"

하고 대답할 수밖에 없었지요. 그 사람은 분노가 기쁨으로 바뀌었는지 칼과 몽둥이를 챙기고 나서 왕 노인의 시체를 골짜기로 밀어 넣고, 큰마님을 데리고 어떤 장원 앞까지 왔는데 길이 무척 구불구불했습니다. 대왕이 땅바닥에서 흙덩이를 좀 주워서 집 위로 던졌더니만 안에서 누가 나와서 문을 열어주는 것이었습니다. 그러자 대왕은 초가로 가더니 졸개에게 양을 잡고 술을 준비하라고 분부를 내린 다음 유씨네 큰마님과 혼례식을 올렸답니다. 그 뒤로 두 사람은 그런대로 사이가 좋은 편이었지요. 말그대로,

인연이 아니란 걸 너무도 잘 알지만,
다급한 나머지 잠시 따르는 것일 뿐.

뜻밖에도 그 대왕은 유씨네 큰마님을 맞아들이고 반년도 안 되어서 연달아 몇 차례나 큰 재물을 모아 집안 형편도 아주 넉넉해졌지요. 큰마님은 상당히 식견이 있었기 때문에 주야로 좋은 말로 그를 설득하고는 했습니다.

"예로부터 물 항아리는 우물가에서 깨지고 장군은 전쟁터에서 죽어야 하는 법이라고 했습니다. 우리 두 사람이 여생을 충분히 먹고 쓸 수는 있

게 됐습니다만 번번이 이런 도의에 어긋나는 짓만 하다가는 나중에는 좋은 결과를 기대할 수 없을 거예요! '양왕의 꽃밭'[25]이 아무리 좋다 해도 영원히 살 수 있는 집은 아니라는 말도 있지 않습디까? 차라리 직업을 바꾸고 선행을 베풀면서 조그만 장사를 하더라도 좀 속 편하게 사는 편이 낫습니다!"

대왕은 이런 식으로 주야로 마음을 바꿀 것을 설득당한 끝에 결국 마음을 돌려 그 길을 버리고 성내 저잣거리에 집을 임대한 뒤 잡화점을 하나 열었습니다. 그러고는 한가한 날이 되면 늘 절에 가서 불경을 외우며 불재를 올리고는 했지요. 그러던 중에 하루는 집에 한가하게 앉아 있다가 큰마님에게 이렇게 말하는 것이었습니다.

"내 비록 강도 출신이긴 하지만 원한에도 상대가 있고 빚에도 상대가 있다는 것쯤은 안다오. 예전에는 날마다 남을 협박하고 속여서 물건이나 빼앗으면서 살았소. 하지만 나중에 당신을 얻고부터는 내내 마음이 그다지 편치 않았지. 이제 직업을 바꾸고 선행을 베풀면서 한가할 때마다 지난날 있었던 일들을 떠올리고는 하는데, 항상 두 사람을 헛된 죽음으로 몰아넣고 또 다른 두 사람을 억울하게 죽게 만든 일이 늘 마음에 걸립디다. 속으로는 공덕이라도 좀 쌓아서 그들을 극락으로 인도해야겠다고 생각하면서도 당신한테는 여태껏 밝히지 못했구려!"

그래서 큰마님이

"두 사람을 헛된 죽음으로 몰아넣었다니요?"

---

25) 양왕(梁王)의 꽃밭: 한대(漢代)에 양효왕(梁孝王)이 귀빈 접대를 위해 지금의 하남(河南) 개봉(開封) 동남쪽에 조성했다는 화원. 이 이야기에서는 양왕의 꽃밭이 아무리 훌륭해도 자신의 것이 아니고 남의 것이기 때문에 언제까지나 미련을 둘 수는 없다는 뜻으로 쓰였다.

하고 물으니 대왕은

"한 사람은 당신 남편이오. 전에 숲 속에서 지낼 때 나한테 달려드는 바람에 죽이고 말았지만, 그는 노인인 데다 나하고도 처음부터 아무 원한도 없는 사이였지 않소. 지금은 그의 부인이던 당신까지 가로챈 셈이니 죽고 나서도 분하게 여기고 있을 테지……"

하고 말했습니다. 큰마님은

"그렇게 하지 않았더라면 제가 어떻게 당신과 해로할 수 있었겠어요? 그것도 다 지난 일이니 더 이상 거론하지 마세요!"

하다가 다시

"그런데…… 죽였다는 다른 한 사람은 또 누구예요?"

하고 물었지요. 그러자 대왕이 이런 이야기를 하는 것이었습니다.

"그 사람을 죽인 건 더더욱 도의적으로 용서받지 못할 몹쓸 짓이었다오! 더욱이, 엉뚱한 사람 둘까지 연루되어 애먼 목숨을 잃게 만들었으니…… 한 해 전이었소. 노름판에서 돈을 잃는 바람에 수중에 한 푼도 없기에 밤중에 물건을 좀 훔치러 나갔었지. 어떤 집 문 앞까지 왔는데 뜻밖에도 그 집 대문에 빗장이 열려 있어서 밀고 들어갔는데 안에 아무도 없지 뭐요. 어둠 속을 더듬으면서 방 안까지 갔는데 누가 술에 취해서 침대에 누워 있고 발 뒤로는 엽전이 한 더미 쌓여 있는 게 아니겠소. 해서 다가가서 몇 꿰미만 들고 나가려는 참인데 그 사람이 놀라 깨버렸지 뭐요. 그 사람은 깨자마자 '이건 우리 장인께서 밑천으로 쓰라고 주신 돈이다. 네가 훔쳐 가면 우리 가족은 다 굶어 죽는다' 하면서 몸을 일으키더니 방문을 뛰쳐나가 고함을 지르려고 합디다. 그 광경을 보고 순간적으로 '이젠 틀렸나 보다' 싶던 차에 마침 내 발 가까이에 장작 패는 도끼가 한 자루 놓여 있지 뭐요. 사람이 궁지에 몰리면 물불을 가리지 않는다는 말처

럼, 그 도끼를 들고 '너 죽고 나 죽자' 하고 고함을 지르면서 두 번 내려
쳐 쓰러뜨리고 방으로 가서 그 돈 열다섯 꿰미를 몽땅 챙겼지…… 나중
에 그 사람 소식을 알아보니까, 그 집 소실과 최녕이라는 총각이 연루돼
서 재물을 노리고 인명을 해쳤다는 누명을 쓰고 두 사람 다 국법에 따라
처형됐다고 합디다…… 내 비록 평생 강도짓을 일삼아온 놈이긴 하지만,
그 두 목숨만큼은 도의적으로나 양심상으로나 도저히 잊으려야 잊을 수가
없구려! ……조만간 그들의 극락왕생을 좀 빌어야겠소이다!"

큰 마님은 그 이야기를 다 듣고 나서

'알고 보니 우리 서방님도 이놈에게 죽음을 당하셨구나! 게다가, 우
리 집 작은댁과 그 총각까지 연루시켜 억울하게 죽게 만들었을 줄이야!
……따지고 보면 그게 다 내 탓이지! 애초에 그 두 사람 목숨으로 대가를
치르게 만들었으니…… 두 사람은 저승에서도 나를 원망하고 있겠구나.'

하면서 속으로 몹시 괴로워했습니다. 그러나 그 자리에서는 짐짓 기
뻐하는 척하면서 다른 말은 일절 꺼내지 않았지요.

다음 날 그녀는 틈을 타서 바로 임안부로 달려가 큰 소리로 억울함을
호소했습니다. 이때는 신임 부윤으로 바뀐 지 보름밖에 안 된 시점이었는
데, 마침 부윤이 집무 중이어서 아전들이 억울함을 호소하는 이 여인을
부윤 앞으로 끌고 갔지요. 유씨네 큰마님은 재판정 계단 아래에 도착하자
마자 대성통곡을 하는 것이었습니다. 그렇게 한참을 울고 난 그녀는

"제 남편 유귀를 어떻게 죽였는지 재판을 맡았던 관리가 자세히 따져
보지도 않고 사건을 서둘러 마무리하는 바람에 작은댁과 최녕이라는 총각
이 아무 영문도 모르고 억울하게 목숨을 잃게 만들었습니다. 나중에는 또
어떻게 왕 노인을 죽이고 소첩을 간음했는지…… 오늘에야 하늘의 법도
가 빛을 되찾았는지, 놈이 제 입으로 낱낱이 자백하더이다. 엎드려 바라

옵건대 나으리께서는 현명하신 판결을 내리시어 전날의 원한을 씻어주소서!"

하고 정산대왕이 그동안 저지른 죄상을 낱낱이 고한 뒤 다시 또 통곡을 하는 게 아닙니까! 부윤은 그녀가 진술한 사연을 가련하게 여긴 나머지 사람을 보내 당장 정산대왕을 체포하게 했습니다. 그가 끌려오자 형벌을 가하고 문초를 했더니 큰마님의 진술과 조금도 틀림이 없는지라 그 자리에서 바로 사형 판결을 내리고 황제에게 상소를 올렸지요. 60일의 기한이 다 지난 뒤 조정에서 어명이 내려왔는데 그 내용은 이러했습니다.

"정산대왕은 재물을 노리고 인명을 해치고 무고한 사람을 연루시켰으니 형법에 의거하여 무고한 세 사람을 살해한 일은 참형에서 한 등급을 더 올려 집행하되 절대로 시기를 기다리지 말라.[26] 애초에 재판을 맡았던 관리는 이성을 잃은 판결을 내렸으니 벼슬을 삭탈하여 평민으로 내치도록 하라. 최녕과 진씨의 억울한 죽음은 가련하기 짝이 없으니 관청에서 그들의 집을 방문하고 각별한 마음으로 우대하며 보살피도록 하라. 왕씨는 강도의 위협으로 마지못해 혼인을 했으나 남편의 원한을 씻을 수 있게 했으니, 도적의 재산에서 절반은 관청에서 몰수하고 절반은 왕씨에게 주어 평생토록 생계를 꾸릴 수 있게 하라!"

유씨네 큰마님은 그날 바로 형장으로 가서 정산대왕을 처형하는 광경을 지켜보았습니다. 집행이 끝나자 그 머리를 들고 가서 죽은 남편과 작은댁 그리고 최녕의 영전에 바친 뒤 다시 큰 소리로 한바탕 통곡을 했지요. 그러고는 남은 절반의 재산을 비구니 암자에 시주하고 자신은 주야로

---

26) 절대로 시기를 기다리지 말라: 옛날에는 자연의 운행 질서에 따라 만물이 생장하는 봄과 여름에는 사형을 집행하지 않고, 만물이 결실을 맺는 가을에 사형을 집행했다. 물론 사안이 중대하거나 흉악범인 경우에는 가을까지 기다리지 않고 즉결 처형하기도 했다.

불경을 읽고 염불을 하면서 억울한 죽음을 당한 원혼들을 추도하며 백 살
까지 천수를 다하고 삶을 마감했다고 합니다. 이 이야기를 증명할 시가
있지요.

　　선과 악을 분간하지 못하면 몸을 망치는 법,
　　단 한 마디 농담 때문에 불행이 싹텄구나!
　　그대여, 말 내뱉을 때는 신중하도록 하시오.
　　입과 혀는 예로부터 불행의 근본이었나니……

풍옥매의 상봉

馮玉梅團圓

화자는 먼저 두 편의 가사를 '입화' 삼아 가족 이산의 슬픔을 언급한다. 이어서 '득승두회(得勝頭回)'로 금나라가 남침해오는 바람에 아내 최씨와 생이별을 한 뒤 각지를 전전하던 서신(徐信)이 같은 처지의 왕씨와 동병상련의 심정으로 혼인을 맺는데, 몇 년 뒤 전 부인을 알아본 왕씨의 전 남편 유준경(劉俊卿)이 최씨의 남편이 된 것을 알고 두 부부가 극적으로 해후하는 이야기를 들려준다. 그리고 본론으로 들어가 풍옥매(馮玉梅)와 범희주(范希周)의 상봉 이야기를 시작하는데, 그 내용은 이렇다. 옥매는 임지로 떠나는 부친 풍충익(馮忠翊)을 따라나섰다가 건주(建州)에서 산적 범여위(范汝爲)의 기습을 받아 홀로 산채로 끌려가서는 자신에게 호의적인 범희주와 백년가약을 맺는다. 그 후 남송(南宋) 조정의 반군 토벌이 시작되자 옥매는 남편과 범씨 집안의 가보인 '원앙보경(鴛鴦寶鏡)'을 신표로 나눠 가진 뒤 다시 만날 것을 기약하며 작별 인사를 나눈다. 얼마 뒤 옥매와 극적으로 상봉한 풍충익은 난리가 진정되자 딸 옥매에게 개가를 권하지만 그녀는 결연한 의지로 끝까지 남편을 위해 절개를 지킨다. 어느 날 이따금 풍충익에게 공문을 올리는 전령 하승신(賀承信)의 외모가 남편과 비슷한 것을 발견한 옥매는 아버지에게 그의 신원을 확인해줄 것을 요청한다. 하승신으로부터 그의 내력과 지금은 홀몸으로 노모를 봉양하고 있다는 말을 들은 풍충익은 딸과 하승신의 '원앙보경'을 맞춰본 뒤 그의 의리에 크게 감동하여 두 사람을 재결합시키고 조정에 청원하여 그의 성씨를 되찾아준다.

京本通俗小說第十六卷

馮玉梅團园

簾捲水西樓一曲新腔唱打油宿雨眠雲年
少夢休涴盡生前酒一甌○明日又登舟
却指今宵是舊遊同是它鄉淪落客休愁月
子彎々照幾州

這首詞末句乃是借用吳歌成語吳歌云

月子彎々照幾州　幾家歡樂幾家愁
幾家夫婦同羅帳　幾家飄散在它州

此歌出自我宋建炎年間述民間离乱之苦只

발 걷어 올린 수서루에서는,[1]

한 곡조 새 가락으로 타유의 시[2]를 노래하네.

풍찬노숙하던 젊은 시절의 꿈일랑,

이제 그만 노래하고,

우선 생전에 술이나 한 사발 비우자꾸나!

내일 다시 배에 오르고 나면,

---

1) 발 걷어올린 수서루(水西樓)에서는: 전여성(田汝成)의 『서호유람지여(西湖遊覽志餘)』에 따르면 "발 걷어 올린 수서루에서는(簾捲水西樓)" 부분은 명대 초기의 소설가 구우(瞿佑)가 지은 것이라고 한다. 때문에 일부 학자는 이 구절에 근거해 이 이야기가 명대 이후에 지어진 것이라고 주장하고 있다.

2) 타유(打油)의 시: 당대(唐代)에 장타유(張打油)가 지은 시. 무명의 선비 장타유는 「영설(咏雪)」이라는 시를 지을 때 "강 위는 온통 뿌옇고 우물 위는 검은 동굴 같은데, 누렁이 몸은 허옇고 흰둥이 몸은 종기투성이구나(江上一籠統, 井上黑窟窿黃狗身上白, 白狗身上腫)"라고 읊어 눈을 노래하면서도 '눈〔雪〕'이라는 단어를 전혀 쓰지 않아 당시 사람들로부터 찬사를 받았다. 나중에는 이처럼 운율의 제한을 받지 않으면서 통속적인 내용과 구어체의 속어로 지은 풍자시를 '타유시(打油詩)'라고 불렀다.

오늘 밤 인연도 왕년의 추억이라 하겠지?

똑같이 타향 땅 전전하는 나그네 신세이러니,

슬퍼하진 말자꾸나,

구부러진 반달이 몇 군데나 비출 수 있으랴!

이 가사의 마지막 구절은 오가[3]를 차용해 만든 것인데, 원래의 오가는 이렇습니다.

구부러진 반달이 몇 군데나 비출 수 있으랴!

즐거운 집이 있으면 슬픈 집도 있고,

부부가 휘장 속에 함께 어울린 집이 있으면,

타향 땅 전전하며 헤어져 지내는 집도 있는 것을……

이 가사는 우리 송나라[4] 건염(建炎) 연간에 지어진 것으로 세간에서의 이별의 고통을 다루고 있습니다. 선화(宣和) 연간에 국정을 그르쳐 간신배가 권력을 휘두르는 바람에 그 여파가 정강(靖康) 연간까지 이어져 급기야 금(金)나라 오랑캐들이 도성을 유린하고 휘종(徽宗)·흠종(欽宗) 두 황제를 북녘으로 끌고 가는 사태가 발생하고 말았지요. 강왕[5]은 흙으로 빚은 말

---

3) 오가(吳歌): 지금의 강남, 즉 오(吳) 땅에 유행하던 민요. 명대의 문인이자 출판가인 풍몽룡(馮夢龍)은 당시 유행하던 오가를 모아 『산가(山歌)』『타패지(打掛枝)』 등의 노래책들을 출판했다.

4) 우리 송나라: 『경본통속소설』에는 "우리 송나라〔我宋〕"로 나오지만 『경세통언』의 「범추아쌍경중원」에는 "남송(南宋)"으로 되어 있다.

5) 강왕(康王): 남송의 초대 황제 고종(高宗) 조구(趙構, 1107∼1187). 휘종의 아홉번째 아들이자 흠종의 아우로, 15세 되던 해에 강왕으로 책봉되었다. 정강 원년(1126), 금나라 군사가 도성인 변경(汴京)을 함락하고 휘종과 흠종을 포로로 끌고 가자 신하들의 추대로

처럼 변경(汴京)을 포기하고 양자강을 건너 나라의 한쪽 구석에 정착한 뒤 연호(年號)를 '건염'으로 바꾸었습니다. 그 당시 동경(東京) 방면의 백성들은 북녘 오랑캐들이 두려워 저마다 황제의 어가 행렬을 쫓아 양자강 너머로 남하하다가 오랑캐 기병들에게 추격당해 전란의 와중에서 뿔뿔이 흩어져버리는 바람에 얼마나 많은 혈육들이 헤어졌는지 모릅니다. 아비와 자식 혹은 지아비와 아내가 죽을 때까지 다시 만나지 못하기도 했지요. 물론, 그중에는 헤어졌다가 다시 상봉하는 경우도 더러 있어서 항간에서 그것을 새로운 이야기로 엮어내기도 했답니다. 말 그대로

검의 정기가 흩어졌다 다시 합쳐지고,[6]

남경 응천부(南京應天府)에서 황제로 즉위하고 연호를 '건염(建炎)'으로 바꾸었다. 결사항전을 주장하는 주전파를 물리치고 양자강을 건너 절강의 임안(臨安, 지금의 항주)으로 천도한 뒤 남송(南宋)정권을 수립했다. 초기에는 대세에 밀려 악비(岳飛)·한세충(韓世忠) 등의 주전파에 의존하다가 나중에는 주화파로 기울어 진회(秦檜) 등을 중용해 영토 할양·조공·칭신(稱臣) 등의 굴욕적인 조건으로 금나라와 화친을 맺는 한편 한세충 등의 병권을 회수하고 악비에게 사약을 내렸다. 재위 36년 동안 굴욕적인 화친을 맺고 강남에만 안주하다가 소흥(紹興) 32년(1162)에 효종(孝宗)에게 제위를 넘기고 태상황(太上皇)이 되었다. 전설에 따르면 금나라 군사에게 추격을 당할 때 민간에서 신으로 모시던 최각(崔珏)의 도움으로 사당 안에 있던 흙으로 빚은 말을 타고 강을 건너 황제로 즉위했다고 한다.

6) 검의 정기가~ 합쳐지고: 진(晉)나라의 조정 중신 장화(張華)는 어느 날 상서로운 기운이 사방으로 뻗는 것을 보고 측근 뇌환(雷煥)을 풍성(豐城) 현령으로 임명해 진상을 알아보게 했다. 뇌환은 풍성 감옥에서 보검 두 자루가 든 석함을 발견하자 한 자루를 장화에게 보내고 나머지 한 자루는 자신이 가졌다. 나중에 뇌환은 그 보검이 춘추시대에 오(吳)나라에서 만든 간장(干將)·막야(莫邪)임을 깨닫고 둘을 하나로 합쳐야 한다는 의견을 개진했다. 그러던 중 내전으로 장화가 피살되고 간장검의 행방이 묘연해지자 뇌환은 죽기 직전에 막야검을 아들 뇌화(雷華)에게 물려주었다. 나중에 건안군종사(建安郡從事)에 임명된 뇌화가 임지로 가는데 복건(福建) 땅을 지날 때 갑자기 허리에 찼던 막야검이 저절로 칼집에서 빠져 나와 강물에 빠져버렸다. 뇌화는 사람을 시켜 막야검을 찾게 했지만 결국 보검을 찾지 못하고 대신 웬 용 두 마리가 또아리를 틀자 잔잔하던 강물이 금세 물결이 거칠어지는 광경을 목격했다. 당시 사람들은 이 이야기를 전해 듣고 두 보검이 다시 합쳐지자 용으로

연꽃 구슬이 부서졌다 다시 복원되듯.

세상만사가 모두 운명이요,

티끌만큼이라 해도 다 하늘의 뜻이라네!

그럼 이제 본론으로 들어가보도록 하겠습니다. 진주(陳州) 땅에 성이 서(徐), 이름이 신(信)인 사람이 있었는데 어려서부터 훌륭한 무예를 익힌 인물이었지요. 그는 최씨를 아내로 맞아들였는데 상당한 미모를 가진 데다가 집안도 넉넉해서 부부 두 식구가 지내기에 더 이상 좋을 수가 없었답니다. 그러던 중에 금나라 군사들이 남침하여 두 황제를 북녘으로 끌고 가버린 겁니다. 서신은 최씨와 상의한 뒤 이곳이 지내기에 불안하다는 데 뜻을 모으고 귀중품과 재산을 단출하게 챙겨 보따리를 두 개 꾸린 다음 내외가 하나씩 지고 새벽을 틈타 사람들을 따라 서둘러 피난을 떠났습니다. 우성(虞城)까지 왔을까요? 뒤에서 하늘을 울릴 정도로 큰 고함 소리가 들리기에 북녘 오랑캐들이 쫓아왔나 싶었는데 알고 보니 전쟁에서 참패한 남조[7]의 패잔병들이지 뭡니까! 이들은 오랫동안 군장도 흐트러진 데다 기강까지 무너져서 돌격 명령을 내려도 다들 겁을 집어먹고 싸워보기도 전에 달아나기에 바빴는데, 그러다가도 백성들과 마주치기라도 하면 재물과 자녀들을 약탈하는 데에만 기세를 올리고는 했지요. 서신은 나름대로 무예를 갖추고 있긴 했지만 그 패잔병들이 산처럼 밀려오자 도저히 중과

둔갑한 것으로 여겼다고 한다.

7) 남조(南朝): 일반적으로 남북조(南北朝)시대에 '오호(五胡)'로 대표되는 북방민족의 중원 정복에 밀린 한족이 양자강 이남에 수립한 왕조들을 말하지만, 이 이야기에서는 금나라에 밀려 강남으로 천도한 송나라, 즉 남송정권을 가리킨다. '남조'나 '북조' 등의 용어가 해당 왕조를 타자화해서 부르는 표현임을 감안할 때 도입부의 "우리 송나라[我宋]"라는 표현과는 상반되게도 이 이야기가 송대 이후에 창작되었음을 짐작할 수 있다.

부적이었던지 필사적으로 달아났습니다. 그러다가 온 들판에 울부짖는 소리가 가득한 것을 보고 고개를 돌려보았더니 최씨가 보이지 않는 것이었습니다. 그러나 그 난군들 틈바구니 속에서 찾을 길도 막막하고 해서 무작정 앞으로만 걸을 수밖에 없었지요.

그렇게 며칠 동안을 걷고 한숨을 쉬어도 뾰족한 수가 없자 결국은 아내 찾기를 포기하는 수밖에 없었지요. 수양(睢陽) 땅까지 왔을 무렵 배도 고프고 목도 말라서 한 시골 가게로 가서 술과 밥을 좀 사려고 했더니 난리 통에 예전과 달리 가게에 파는 술도 바닥나버린 지 오래된 상태였습니다. 밥만 해도 거친 음식뿐인 데다가 사람들이 강탈해 가기라도 할까 싶어서 충분한 돈을 쥐여줘야 요기를 시켜줄 정도였지요. 해서 서신이 막 돈을 세고 있는데 갑자기 웬 여인이 슬프게 흐느끼는 소리가 들리는 것이었어요. '남의 일에 상관 말아야지 상관하면 마음만 어지러워진다'고 다짐을 하면서도 잠시 돈 세기를 멈추고 급히 가게 밖으로 나가 보니, 아니나 다를까! 한 여인이 홑옷에 쑥대머리를 한 채 땅에 앉아 있는데 자신의 아내는 아니지만 나이나 외모는 얼추 비슷해 보였습니다. 서신은 측은한 마음이 들어 자신의 입장에서 그녀의 처지를 헤아려

"저 여인도 난처한 일을 당했나 보다."

하면서 다가가 내력을 물어보니 그 여인은

"쇤네는 정주(鄭州) 살던 왕씨로 어릴 적 이름이 진노(進奴)이온데, 지 아비를 따라서 피란을 왔다가 도중에 길이 엇갈리는 바람에 쇤네 혼자 난군에게 끌려갔지 뭡니까! 그 후 이틀을 걸어서야 간신히 이곳에 당도했는데, 두 다리가 다 퉁퉁 부어서 한 발짝도 움직이지 못하던 차에 도적놈이 옷을 빼앗고 쇤네만 여기다 버려두고 갔지 뭡니까! 옷은 얇고 음식은 다 바닥나버렸는데 고개를 들어 봐도 피붙이 하나 없으니 죽을 길이라도 찾

아야 하나 싶어서 서러워 울던 참입니다!"

하고 하소연하는 것이었습니다. 서신이

"저도 난리 통에 아내가 없어졌으니, 말 그대로 동병상련의 처지로군요. 다행히 제게 노잣돈이 좀 있으니 일단 이 가게에 며칠 묵으며 몸조리를 하고 계시면 소생이 아내 소식을 탐문해본 뒤 부군을 찾아드릴까 하는데…… 부인의 의향은 어떠신지요?"

하고 말하자 여인은 눈물을 그치고 고마워하면서

"그렇게 해주시면 정말 좋지요!"

하는 것이었습니다. 서신은 보따리를 끌러 옷가지 몇 점을 여인에게 입도록 주고 함께 가게에서 음식을 좀 먹은 뒤 작은 방을 하나 빌려 한동안 안정을 취했지요. 서신이 정성을 다해 날마다 차와 끼니를 챙겨주자 부인도 그 갸륵한 마음에 감동하여 속으로

'지아비를 찾고 아내를 찾는 것도 힘든 일이지만 지금 홀아비와 과부가 이렇게 서로 만난 것도 하늘이 맺어주신 인연인데 살과 살이 맞닿다 보면 우리를 맺어주시지 않겠는가?'

하고 생각했습니다. 그렇게 다시 며칠이 지나 여인의 다리 통증이 가시자, 서신과 그녀는 부부의 인연을 맺고 그길로 바로 건강(建康)으로 직행했답니다. 그런데 때는 바야흐로 강왕이 양자강 너머로 남하하여 황제로 즉위하고 '건염'으로 연호를 바꾼 다음 방을 내걸고 군사를 모으고 있던 참이어서 서신도 군교(軍校)로 충원되어 건강 성내에 살게 되었지요.

세월은 흐르는 물과도 같아서, 어느새 건염 3년이 되었습니다. 하루는 서신이 아내와 함께 성 밖에 사는 친척을 방문하고 돌아오는 길이었지요. 날이 이미 저물었는데 아내가 갈증을 느끼자 서신은 어떤 찻집으로 데려가서 차를 마시게 되었습니다. 그런데 웬 사내가 그 찻집에 앉아 있

다가 여인이 들어오는 것을 보더니 한쪽에 서서 그 모습을 훔쳐보면서 계속 눈길을 주는 것이었습니다. 그런데도 여인은 눈을 내리깐 채 전혀 아랑곳하지 않았지요. 서신이 이를 몹시 이상하게 여기면서도 차를 마시고 찻값을 치른 뒤 문을 나서는데, 그 사내가 멀찍이 떨어져 뒤따라오는 것이었습니다. 집에 도착해서도 사내가 여전히 문 앞에 서서 아쉬운 듯 그 자리를 떠나지 않자 서신은 속에서 부아가 치밀어

"누구시오? 어째서 남의 아녀자를 힐끗거리는 게요!"

하고 따졌습니다. 사내는 두 손을 모으고 사과를 하면서

"노형께서는 고정하십시오. 소생 한마디 여쭐 것이 있습니다."

하고 말하는 것이 아닙니까. 서신이 분이 채 풀리지 않은 채로

"할 말이 있으면 해보시오!"

하고 허락했더니 사내는

"노형께서 괜찮으시다면 자리를 좀 옮기실까요? ……소생이 사실대로 말씀을 드릴 텐데 그래도 윽박지르기만 하신다면 말씀을 올리기가 난감합니다."

하는 것이었어요. 서신이 결국 그를 따라 으슥한 골목 안까지 갔더니 사내는 막상 입을 열려다가도 말하기를 주저하는 눈치였습니다. 서신이

"이 서신도 호탕한 대장부올시다. 하실 말씀이 있으면 해도 괜찮소!"

하고 말하니 사내도 그제야

"방금 그 여인은 누구신지요?"

하고 묻는 것이었습니다. 서신이

"소생의 아내올시다만?"

했더니 사내가 다시

"혼인하신 지가 몇 년이나 되었습니까?"

하고 되묻기에 서신이

"3년 됩니다."

하고 대답했더니 그 사내가

"정주 사람으로 성이 왕, 어릴 적 이름이 진노입니까?"

하는 것이 아닙니까! 서신이 크게 놀라면서

"귀하께서 어떻게 그것을 다 아시오?"

하자, 사내는

"그 여인은 바로 제 아내입니다. 난리 통에 헤어졌는데, 뜻밖에도 노형께서 거두셨군요!"

하는 것이었습니다. 서신은 그 말을 듣고 몹시 두렵고 불안해하면서도 자신이 우성에서 이산되어 수양 땅 시골 가게에서 그 여인을 만나게 된 경위를 자세하게 들려주었습니다.

"그때는 정말로 의지할 데 없는 홀몸인 그녀가 불쌍하다는 생각만 했지 애초에 귀하의 부인인 줄은 몰랐습니다. 이 일을 어떻게 해야 좋습니까!"

그러자 사내는

"걱정하실 것 없습니다. 저도 이미 새로 아내를 맞아들였으니 지난날의 부부의 인연은 더 이상 따질 필요가 없지요. 다만…… 창망히 헤어지는 바람에 작별의 말조차 한마디도 건네지 못했는데 잠시 얼굴이라도 보고 그동안 고생한 일을 하소연할 수만 있다면 죽어도 여한이 없겠습니다!"

하고 말하는 것이었어요. 서신 역시 속으로 슬픔을 느꼈던지

"대장부는 서로 마음을 터놓고 지낸다고 했으니, 어디에선들 우정을 나누지 못할 리가 있겠습니까? 내일 저희 집에서 기다리도록 하겠습니다.

새로 부인을 맞이하셨다니 신부 되는 분도 데리고 오십시오. 친척으로 지내면 이웃 사람들 눈치 볼 필요도 없을 겁니다.”

하고 말하니, 사내도 기뻐서 절을 하며 고마워하는 것이었습니다. 헤어질 때 서신이 이름을 묻자 사내는

“저는 정주에 살던 유준경[8]이라고 합니다!”

하고 대답했습니다. 그날 밤, 서신이 미리 왕진노에게 자초지종을 일러주자 진노는 전 남편의 사랑과 의리를 떠올리고 몰래 눈물을 훔치면서 밤새도록 잠을 이루지 못하는 것이었습니다.

날이 밝은 뒤 세수를 막 끝내고 나니 유준경 부부 두 사람이 찾아왔습니다. 서신이 두 사람을 맞이하다가 준경의 아내를 보는 순간 둘 다 깜짝 놀라 대성통곡을 하는 것이었어요. 알고 보니 준경의 아내가 바로 서신의 아내 최씨였던 겁니다! 우성에서 서로 이산된 후 남편을 찾지 못한 채 어떤 노파를 따라 건강으로 와서 몸에 지녔던 비녀, 귀걸이 따위의 패물을 처분하고 방을 구해 머물렀는데, 석 달이 지나도 남편에게서 아무 기별이 없자 노파가 죽을 때까지 독수공방할 수는 없지 않느냐면서 그녀를 위해 중매를 서서 유준경에게 시집을 보냈다는 것이었습니다. 그랬는데 아 오늘 두 쌍의 부부가 이렇게 딱 맞추어 상봉하게 될 줄을 누가 알았겠습니까? 그야말로 하늘이 정하신 인연인 셈이었지요. 네 사람은 각자 과거의 배우자를 알아보고 서로 끌어안고 통곡했고, 그 자리에서 서신은 유준경과 여덟 번 절을 나누고 의형제를 맺은 뒤 술을 준비해 대접했습니다. 저녁이 되자 아내를 도로 돌려받아 각자 원래의 관계로 되돌아갔으며, 이로부터 두 집안은 왕래가 끊이지 않았다고 하는군요. 이 일을 증명

---

8) 유준경(劉俊卿) : 『경본통속소설』에는 “유준경”으로 나오지만 『경세통언』에는 “열준경(列俊卿)”으로 되어 있다.

하는 시가 있는데 그 내용이 이렇습니다.

남편은 아내를 바꾸고 아내는 남편을 바꾸니,

이 거래가 참으로 알다가도 모를 노릇이로구나.

상봉하게 된 것도 따지고 보면 하늘이 정하신 일이라며,

웃음 지으며 등불 앞에서 왕년의 나를 받아들이네.

이 이야기의 제목은 「주고받은 인연」[9]으로, 바로 건염 3년에 건강성에서 있었던 일입니다. 같은 시기에 전해진 이야기가 또 하나 있는데, 제목은 「다시 합쳐진 두 거울」이라고 합니다. 들려드리기에 딱히 신기한 내용은 없지만 부부간의 의리와 절개나 교화를 다룬 점에서는 몇 배는 더 낫다고 할 수 있지요. 말 그대로

이야기란 통속적이어야 널리 전해지는 법이요,

말이란 교화를 다룬 것이어야 감동을 주는 법

그 이야기의 내용은 이렇습니다. 고종 건염 4년[10]에 관서(關西) 땅의 수장으로 성이 풍(馮), 이름이 충익(忠翊)[11]인 사람이 있었는데 복주(福州)

---

9) 주고받은 인연: 서로의 배우자를 바꾸어 살게 된 것을 두고 한 말. 이 이야기에서는 전란이라는 특수한 상황으로 인한 불가피한 선택으로 제시되고 있다.

10) 고종 건염 4년(高宗建炎四年): 1130년. 『경본통속소설』에서는 이 대목이 "고종 건염 4년"으로 시작되지만, 『경세통언』에는 "고종" 부분이 "남송(南宋)"으로 되어 있다. 이 책은 『경본통속소설』이라는 제목으로 소개되는지라 그 체례를 좇아 "고종 건염 4년"으로 옮겼다.

11) 성이 풍, 이름이 충익: 『경본통속소설』에서는 "풍충익(馮忠翊)"으로 소개하고 있지만, 『경세통언』에서는 성씨가 다른 "여충익(呂忠翊)"으로 소개되고 있는데, 현재 학자들은 화본 원문에 가까운 이름이 "여충익"인 것을 『경본통속소설』의 발견자가 임의로 "풍충익"으

감세(監稅)[12]의 벼슬을 새로 배수 받았습니다. 이 무렵 복건 땅은 여전히 전성기를 구가하고 있었지요. 충익은 복주가 산을 따라 바다를 등지고 있어서 동남쪽의 도회지이자 풍요로운 땅인 데다가 변고가 잦은 중원 땅에 비하면 난리를 피하기에 적합한 곳이어서 가솔들을 거느리고 부임길에 올랐는데, 그해에 출발해서 이듬해 봄 무렵에는 건주(建州) 땅을 지나고 있었습니다. 『여지지』[13]에서

　　"건주는 물이 푸르고 산이 붉으니, 복건 동쪽의 명승지이다."
　　라고 하더니 이제 보니

　　낙양 땅엔 3월이면 꽃이 비단 폭처럼 펼쳐지건만,
　　하필 내가 왔을 때만 봄날을 만나지 못하는구나!

　　라는 옛말과 딱 맞아떨어지는 것이었습니다. 예로부터 전란과 흉년은 으레 꼬리를 물고 일어나기 마련이어서 금나라 오랑캐들이 황하를 건너오는 바람에 절강 땅 전부가 그들에게 참혹하게 유린당했고 복건 땅도 병란은 겪지 않았지만 흉년을 만났으니, 이는 실로 하늘이 내리신 운명인 셈이었지요. 우리 이야기에 등장하는 건주만 하더라도, 쌀 한 말 값이 천 닢이나 되는 통에 백성들이 편안히 생활을 영위할 수 없을 지경이었답니다. 그럼에도 불구하고 나라에서는 마침 군사를 동원해야 하는 시점이어서 군량 조달이 절실했지요. 그러다 보니 관가에서도 서둘러 징발해서 상

로 바꾼 것으로 보고 있다. 화본의 원문과는 다소 차이가 있는 것으로 판명되었지만, 이 책에서는 『경본통속소설』의 체례를 좇아 "풍충익"으로 옮겼다.

12) 감세(監稅) : 세금의 징수를 감독·독려하기 위해 중앙정부에서 파견하는 관리.

13) 『여지지(輿地志)』: 중국 남북조시대 말기에 고야왕(顧野王)이 엮은 지리지. 이밖에도 북송의 안수(晏殊)가 엮은 같은 제목의 지리지가 있으나 어느 책을 가리키는지는 알 수 없다.

부에 조달하는 데에만 급급하여 백성들이 궁핍해지고 재화가 바닥나는 것도 돌아볼 겨를이 없었습니다. 시쳇말에 아무리 재주 좋은 며느리라 해도 쌀 없이 죽을 쑬 수는 없는 법이라는 말이 있듯이, 백성들에게는 더 내놓을 돈도 군량도 없는 판국에 관가에서는 채찍질을 하며 닦달을 해대는 바람에 도저히 견디지 못하고 삼삼오오 산속으로 달아나서 떼를 지어 도적질을 일삼곤 했지요. 뱀도 머리가 없으면 꼼짝도 못한다는 말이 있지 않습니까? 이윽고 산채에 도적 두목이 하나 나타났는데 그 사람 성이 범(范), 이름이 여위(汝爲)였습니다. 그가 정의를 외치고 열변을 토하면서 백성들을 온갖 고난으로부터 구원해주겠다고 맹세하자 도적 떼들이 물 흐르듯이 그를 따르기 시작하더니 순식간에 10여만 명으로 불어나는 것이었어요. 그야말로,

바람이 거세면 불을 놓고,
달빛이 어두워지면 사람을 죽이며,
식량이 없으면 함께 굶고,
고기를 얻으면 골고루 나눈다.

는 비유와 다를 바가 없다 보니 관군조차 그 기세를 당해내지 못하고 싸움을 벌일 때마다 번번이 패하지 뭡니까. 범여위는 마침내 건주성을 점거하고 스스로를 '원수'로 일컬으면서 병력을 나누어 도처에서 약탈을 감행했지요. 이렇게 해서 범씨 문중의 자제들은 저마다 그럴싸한 직함을 받고 군사를 이끄는 장수가 되었습니다.

여위의 일족 중에는 범희주(范希周)라는 조카가 있었는데, 나이가 스물세 살로 어려서부터 이미 물의 성질을 분간할 수 있는 재주를 터득하여

물속에 숨은 채 사나흘 동안 버틸 수 있었기 때문에 '미꾸라지 범가'라는 별명이 붙을 정도였지요. 원래 글공부를 하던 선비였지만, 공명을 이루기도 전에 문중 사람들 중에서 반란에 동참하지 않는 사람부터 먼저 목을 베어 본보기를 보이겠다는 범여위의 으름장에 희주도 개죽음을 당할 수는 없어서 어쩔 수 없이 그를 따르던 중이었습니다. 그러나 비록 도적들과 한데 섞여 지내고 있기는 했지만 임기응변으로 사람 목숨을 구해주는 일에만 매진할 뿐 약탈 같은 짓은 저지르지 않았지요. 그래서 도적들은 그가 매사에 겁을 먹고 움츠리는 모습을 보고 '미꾸라지'라는 그의 별명에 맞추어 '장님 미꾸라지 범가'로 바꿔 부르기 시작했는데 그건 아무 쓸모도 없는 그를 비웃자는 의도였습니다.

다시 풍충익의 이야기를 해보도록 하지요. 풍충익에게는 딸이 하나 있었습니다. 소싯적 이름이 옥매[14]로 나이는 이제 막 열여섯이 되었고 용모가 수려하고 성정이 온유했지요. 그런데 이번에 부모를 따라 임지인 복주로 따라나섰다가 건주 근처에 이르러 범씨네 도적들 중 일단의 유격대를 만나는 바람에 짐과 재물을 강탈당하고 식솔들도 쫓겨서 뿔뿔이 흩어지고 말았지 뭡니까. 풍충익은 딸이 이산되어 찾을 길조차 막막했지만 부임 날짜를 지켜야 했기 때문에 그저 한숨만 쉬면서 어쩔 수 없이 임지로 향할 수밖에 없었습니다.

옥매 이야기를 해봅시다. 그녀는 발이 작은 데다가 졸지에 외톨이가 되는 바람에 오도 가도 못하고 도적들에게 붙잡혀 건주성으로 끌려가는

---

14) 옥매(玉梅): 『경본통속소설』에는 "옥매"로 나오지만 『경세통언』에는 "순가(順哥)"로 소개되고 있는데, 이 역시 『경본통속소설』을 발견한 무전손이 임의로 바꾼 것으로 보고 있다. 화본의 이름과는 다소 차이가 있지만 이 책에서는 『경본통속소설』의 체례를 좇아 "옥매"로 옮겼다.

신세가 되고 말았지요. 도중에 옥매가 하도 울고불고 하니까 그 광경을 보고 딱하게 여긴 범희주가 집안 내력을 물었더니 옥매는 자신이 벼슬아치 집안의 딸이라고 밝히는 것이었습니다. 그러자 희주는 군사들을 꾸짖더니 직접 그 결박을 풀어주고 집 안에 머물게 한 뒤 좋은 말로 달래면서

"사실 나는 반군이 아닌데 문중 어른이 협박을 하는 바람에 이 짓을 하게 되었소. 나중에 조정에서 투항을 권하면 예전처럼 양민으로 돌아가려 하오. 낭자가 미천한 이 몸을 뿌리치지 않고 부부의 인연을 맺게 된다면 삼생[15]의 영광이 될 것이오!"

하고 속내를 밝히는 것이었습니다. 옥매는 처음에는 그를 섬길 생각이 없었지만 그들 수중에 떨어져 뾰족한 수도 없었기에 그 제안을 받아들일 수밖에 없었지요. 이튿날, 희주가 도적 두목 범여위에게 이 일을 고하자 여위도 몹시 기뻐했습니다. 희주는 옥매를 관사로 보낸 다음 길일을 잡고 예물을 보냈지요. 그때 희주에게는 조상 대대로 전해 내려오는 귀한 거울이 있었습니다. 두 짝의 거울이 하나로 합쳐지는 것으로 환한 빛이 두루 비치는 데다 펴고 닫을 수도 있었는데, 안에 '원앙(鴛鴦)' 두 글자가 주조되어 있어서 '원앙보경(鴛鴦寶鏡)'으로 불렸지요. 희주는 그것을 예물로 쓰기로 하고 범씨 문중 사람들을 두루 초대하여 화촉을 밝히고 혼례를 치르니

한 사람은 선비 집안의 후손이요,
한 사람은 권문세가의 미녀로다.
한 사람은 박학한 데다 의젓하고,

---

15) 삼생(三生): 과거의 전생(前生), 현재의 현생(現生), 미래의 후생(後生)을 아울러 일컫는 말.

한 사람은 따뜻하고 부드러운 성격을 가졌구나.

한 사람은 비록 도적 떼 속에서 지내지만,

풍운의 포부가 아직 시들지 않았고,

한 사람은 비록 갇혀 지내는 포로 신세라지만,

그 아름다운 모습에는 변함이 없네.

산적들도 이 하루만큼은 귀빈으로 행동하고,

단장한 미녀는 오늘 밤 좋은 사람과 인연을 맺누나.

이때부터 부부는 화목하게 지내면서 서로를 손님처럼 공경하는 것이었습니다.

예로부터 질항아리는 우물가에서 깨질 팔자라는 말이 있지요. 범여위가 엄청나게 큰 죄를 짓기는 했지만 그저 조정에 변고가 생겨 관군의 힘이 미치지 못하는 틈을 이용한 존재일 뿐이었습니다. 그라고 해서 장소(張所)·악비(岳飛)·장준(張俊)·오개(吳玠)·오린(吳璘)[16] 등의 명장이 매번 금나라 군사를 격파하고 나라를 어느 정도 안정시키리라는 것을 어디 짐작이나 했겠습니까? 고종은 임안(臨安)에 도읍을 정하고 연호를 소흥(紹興)으로 바꾸었지요. 이해 겨울, 고종은 휘(諱)[17]가 한세충(韓世忠)[18]인 기왕(蘄

---

16) 장소~ 오린:『경세통언』에는 이 명장들의 이름이 장준(張浚)·악비(岳飛)·장준(張俊)·장영(張榮)·오개(吳玠)·오린(吳璘)으로 되어 있다.

17) 휘(諱): 망자가 생전에 쓴 이름. 중국에서는 전통적으로 작고한 부모나 조상, 역대 임금, 성인 등 직계 존속이나 위인들을 공경하는 뜻에서 그 휘를 함부로 입에 담지 않는 것을 도리로 여기고, 이를 휘를 피한다는 뜻에서 '피휘(避諱)', 휘를 삼간다는 뜻에서 '기휘(忌諱)'라고 했다. 그러나 나중에는 살아 있는 사람의 이름을 피휘하는 경우도 나타났다. 피휘는 일반적으로 비슷한 의미를 가진 다른 글자로 바꿔 쓰거나[改字], 휘에 해당하는 글자를 생략하거나[缺字], 해당 글자의 획을 가감하거나[缺劃] 하는 방식으로 적용되었으며, 극단적인 경우에는 피휘를 위해 관명(官名)·지명(地名)·물명(物名) 심지어 인명까지 바꾸는 경우가 많았다.

王)에게 10만 대군을 이끌고 가서 범여위 일당을 토벌하라는 명령을 내렸습니다. 범여위 따위가 어디 한공의 적수가 되겠습니까? 그들이 별수 없이 성문을 닫아걸고 농성에 들어가자, 한공은 긴 토담을 쌓아올려 그들을 고립시키는 전략을 썼지요.

원래 한공과 풍충익은 동경(東京)에 있을 때부터 서로 알고 지내던 사이였습니다. 그런데 이번에 한공이 군사를 이끌고 반군을 토벌하는 과정에서 '풍공이 복주에서 감세관으로 있었으니 분명히 복건 땅의 인심과 풍속에 밝을 것'이라는 점을 직감하고 있었지요. 당시에는 토벌에 나서는 장수들은 모두 백지 칙서를 지니고 있다가 현지에서 쓸 만한 인재가 눈에 띄면 임의로 칙서를 작성하고 발탁해 쓸 수가 있었습니다. 그래서 한공도 풍충익을 관군의 도제할[19]로 기용하고 함께 건주성 아래에 주둔하면서 공성 작전을 지휘했지요. 이 무렵 성안에서는 밤낮으로 울부짖는 소리가 넘쳐났고 범여위도 몇 번이나 성문을 박차고 나왔다가 번번이 관군에게 밀려 도로 쫓겨 들어가야 할 정도로 상황이 몹시 급박했습니다. 옥매는 남편에게

"'충신은 두 임금을 섬기지 않고 열녀는 지아비를 바꾸지 않는다'고 들었습니다. 소첩은 도적들에게 붙잡혔을 때 목숨을 끊으려다가 서방님의 구원을 받아 서방님 집안의 여인이 되었으니 제 몸은 바로 서방님의 몸이

---

18) 한세충(韓世忠) : 북송의 명장. 18세의 나이로 종군을 시작한 이래 서하(西夏) 견제와 방랍(方蠟)의 난 진압에 큰 공을 세웠고, 소흥 13년(1143)에는 금나라의 남진을 막은 공로로 '함안군왕(咸安郡王)'에 책봉되었으며, 그로부터 4년 뒤 다시 진남(鎭南)·무안(武安)·영국(寧國)을 통괄하는 삼진절도사(三鎭節度使)로 임명되었다. 은퇴 후에는 금나라와의 강화에 반대하면서 주화파의 거두 진회(秦檜)와 대립했으며, 사후에는 '기왕(蘄王)'으로 추증되었다. 자세한 사항은 37쪽 「옥 관음상」 상편 각주 25) 참조.
19) 도제할(都提轄) : 송대에 무관에게 주어지던 벼슬. 도검할(都鈐轄) 또는 병마검할(兵馬鈐轄)로 불리기도 했는데, 한 주(州) 또는 한 로(路) 이상 지역의 군사업무를 관장했다.

지요. 대군이 성 앞까지 쇄도해와 곧 성을 함락시킬 기세입니다. 성이 함락되면 서방님은 도적의 일족이셔서 죽음을 피할 수 없을 테니 차라리 소첩이 서방님보다 먼저 죽겠습니다. 서방님께서 도륙을 당하는 광경은 차마 볼 수가 없으니까요!"

하면서 침대맡에 놓인 날카로운 칼을 끌어당겨 스스로 목을 베려는 게 아닙니까! 희주는 황급히 그녀를 끌어안고 칼을 빼앗아 던진 다음

"내가 도적들과 같이 지낸 건 사실 본심이 아니었소. 이런 사정을 해명할 길도 없이 좋은 사람도 나쁜 사람도 다 화를 당하게 되었으니 이제 모든 것을 운명에 맡길 수밖에 없겠구려! 당신은 관리 집안의 따님으로 이곳에 붙잡혀 있는 몸이니 당신이야 우리와 무슨 상관이 있겠소? 한 원수 휘하의 장병들은 모두 북쪽 사람이고 당신 역시 북쪽 사람이어서 서로 말이 통하니 고향을 생각하는 정이 어찌 없을 리가 있겠소? 혹시 친척이나 지인이라도 마주치게 된다면 어떻게든 아버님께 소식이 전해져 혈육간에 상봉하게 될 테니 아직은 희망을 버리지 마시오. 사람 목숨은 지극히 소중한 것인데 어찌 무모하게 목숨을 버린단 말이오!"

하고 위로하는 것이었습니다. 옥매가

"정말 다시 사는 날이 온다 해도 맹세코 재가하지 않겠습니다. 만약 관군에게 붙잡히더라도 차라리 그 칼에 죽을지언정 결코 정절을 잃지 않을 거예요."

하고 말하니, 희주도

"당신이 지조와 절개를 걸고 맹세하는 모습을 보니 죽어도 눈을 감을 수 있을 것 같소…… 만에 하나 물고기가 그물을 벗어나듯이 남은 목숨을 보전하게 된다면 나 역시 죽는 날까지 독신으로 지내면서 당신의 지금과 같은 갸륵한 마음에 보답하겠소!"

하는 것이었습니다. 옥매는

"'원앙보경'은 서방님 집안의 혼인 예물이었으니 소첩과 서방님이 한 짝씩 쪼개어 잘 지니고 있다가 훗날 거울을 다시 합치듯이 우리 부부도 다시 결합하도록 해요."

하고 말하고 남편을 마주보면서 흐느끼는 것이었습니다. 이것이 소흥 원년 겨울 섣달에 있었던 일입니다.

소흥 2년 봄 정월에 이르러 한공은 건주성을 함락했고 범여위는 정세가 위급해지자 불을 질러 스스로 그 불에 타 죽었습니다. 한공은 황색 깃발을 세우고 잔당을 회유하면서도 유독 범씨 일족만은 끝까지 사면해주지 않아서 그 일족이 반은 난군 속에서 죽고 반은 포로가 되어 임안으로 압송되고 말았지요. 옥매는 상황이 심상치 않자 희주가 죽은 줄 알고 황급히 어떤 폐가로 피신한 뒤 비단 수건을 끌러서 스스로 목을 매는데, 말 그대로

차라리 목숨이 짧더라도 정조를 지킨 귀신이 될지언정,
구차하게 살아남아 지조를 잃은 사람은 되지 않으리라!

그런데 이승에서의 수명이 다하지는 않았던가 봅니다. 그때 마침 도제할 풍충익이 군사를 인솔해 이동하던 중에 그 폐가에서 사람이 목을 매는 것을 발견하고 황급히 군교(軍校)를 불러 끌어내리게 했으니까요. 그런데 그 곁으로 다가가서 보았더니 그게 바로 자기 딸 옥매지 뭡니까! 옥매가 죽다가 살아나 한참 후에 말을 할 수 있게 되었을 때 부녀가 다시 상봉하고 보니 슬프기도 하고 기쁘기도 한 것이 이루 말로 할 수 없는 심정이었지요. 그러고는 옥매가 자신이 도적들에게 붙잡혔던 일과 범희주에게

구원되어 혼인을 한 일을 끝까지 들려줄 때까지 풍 제할은 묵묵히 아무 말이 없는 것이었습니다.

다시 본 줄거리로 돌아가보도록 하지요. 한 원수는 건주를 평정하고 백성들이 안정을 되찾자 풍 제할과 함께 임안으로 개선해 황제를 알현했고 천자가 그 공로에 의거해 승진과 포상으로 치하한 것은 두말할 나위도 없지요. 얼마 후 하루는 풍공이 부인과 상의한 끝에 딸이 젊은 나이에 짝도 없이 지내는 건 안 될 일이라면서 나란히 딸에게 개가를 권했답니다. 그러나 옥매는 남편과 맹세했던 말을 고하면서 한사코 마다하는 것이었어요. 풍공이 다시

"명문가의 여식이 도적에게 출가한 것은 한순간 어쩔 수 없는 상황에서 일어난 일이었다. 천만다행으로 너를 구해냈는데, 너는 그래도 그놈을 그리워한단 말이냐!"

하고 말하자, 옥매는 눈물을 머금고

"범씨 댁 서방님께서도 원래는 선비 집안의 군자로, 문중 어른의 협박 때문에 그렇게 된 것이지 사실은 본심이 아니었습니다. 그이는 비록 도적들 틈에 끼어 있었지만 번번이 기지를 발휘해 선행을 베풀면서 하늘의 뜻을 거역하는 짓은 한 적이 없었습니다. 만약 하늘께서 눈이 있으시다면 그이는 분명히 위기를 벗어나셨을 테니, 망망대해의 부평초처럼 어쩌면 언젠가는 서로 만날 날이 있겠지요. 소녀는 이제 불도를 받들면서 두 분을 모시기만 바랄 뿐입니다. 평생 수절하더라도 죽을 때까지 원망하지 않겠어요. 그래도 개가시키시겠다면 차라리 소녀가 스스로 목숨을 끊어 절개를 지킨 여인으로 남을 수 있게 해주십시오!"

하고 고했습니다. 풍공도 그녀가 구구절절 옳은 말만 하는 것을 보고 더 이상은 강요하지 않았지요.

세월은 쏜살과도 같아서 어느덧 벌써 소흥 12년이 되었습니다. 풍공은 승진을 거듭해 도통제[20]에 올라 군사를 이끌고 봉주[21]를 지키고 있었지요. 하루는 광주(廣州)를 지키는 장수가 지사[22] 하승신(賀承信)을 파견해 공문을 봉주 장령사[23]에 전달하니 풍공은 그를 대청으로 불러 현지 사정을 묻는 등 한참 이야기를 나눈 뒤 귀환시켰습니다. 옥매는 뒤채에 쳐진 발 뒤에서 그 모습을 훔쳐보다가 풍공이 관아로 들어오자

"방금 공문을 가지고 온 사람은 누구입니까?"

하고 묻는 것이었습니다. 해서 풍공이

"광주에서 지사로 있는 하승신이란다."

하고 말하니 옥매는

"이상하네요! 언행을 보아하니 건주 범씨 댁 서방님과 꼭 닮았어요!"

하고 말하는 것이 아닙니까. 풍공이 큰 소리로 웃으면서

"건주성이 함락되었을 때 범가 성을 가진 자들은 하나도 용서하지 않았으니, 억울하게 죽은 자는 있을지언정 요행으로 살아남은 자가 있을 리 있겠느냐? 광주에서 파견한 관리는 스스로 자신이 하씨라고 밝혔느니라. 더욱이 조정에서 직접 임명한 관리이니 결코 상관이 없느니라…… 네가 허황된 생각을 하는 게지. 시녀들이 알기라도 하면 얼마나 비웃겠느냐!"

---

20) 도통제(都統制): 송대에 무관에게 주어지던 벼슬인 제군도통제(諸軍都統制). '통제'는 상당히 지위가 높은 군관을 말하며 '도통제'는 한 방면의 군사를 책임지는 사령관을 의미했다.
21) 봉주(封州): 지금의 광동 봉주현(廣東封州縣). 송대에는 광남동로(廣南東路)에 속해 있었다.
22) 지사(指使): 송대에 무관에게 주어지던 벼슬. 정식 명칭은 지휘사(指揮使)로, 중급 군관에 해당한다.
23) 장령사(將領司): 도통제의 총본영. 이는 이 공무가 봉주의 지방 행정관의 통상적인 행정 계통과는 달리 군사 범주에 속한 것이었음을 의미한다.

하고 말하는 것이었습니다. 옥매는 아버지에게 한바탕 무안을 당하자 부끄러운 나머지 더 이상 말을 이을 수가 없었지요. 말 그대로

부부 사이의 애정이 너무도 깊다 보니,
부녀 사이에 말까지 어긋나고 말았구나.

반년이 지난 뒤, 하승신이 또 군영의 공문을 전하러 풍공의 관아를 찾았습니다. 옥매가 이번에도 발 뒤에서 훔쳐보면서 속으로 의심해 마지 않다가 아버지에게

"소녀는 지금 이미 속세를 떠나 불도를 받들고 있는 몸인데 어찌 남녀의 연정을 품을 수 있겠습니까? 다만…… 광주에서 온 하씨를 몇 번이나 살펴보아도 범 서방님과 꼭 닮은걸요. 아버님, 뒤채로 불러 술과 음식을 내리시고 조용히 물어보세요! 서방님은 소싯적 이름이 '추아(鰍兒)'라고 했습니다. 예전에 성이 포위당했을 때 패할 것으로 확신하고 '원앙보경'을 한 짝씩 나눠 가져 증표로 삼기로 했습니다. 아버님께서 그의 소싯적 이름을 부르면서 이 거울로 시험해보시면 분명히 진상을 아실 수 있을 겁니다."

라고 말하니 풍공도 그러마고 허락하는 것이었습니다.

이튿날, 하승신이 답신을 받아 가려고 다시 관아로 들어오자 풍공은 그를 뒤채에까지 불러 술상을 마련하고 대접했습니다. 술을 마시는 동안 풍공이 그의 고향과 내력을 물었지만 승신은 말을 얼버무리는 것이 껄끄러워하는 기색이 역력했습니다. 풍공이

"'추아'가 귀하의 별명이 아닌가? 이 몸이 진작부터 다 알고 있었으니 말을 해도 상관없네."

하고 말하니 승신은 풍공에게 좌우의 사람들을 모두 물리기를 부탁하더니 바로 무릎을 꿇으면서

"죽을죄를 졌나이다!"

하는 것이 아닙니까. 풍공이 그를 부축해 일으키면서

"이렇게까지 할 필요는 없네."

하는지라 승신이 그제야 용기를 내어 속내에 담아두었던 사연을 모두 털어놓는 것이었습니다.

"소장은 건주 사람으로 사실은 성이 범가입니다. 건염 4년, 일가친척인 범여위가 굶주린 양민들을 선동하여 성을 점거하고 반란을 일으켰습니다만 소장이 도적들 틈에 끼게 된 것은 정말 본심이 아니었습니다. 나중에 대군이 토벌하러 들이닥쳐 성을 함락시킬 당시 도적의 일족은 모조리 도륙되었지만 소장은 평소에 기지를 발휘해 자주 선행을 베푼 덕에 어떤 분이 구해주셔서 마침내 '하승신'으로 이름을 바꾸고 성을 나와 투항했습니다. 소흥 5년에는 악 소보[24]님의 휘하에 배치되어 동정호(洞庭湖)의 도적 양요(楊幺) 토벌을 위해 출정하기도 했사온데, 악씨 가문의 군대는 모두가 서북쪽 출신이어서 그런지 수전(水戰)에는 익숙하지 않더이다. 소장은 남쪽 출신이어서 소싯적부터 물의 성질을 잘 알아서 물속에서도 사나

---

24) 악 소보(岳少保): 북송의 명장 악비(岳飛). 한때 '소보(少保)'를 지냈기 때문에 '악 소보'로 불렸다. 집안이 가난했지만 어머니를 지극한 효성으로 봉양하는 효자였다. 그의 어머니가 아들 악비의 등에 순수한 충성으로 나라에 보답하라는 뜻에서 '정충보국(精忠報國)'이라고 문신을 해주자 이를 평생의 신조로 삼았다고 한다. 고종 선화(宣和) 연간에 병졸로 종군하여 매번 금나라 군사를 격파하자 황제가 '정충악비(精忠岳飛)'라는 글자가 적힌 깃발을 하사했다. 건염 3년(1129)에 금나라 장수 올출(兀朮)이 양자강을 넘어 건강(建康, 지금의 남경)을 함락하자 이들의 남진을 저지하고 점령당했던 화북 각지를 수복한 뒤 각지의 의병들과 함께 주선진(朱仙鎭)으로 진격하여 금나라 군과의 결전에 대비했다. 그러나 당시 재상이었던 주화파의 수장 진회(秦檜)의 모함으로 역적으로 몰려 옥사했다.

흘 동안 숨어 있을 수 있기 때문에 '미꾸라지 범가'라는 별명을 가지고 있을 정도였습니다. 그래서 악 소보께서 친히 소장을 선봉대로 선발하시어 전투 때마다 앞장을 섰고 결국은 양요의 무리를 평정할 수가 있었지요. 나중에는 악 소보께서 소장을 천거해주신 덕분에 군대에서 관직을 얻고 승진을 거듭하여 광주지사(廣州指使)에 이르게 된 것입니다. 10년 동안 아무에게도 이 비밀을 누설한 적이 없었습니다만 이렇게 하문하시니 어찌 감히 숨길 수가 있겠습니까!"

풍공이 다시

"부인은 성이 무엇인가? 조강지처인가 재취 부인인가?"

하고 묻자, 승신은

"도적들 틈에서 지낼 때 어떤 관리 집안의 따님이 붙잡혀 왔기에 아내로 맞아들였사오나 이듬해에 성이 함락되는 바람에 부부가 이산되어 각자 피신했습니다. 그때 '목숨을 건진다면 남편도 재혼하지 않고 아내도 재가하지 않기'로 맹세했습니다. 소장은 나중에 신주(信州)로 왔고 또 연로하신 어머님과도 상봉할 수 있었지요. 지금은 모자가 서로 의지하면서 밥을 짓는 하녀만 하나 두고 있을 뿐 재혼은 하지 않았습니다."

하고 말하는 것이었습니다. 그래서 풍공이 다시

"귀하가 전 부인과 맹세할 때 무엇을 증표로 삼았는가?"

하고 물으니 승신은

"'원앙보경'이 있사온데 합치면 하나가 되고 나누면 둘이 되는 것이어서 내외가 한 짝씩 지니기로 했습니다."

라고 대답하는 것이었습니다. 풍공이

"그 거울이 아직 있는가?"

하고 말하자 승신은

"그 거울은 아침저녁으로 몸에 지니면서 잠시도 떼어놓은 적이 없었습니다."

하고 말하는지라 풍공이

"어디 한번 보세."

하니 승신이 옷소매를 걷고 비단 복대로 두른 허리띠에서 수가 놓인 주머니를 끄르는데 그 속에 거울이 들어 있는 것이었습니다. 풍공이 들고 보다가 소매 속에서 나머지 한 짝을 꺼내 합쳐보니 마치 금방 만든 것 같지 뭡니까. 거울 두 짝이 딱 들어맞는 것을 본 승신은 자신도 모르게 소리를 내면서 슬프게 흐느꼈습니다. 풍공도 그의 사랑과 의리에 감동해서 자신도 모르게 눈물을 흘리면서

"귀하가 맞아들였던 아내가 바로 내 여식일세. 내 여식은 바로 이 관아에 있다네!"

하고 말하더니 마침내 승신을 본채로 데려가 딸과 대면시켰더니 내외가 큰 소리로 통곡을 하는 것이었습니다. 풍공은 두 사람을 달래고 일단 부부의 상봉을 축하하는 잔치를 연 뒤 이날 밤 승신이 관아에 유숙할 수 있게 해주었지요. 며칠이 지나자, 풍공은 사위에게 회신을 주고 떠나보내면서 딸도 그를 따라 광주의 임지로 가서 함께 살도록 허락해주었습니다.

한 해가 지나 승신이 임기를 마치고 임안으로 부임하는 길에 다시 아내 옥매와 함께 봉주로 가서 하직 인사를 올리니 풍공은 천금이나 되는 혼수품을 준비한 뒤 관리를 보내 승신을 임안까지 안전하게 호송해주도록 지시했지요. 그러고는 과거의 일은 세월이 오래되어 아무도 따질 사람이 없기도 하거니와 범씨 가문의 후사가 끊어지게 만드는 것도 옳지 않다는 생각에서 예부(禮部)에 공문을 넣어 예전의 성씨만 되살리고 이름은 바꾸지 않은 채 '범승신(范承信)'으로 부를 수 있도록 청원을 올렸습니다. 그는

나중에 승진을 거듭하여 벼슬이 양회유수[25]에 이르렀고 내외가 백 년 동안 해로했으며, 그 원앙보경 두 짝 역시 자자손손 귀중한 가보로 전해졌다고 합니다. 후세 사람들은 '미꾸라지 범가'를 언급할 때마다 그가 반역의 무리 속에 끼어 지내면서도 그들에게 물들지 않고 기지를 발휘해 많은 사람들의 목숨을 구해주었기 때문에, 이때 죽음의 문턱에서 자기 목숨을 구했으며, 그 부부가 다시 결합할 수 있었던 것도 보이지 않는 음덕을 베풀고 선행을 쌓은 데 대한 보답이었다고 말하고는 했지요. 이 이야기를 증명하는 시가 있습니다.

10년 동안 뿔뿔이 헤어져 있던 하늘가 외로운 새 두 마리,
어느 날 드디어 다시 만나 거울 속의 원앙이 되었구나.
부평초가 떠돌다가 우연히 얻은 결과로 치부하지 말라,
따지고 보면 남모르는 은덕으로 하늘을 감동시킨 보답이러니!

25) 양회유수(兩淮留守): '유수(留守)'는 황제에게 비상시에 특정 지역에서의 군사행동의 재결권을 위임받은 벼슬로서, 일반적으로 도성을 수비하는 '경성유수(京城留守)'를 가리키지만, 때로는 임시수도에도 서·남·북 세 방면에 각각 유수사(留守司)를 두고 현지의 지방장관에게 이 직책을 겸임시키는 경우가 많았다. '양회(兩淮)'는 회수(淮水)를 기준으로 나누어지는 회동(淮東)·회서(淮西) 두 지역을 통칭한 말이다. 다만, 송나라 입장에서는 금나라와의 접경지대인 양회가 군사적으로 중요한 거점이었지만, 행정적으로는 임시수도보다 하위의 행정단위여서 '유수'를 둘 수 없었기 때문에 '양회유수'라는 직함은 역사적으로 존재하지 않았다.

『경본통속소설』─그로테스크한 몽환과 풍자의 세계

우연한 발견과 소개

'서울 지역에서 간행된 통속소설'이라는 뜻을 가진 『경본통속소설(京本通俗小說)』은 중국 문학사상 최초로 구어체 중국어, 즉 '백화(白話)'를 주요 언어로 해서 지어진 화본소설들을 모아놓은 책이다. 이 소설집은 1915년 당시 장서가로 유명하던 무전손(繆荃孫, 1844~1919)이 상해에서 우연히 발견해 자신이 엮은 『연화동당 소품(煙畫東堂小品)』 총서에 수록하면서 그 실체가 세상에 알려지게 되었다. 강소성 강음(江陰) 출신으로 자가 소산(筱珊)인 그는 『순천부지(順天府志)』 『호북통지(湖北通志)』의 편찬은 물론 청나라 정사 편찬을 목적으로 작성된 『청사고(淸史稿)』 간행에도 간여하는 등, 학문이 깊고 고서의 소장·교감에도 일가견이 있다는 평판을 듣고 있었다. 그는 『연화동당 소품』의 발문에서 『경본통속소설』에는 원래 「옥 관음상」 「보살만」 「서산 굴의 귀신들」 「정직한 장 주관」 「고집불통 재상님」 「최녕의 억울한 죽음」 「풍옥매의 상봉」 「정산의 세 요괴」 「방탕한 금나라 군주 완안량」 등 모두 아홉 편의 화본소설이 수록되어 있었으며, 이 중에서 「정산의 세 요괴(定山三怪)」는 보존 상태가 좋지 않고 「방탕한 금나라 군주 완안량(金主亮荒淫)」은 너무 외설적이어서 제외하고 앞의 일곱 편만 수록했다고 밝히고 있다. 나중에 학자들의 연구 결과 무전손이 언급한 「정산의 세 요괴」는 사실 풍몽룡이 엮은 『경세통언(警世通言)』(제19화)에서 「최아내가 흰 새매로 요괴를 부르다(崔衙內白鷴招妖)」의 원전으로 소개한 「신라에서 들여온 흰 새매(新羅白鷴)」와 동일한 작품이며, 「방탕한 금나라 군주 완안량」역시 『성세항언(醒世恒言)』(제23화)에 「금나라 해릉왕이 색욕에 빠져 신세를 망치다(金海陵縱欲亡身)」라는 제목으로 수록되어 있다는 사실이 확인되었다. 그 후 「정산의 세 요괴」와 「방탕한 금나라 군주 완안량」을 제외한 나머지 일곱 편의 화본소설은 1940년대에 『송씨소설 7종(宋氏小說七種)』이라는 제목으로 출판되었으며, 1954년과 1987년에는 『경본통속소설』이라는 제목으로 각각 고전문학출판사(古典文學出版社)와 고전문학간행사(古典文學刊行社)를 통해 소개되었다.

이어지는 진위 논쟁과 의문들

무전손의 발견 이후로 반세기 넘는 기간 동안 『경본통속소설』은 중국 최초의 백화소설집으로서 1천여 년 전 송대 화본의 원형을 가장 잘 보존하고 있다고 평가받아왔다. 그러나 적어도 문헌학 또는 언어학 측면에서 이 책을 바라보는 학자들의 시선은 그다지 곱지 않다. 이 책의 창작 시점이나 체제에 대해서는 후스(胡適) 이후로 정전둬(鄭振鐸), 나가사와 기쿠야(長澤規矩也), 요시카와 고지로(吉川幸次郎), 쑨카이띠(孫楷第), 리자루이(李家

瑞), 마여우위안(馬幼垣)과 마타이라이(馬泰來), 나쭝쉰(那宗訓), 하난(P. Hanan), 레비(A. Levy), 쑤싱(蘇興), 장페이헝(章培恒) 등 많은 학자들이 문제를 제기해왔다. 이들이 지금까지 제기해온 문제들을 정리해보면 대체로 다음과 같다.

① 『경본통속소설』은 '삼언(三言)'에 소개된 화본소설들을 제목이나 일부 문구만 고쳐 새로 엮어놓은 책일 뿐이라는 주장이 있다. 실제로 다음의 비교표를 보면 그 관계를 쉽게 파악할 수 있다.

『경본통속소설』 원제목	'삼언' 수록 제목	'삼언' 출처
요상공(고집불통 재상님)	요상공음한반산당	『경세통언』 제4화
보살만(보살만)	진가상단양선화	『경세통언』 제7화
연옥관음(옥 관음상)	최대제생사원가	『경세통언』 제8화
풍옥매단원(풍옥매의 상봉)	범추아쌍경중원	『경세통언』 제12화
서산일굴귀(서산 굴의 귀신들)	일굴귀나도인제괴	『경세통언』 제14화
지성장주관(정직한 장 주관)	장주관지성탈기화	『경세통언』 제16화
정산삼괴(정산의 세 요괴) 또는 신라백요(신라의 흰 새매)	최아내백요초요	『경세통언』 제19화
금주량황음(방탕한 금나라 군주 완안량)	금해릉종욕망신	『성세항언』 제23화
착참최녕(최녕의 억울한 죽음)	십오관희언성교화	『성세항언』 제33화

명대 말기의 극작가이자 출판가였던 풍몽룡(馮夢龍, 1574~1645)이 펴낸

세 가지 단편소설집 『경세통언(警世通言)』『성세항언(醒世恒言)』『유세명언(喩世明言)』은 보통 '삼언(三言)'으로 약칭된다. 이 소설집들은 각각 40편의 화본소설이나 명대에 이를 모방해 새로 창작한 '의화본(擬話本)' 소설들로 구성되는데, 송대 이래로 명대 말기까지 민간에 전해지던 백화소설들을 엄선하고 이를 정리·윤색해 펴낸 것이어서 송·원·명, 세 시대에 걸친 백화소설의 발전 양상을 더듬어볼 수 있는 중요한 문학 자료로 평가받고 있다.

② 지명·관명·제도 등에서 송대 이후인 명대의 용어들이 일부 보인다. 예를 들어, 「옥 관음상」의 "담주부(潭州府)"니 「고집불통 재상님」의 "절강(浙江)" 등은 명대부터 사용되기 시작한 지명들이다. 또 「서산 굴의 귀신들」에는 "3년 뒤 방이 붙고 과거시험장이 열리면(三年后, 春榜動, 選場開)"이라는 구절이 나오는데 이 역시 명·청대 소설이나 희곡의 과거제도 묘사 장면에서 많이 사용되는 표현이라는 것이다.

③ 송대가 아닌 명대 사람의 표현이 일부 보인다. 쑨카이띠는 「풍옥매의 상봉」 도입부에서 이야기꾼이 남송대의 '오가(吳歌)'라고 소개한 "발 걷어 올린 수서루에서는(簾卷水西樓)" 구절이 전여성(田汝成)이 『서호유람지여(西湖遊覽志餘)』에서 소개한 명대 문학가 구우(瞿佑)의 시구와 공교롭게도 일치한다는 점을 들어 『경본통속소설』이 남송대에 지어졌다는 기존의 주장에 대해 의문을 제기했다.

④ 송나라를 가리키는 일부 호칭에 문제가 있다. 학자들은 '삼언'의 "옛 송나라〔故宋〕" "송 왕조(宋朝)" "남송(南宋)" 등의 표현이 『경본통속소설』에는 "우리 송나라〔我宋〕" "우리나라〔我朝〕"로 되어 있는 것은 해당 작품들이 송대의 것인 것처럼 보이기 위해 조작한 것으로 실제로는 원대의 송나라 유민들이 사용하던 표현임을 지적하고 있다.

⑤ 글자체나 약자가 송대가 아닌 명대의 것들이다. 『송원이래 속자보

(宋元以來俗字譜)』를 엮은 리자루이는 글자체나 약자들로 살펴볼 때『경본통속소설』은 명대 사람이 필사한 것으로 그 간행 시점은 아무리 일러도 선덕(宣德) 연간(1426~1435)을 넘을 수 없다고 보았다.

⑥ 언어적으로 보더라도 송대의 것이라고 하기 어려운 사례들이 일부 확인된다. 일례로『경본통속소설』에서는 "他有個花枝也似女兒(그에게는 꽃과도 같은 딸이 있었다)" "這白鷳見放了手, 一翅箭也似便走(이 흰 새매는 손에서 풀려나자 화살과도 같이 달아나는 것이었다)" 등에서 「명사＋也似＋명사」 또는 「명사＋也似＋동사」의 사례가 일부 확인되었다. 그런데 역자가 2010~2011년에 수행한 연구 결과 이 같은 표현 구조는 바로 중국어가 몽골어에서 상용되는 「명사＋sig＋명사」 또는 「명사＋sig＋동사」 표현 구조의 영향을 받은 전형적인 '크레올화(creolization)'의 결과물이었다. 이 "也似"의 용례들은 통상적으로 몽골족이 원제국의 멸망과 함께 막북(漠北)으로 퇴거한 뒤인 명대 중기 이후의 통속문학 작품에서 많이 확인되고 있다. 언어적 증거들이 많지는 않지만 이 같은 몽골어의 흔적들이『경본통속소설』의 최초 창자 또는 적어도 최종 수정/개작이 명대 중기에 비로소 완료되었음을 뒷받침해주고 있는 것이다.

⑦ 판본 문제에 대해서도 장페이헝·뤄위밍(駱玉明) 같은 학자는 심지어 무전손이『경본통속소설』을 발견하기 전에는 이에 관해 언급한 문헌이 하나도 없고, 무전손이 이 소설집을 간행한 뒤로는 그 원본의 행방이 묘연해졌으며, 그 내용 속에 언급되는 "우리나라, 우리 송나라, 대송" 같은 표현 역시 이 책을 송대 소설집으로 보이기 위한 눈속임일 가능성 등을 들어 최초 발견자인 무전손을 위조자로 지목했다.

이상의 단서들을 종합해볼 때, 수록된 화본소설은 몰라도『경본통속소설』이라는 책 자체는 무전손이 『경세통언』과 『성세항언』에 수록된 화본소설들을 짜깁고 일부 문구를 조작해서 만들어낸 것일 가능성을 배제할 수 없는 셈이다. 이 책에 수록된 일곱 편의 화본소설 역시 간행 시점을 아무리 이르게 잡는다 해도 '삼언'이 간행된 명대 그것도 중기 이전으로 앞당기는 것은 사실상 불가능하다. 현재까지 학계에서는 「고집불통 재상님」은 원대의 작품이고 「풍옥매의 상봉」은 명대의 작품이지만, 「옥 관음상」 「보살반」 「서산 굴의 귀신들」 「정직한 장 주관」 「최녕의 익울한 죽음」은 모두 송대에 지어진 화본이라는 쪽으로 의견이 모아진 것으로 보인다.

그러나, 장페이헝 같은 학자는 이 같은 결론에 대해서도 이 책에 수록된 화본소설들은 모두 원·명대에 수정/개작을 거친 작품들일 것이라는 상당히 회의적인 입장을 고수하고 있다. 게다가 역자의 연구 결과 그동안 송대의 작품으로 알려졌던 「옥 관음상」 역시 일부 문구에서 "也似" 등 몽골어의 흔적들이 드러나서 그 창작 시점을 원대 이후로 끌어내릴 수밖에 없는 실정이다. 따라서 이상의 의문들을 풀어줄 획기적인 근거들이 제시되지 않는 한 『경본통속소설』은 앞으로도 끊임없이 진위 논쟁에 휩싸일 수밖에 없을 것으로 보인다.

작자, 그리고 작품 소개

현존하는 화본소설들은 거의 모두 원작자를 알 수 없다. 초기의 화본작자는 대부분 전통사회에서 사회적 신분이 낮았던 이야기꾼이거나 '서회 선생'들이었기 때문이다. 중국에서는 전통적으로 세련되고 고급스러운 문어체 중국어를 사용한 시와 산문만 진정한 문학으로 인식되어 관심과 연

구가 집중되었던 반면, 거칠고 일상적인 구어체 중국어인 백화로 쓰인 소
설이나 희곡의 경우에는 해당 작품은 물론이고 그 작자까지 천시되는 경
우가 많았기 때문에 이에 대한 기록은 고사하고 작자의 이름 석 자조차
감추는 경우가 많았다.

그러나 결정적인 이유는 무엇보다도 화본의 장르적 특징에서 찾아야
하지 않을까 싶다. 시나 산문은 수용자가 작자 본인이나 그 지인들로 한
정되기 때문에 한번 글자로 기록되고 나면 완전히 '박제화'되어 세월이 아
무리 많이 흘러도 그 원작자와 내용이 바뀌는 경우가 드물다. 그러나 '설
화'의 대본인 화본소설은 본질적으로 공연예술에 속하기 때문에 수용자의
취향이나 공연장에서의 반응, 시대적 상황에 따라 오랜 세월에 걸쳐 여러
사람의 손을 거치면서 개작과 수정이 거듭되었다. 때문에 현존하는 판본
이 최초에 창작될 당시의 원형을 충실히 반영하고 있는지, 또 원작자는
누구인지 가려낸다는 것은 사실상 불가능한 셈이다. 창작 초기 원작자의
짧고 엉성한 비망록이 수백 년 동안 여러 지역의 다양한 각색자/공연자들
을 거치는 동안 늘어나는 분량과 정비례해서 이야기 속의 인물/장소는 물
론 표현과 줄거리까지 끊임없이 '2차 창작'이 이루어져왔을 것이다. 그러
다가 문자기록 또는 '읽는' 소설로 고정된 최종적인 형태가 바로 지금의
『경본통속소설』이나 '삼언' 속의 화본소설들인 것이다. 실제로 『경본통속
소설』에 수록된 화본소설들은 그 이야기의 시대적 배경을 공통적으로 송
대로 잡고 있다는 점을 제외하면, 체제나 풍격 면에서 작품마다 서로 다
른 양상을 보여주고 있는 것은 물론이고 원대의 판본, 몽골어의 흔적, 명
대의 언어와 제도 등등, 각 시대별 특징들을 두루 담고 있다.

물론, 후대의 특징들이 군데군데 관찰되고 여러 사람들이 윤색과 수
정을 거쳤을 가능성이 보이기는 하지만, 이 책에 수록된 작품들이 송·원

대에 처음으로 창작된 화본이라는 점은 부인할 수 없는 사실이다. 그렇기 때문에 이 책은 '보고 듣는' 공연예술이 '읽는' 문학작품으로 이행되는 과정을 잘 보여주는 중요한 문헌 자료로서 여전히 주목받고 있다.

1. 「옥 관음상」

송대 화본 유형상 '연분(煙粉)'류에 속하지만 남녀 간의 로맨틱한 사랑 이야기라기보다는 여자 귀신에 관한 그로테스크한 괴담에 더 가깝다. 명대의 출판가이자 극작가였던 풍몽룡(馮夢龍)은 자신이 엮은 화본소설집인 『경세통언』(제8화)에서 이 이야기를 「최대조와 생사를 함께한 원수(崔待詔生死冤家)」라는 제목으로 소개하면서 "송대 사람이 지은 소설로 제목은 「연옥관음」이다(宋人小說, 題作 「碾玉觀音」)"라고 덧붙이고 있다.

「옥 관음상」은 이야기꾼이 당시 민간에 전승되던 한세충(韓世忠) 관련 전설에 근거하여 줄거리를 각색, 발전시킨 작품이다. 무전손은 『경본통속소설』 발문에서 이 이야기 속에 등장하는 삼진절도사(三鎭節度使) 함안군왕(咸安郡王)이 바로 한세충이라고 보았다. 한세충이 백성들에게 자행한 횡포에 대해서는 송대 호순신(胡舜申)의 『기유피난잡록(己酉避難雜錄)』이나 같은 시기 왕명청(王明淸)의 『휘진삼록(揮塵三錄)』 등의 야사집에도 비교적 자세히 소개되었다. 작자는 이 작품을 통해 당시 시민계층에 대한 위정자들의 폭거를 고발하는 한편 육체/연애의 자유를 갈구하던 송대 시민들의 욕망을 생생하게 그려내고 있다. 청중/독자들은 여기에 등장하는 장인·시녀·군인 등 소시민들의 면면을 통해 당시의 사회 상황과 풍습들을 엿볼 수 있다.

2. 「보살만」

화본 유형상 '설경(說經)'류에 해당하는 이야기다. 풍몽룡은 『경세통
언』(제7화)에서 이 이야기를 「진가상이 단양절에 신선이 되다(陳可常端陽仙
化)」라는 제목으로 소개하고 있다.

「보살만(菩薩蠻)」은 송사(宋詞), 즉 송대에 유행하던 가사에서 자주 사
용되던 가락의 명칭이다. 여기서는 주인공 진가상(陳可常)의 처지와 단오절
(端午節) 종자(粽子), 신하(新荷)의 미모와 재능을 묘사할 때, 그리고 마지막
으로 군왕에게 보내는 편지 형태로, 「보살만」이 모두 네 편 사용되고 있는
데 제법 탄탄한 학식과 문재를 빌려 지은 것임을 알 수 있다.

고대 중국에서 선비들은 글공부로 과거에 급제하고 입신출세하여 자
신의 포부를 펼치는 것을 최대의 소망으로 여겨왔다. 그러나 그 같은 소
망이 좌절되었을 때에는 부조리한 현실에 분노하거나 인생에 환멸을 느끼
고 종교에 귀의하여 현실을 도피하는 수밖에 없었다. 청중/독자들은 이
작품을 통해 당시 사회에서 비범한 재능을 가졌으면서도 봉건사회의 구조
적 문제와 시대적 한계로 말미암아 결국 권력자의 어릿광대로 전락하고
마는 가련한 선비들의 처지와, 온갖 번뇌들로부터 헤어나고자 몸부림치지
만 자신의 몸 하나조차 추스를 수 없는 나약한 존재에 불과한 인간의 실
체를 깨닫게 된다. 중국의 문예이론가 후스는 이 작품을 순수한 '설경'은
아니지만 속세의 이야기를 빌려 불교의 가르침을 풀이한 상당히 발전된
형태의 소설로 평가했다.

3. 「서산 굴의 귀신들」

화본 유형상 '영괴(靈怪)'류에 속하는 이야기다. 풍몽룡은 『경세통언』
(제14화)에서 이 이야기를 「한 굴 속의 원귀들을 문둥이 도사가 퇴치하다
(一窟鬼癩道人除怪)」라는 제목으로 소개하면서 "송대 사람의 소설로 예전에
는 「서산일굴귀」로 불렀다(宋人小說, 舊名「西山一窟鬼」)"라고 덧붙이고 있다.

송대 문인 오자목은 『몽량록(夢粱錄)』에서 남송 당시 항주(杭州)에 '일
굴귀 다방(一窟鬼茶坊)'이 있었다고 소개하고 있다. 또, 「서산 굴의 귀신들」
의 줄거리가 남송대 지괴(志怪)소설집인 『귀동(鬼董)』의 「번생(樊生)」과 대
체로 일치하는 것을 보더라도 이 이야기가 당시 민간에 널리 유행했음을
알 수가 있다. 이 작품은 구성이 치밀하고 내용이 곡진한 편이다. 때문에
중국의 문학가이자 문예이론가 루쉰(魯迅)은 『중국소설사략(中國小說史略)』
을 통해 "묘사가 완곡하고 상세하여 명·청대의 연의소설이라 해도 이를
능가할 것이 없을 정도"라고 호평하기도 했다.

4. 「정직한 장 주관」

화본 유형상 '영괴(靈怪)'류에 속하는 이야기다. 풍몽룡은 『경세통언』
(제16화)에서 이 이야기를 「젊은 부인이 젊은이에게 돈을 선사하다(小夫人
金錢贈年少)」라고 소개하면서, 목차에는 「장 주관이 정직하여 뜻밖의 불행
을 피하다(張主管志誠脫奇禍)」라는 제목으로 싣고 있다.

「정직한 장 주관」은 주인공 장승(張勝)에 대한 심리묘사가 비교적 치

밀하고 줄거리도 전체적으로 곡진한 편이어서 송·원대에 민간에 널리 전해졌으며, 원·명대에는 「경직장주관(鯁直張主管)」「노성총관귀정집(老誠總管鬼情集)」 등과 같은 '남희(南戱)' 극본으로 각색되어 당시 사람들로부터 인기를 모으기도 했다. 이 작품은 다른 화본과는 차별화된 서사기법을 구사하여 처음에는 이야기꾼이 3인칭 전지적 작가 시점으로 이야기를 들려주다가 후반부에서는 시점을 1인칭 주인공 시점으로 전환하여 장사렴의 입을 빌려 진실을 밝히는 방식으로 이야기를 이어감으로써 독자에게 대반전을 안겨주고 있다. 이 작품은 내용 면에서 볼 때 주로 장승의 올곧은 품행과 분수를 지키는 처신에 초점을 맞추고 있지만, 청중/독자들은 그 속에서 봉건적인 윤리관을 벗어나 애틋한 사랑을 이루려고 몸부림치던 당시의 여성들에게 동정심을 느끼게 된다.

5. 「고집불통 재상님」

화본 유형상 '강사(講史)'류에 속하는 이야기다. 풍몽룡은 『경세통언』(제4화)에서 이 이야기를 「고집불통 재상이 반산당에서 한을 삭이다(拗相公飮恨半山堂)」라는 제목으로 소개하고 있다.

「고집불통 재상님」은 남송대의 야사집인 『선화유사(宣和遺事)』에 소개된 왕안석(王安石)의 변법 이야기와도 줄거리가 대체로 일치한다. 또 일설에 따르면 명대 선덕(宣德) 연간인 15세기에 조필(趙弼)이 지은 『효빈집(效顰集)』의 「종리수구전(鍾離叟嫗傳)」역시 대체로 일치한다고 한다. 그렇다면 양자는 전승관계에 있는 것이 분명해 보인다. 다만 거기에는 '고집불통'식의 비판은 보이지 않아서 양자 중 어느 쪽이 시대적으로 앞서는지에 대해서는 아직도 논란이 계속되고 있다.

역사적으로 18년 동안 시행된 왕안석의 '신법'은 너무도 급진적이어서 당시 국부의 상당 부분을 독점하고 있던 호족과 지주들의 거센 저항에 부딪혔으나, 그 덕분에 국가제도를 정비하고 재정에 내실을 기하는 데에는 크게 기여했다는 것이 중론이다. 그러나 이 이야기 속의 화자인 이야기꾼은 왕안석을 고집이 세고 독선적이며 남의 충언을 용납하지 않는 소인배로 비판하는 한편, 소순이 관상을 봤다거나 왕방이 저승에서 고초를 당했다거나 소옹이 개탄했다거나 왕안석이 낚싯밥을 먹었다거나 하는 실제의 역사적 사실과는 거리가 먼 허구적인 일화들까지 언급하고 있어서 한때는 단순한 문학작품이라기보다는 오히려 정치선전물에 가깝다는 비판을 받기도 했다.

6. 「최녕의 억울한 죽음」

화본 유형상 '공안(公案)'류에 속하는 이야기다. 풍몽룡은 『성세항언』(제33화)에서 이 이야기를 「열다섯 꿰미의 농담이 공교롭게도 불행을 부르다(十五貫戱言巧成禍)」라는 제목으로 소개하면서 "송대 판본에서는 「착참최녕」으로 되어 있다(宋本作「錯斬崔寧」)"라고 덧붙이고 있다.

「최녕의 억울한 죽음」은 청대에 주소신(朱素臣)에 의해 당시 유행하던 연극인 '전기(傳奇)' 『쌍웅몽(雙雄夢)』으로 개작되고, 그 후로도 원호일사(鴛湖逸史)라는 사람에 의해 다시 강남의 소주(蘇州) 일대에서 연행되던 서사예술인 '탄사(彈詞)' 『십오관(十五貫)』으로 각색되는 등, 다양한 공연예술로 각색·공연되면서 당시 사람들로부터 큰 인기를 모았다. 후스는 「최녕의

억울한 죽음」이 백화 산문문학의 본격적인 출범을 알린 획기적인 작품일
뿐만 아니라 『포공안(包公案)』 『시공안(施公案)』 등 후대 추리소설의 선구
적인 작품이었다고 평가했다. 이 작품은 사건 전개 과정에서 '데우스 엑
스 마키나(Deus Ex Machina)', 즉 귀신의 부자연스러운 개입이나 몽환적인
장면들이 배제된 반면 구성이 치밀하고 묘사가 섬세한 편이다. 청중/독자
들은 이 흥미롭고 곡진한 이야기를 통해 당시의 재판 진행 절차와 함께
중국 고대 사법제도의 구조적 허점 및 남존여비사상의 문제점들을 엿볼
수 있다.

7. 「풍옥매의 상봉」

화본 유형상 '공안(公案)'과 '철기아(鐵騎兒)' 사이에 있는 작품이다. 풍
몽룡은 『경세통언』(제12화)에서 이 이야기를 「미꾸라지 범가의 거울이 다
시 합쳐지다(范鰍兒雙鏡重圓)」라는 제목으로 소개하고 있다. 이 이야기는 송
대에 왕명청(王明淸)이 지은 『척청잡설(摭靑雜說)』에 소개된 기담에서 비롯
된 것으로, 동시대의 홍매(洪邁)가 지은 『이견지(夷堅志)』와 명대(明代)의 풍
몽룡이 간행한 『정사(情史)』 『경세통언』에도 소개되었으나 그 줄거리는 다
소 차이를 보인다.

「풍옥매의 상봉」은 원래 송대에 지어진 것으로 추정된다. 그러나 도
입부에 삽입된 가사 「남향자(南鄕子)」는 이보다 수백 년이 지난 명대의 소
설가 구우(瞿佑, 1341~1427)가 지은 가사로 판명되었다. 이를 통해 송대에
지어진 화본이 민간에서 유행·전파되는 과정에서 그 줄거리 및 체제에
부분적으로 개작이 이루어졌음을 짐작할 수 있다. 왕명청의 『척청잡설』과

풍몽룡의 『경세통언』 「범추아쌍경중원」에는 여주인공의 이름이 '여순가(呂順哥)'이고 그 아비 이름이 '여충익(呂忠翊)'으로 되어 있기 때문에 일부 학자는 『경본통속소설』을 엮은 사람이 주요 등장인물의 이름을 '풍옥매'와 '풍충익'으로 고친 것으로 보고 있다.

『경본통속소설』 재미있게 즐기기

　　우리는 소설이라고 하면 주로 인쇄 매체에서 '이야기된' 책을 연상하는 것이 보통이며, '책을 본다'고 할 때에도 혼자서 서재에 다소곳이 앉아 책장을 넘기며 책을 읽는 모습을 떠올리는 경우가 많다. 그러나 화본은 서사예술의 공연 내용을 문자로 기록해놓은 운문과 산문의 '퓨전'과 '통섭'의 산물이어서 일반적으로 우리가 떠올리곤 하는 눈으로 '읽는(read)' 소설과는 상당한 차이가 있다. 때문에 시가와 산문이 공존하는 데 따른 문체의 부조화는 물론 주요 대상이 중하층 시민들인 까닭에 거칠고 직설적인 표현이 많고, 대목마다 청중/독지의 구미를 자극하기 위한 장지로 원혼과 유령들이 출몰하는 그로테스크한 장면들이 수시로 더해지는 경향이 있다. 뿐만 아니라 이야기꾼이 이야기 속에서 시종 전지적 작가 시점의 화자로 일관되게 개입하다 보니 과장된 표현이나 동어 반복, 현란한 말장난, 중요한 고비마다 어김없이 등장하는 진부한 상투어 등등, 근현대의 소설들에서는 의식적으로 억제하고 기피했던 서사 장치들을 도처에서 발견할 수 있다. 이 같은 장치들은 '보고 듣는' 일종의 퍼포먼스로서의 화본이 눈으로만 '읽는' 소설로 이행하는 과정에서 불가피하게 남긴 흔적들이지만, 진지한 독서를 바라는 독자들에게는 다소 낯설기도 하고 경우에 따라서는 다소 거추장스럽게 여겨질 수도 있을 것이다.

　역자도 이 책을 번역하는 과정에서 과연 '읽는 소설'의 문체와 사유방식에 익숙해진 지금의 독자들에게는 낯설 수밖에 없는 이 서사 장치들을 굳이 그대로 남겨둘 필요가 있을까, 최소한 반복되는 동어나 진부한 상투어들만큼은 가급적 손을 보는 것이 낫지 않을까, 내친김에 거칠고 유치한 표현들도 좀더 격조 있고 세련된 표현들로 다듬는 것이 낫지 않을까 하는 고민을 여러 번 했다. 그러나 화본 자체가 처음부터 당시의 주요한 문화 소비자였던 시민들을 겨냥하여 그들의 언어인 '백화(白話)', 즉 구어체 중국어로 창작된 독특한 문예 장르인데 이런저런 이유 때문에 그 틀을 변형시킨다면 중국 화본의 원형을 복원/소개하겠다는 당초의 취지가 무색해지고 만다. 때문에 다소 어색하고 낯선 부분이 있더라도 읽기에 혼선을 주지 않는 한 인위적으로 손질을 가하지 않고 송대 화본 '고유의 맛'을 최대한 온전하게 독자들에게 전하는 것이 좋겠다는 판단을 내렸다.

　　쑥대머리 귀신형용(鬼神形容)
　　적막옥방(寂寞獄房)의 찬 자리에
　　생각나는 것이 임뿐이라!
　　보고지고 보고지고 한양 낭군 보고지고
　　오리정(五里亭) 정별 후로
　　일장서(一張書)를 내가 못 봤으니
　　부모봉양 글공부에
　　겨를이 없어서 이러난가?
　　여인신혼(與人新婚) 금슬우지(琴瑟友之)
　　나를 잊고 이러난가?

　　이 부분은 우리나라를 대표하는 서사예술인 판소리의 명작 「춘향가」에 나오는 「쑥대머리」 대목이다. 이 대목을 눈으로, 글자로만 읽으면 누구라도 그냥 밋밋하고 웬지 맛이 덜하다는 생각을 하게 될 것이다. 그러나 우리가 판소리 공연장에 앉아서 임방울의 육성 공연을 듣고 있다는 생각으로 이 대목을 즐긴다면 임방울의 흥과 가락이 뇌리에 감돌면서 쑥대머리를 한 채 감옥에서 이몽룡을 그리는 춘향이의 절절한 마음이 우리 가슴속 깊숙한 곳까지 고스란히 와 닿는 것을 느낄 수 있을 것이다. 역자는 우리가 판소리 소설에서 느끼는 감흥을 화본소설에서도 그대로 느낄 수 있다고 생각한다. 창작 시점이나 공연 방식에서 다소 차이를 보이기는 하지만 시각과 청각에 호소하는 서사예술, 즉 퍼포먼스의 결정체라는 점에서는 양자가 일맥으로 상통하기 때문이다.

　　지금까지 우리의 뇌리에 전형으로 강하게 각인된 독서에 대한 고정관념은 잠시 접어두도록 하자. 그리고 이 책 속의 이야기들을 단순히 문학작품으로 '읽으려' 하지 말고, 판소리를 듣듯이 흥분과 열기 속에서 다양한 계층의 청중들로 북적거리는 송대의 공연장으로 되돌아가, 한껏 들뜬 분위기 속에서 신바람이 나서 이야기를 들려주는 이야기꾼의 모습을 연상하면서 '느끼고 즐겨'주기 바란다.

'대산세계문학총서'를 펴내며

2010년 12월 대산세계문학총서는 100권의 발간 권수를 기록하게 되었습니다. 대산세계문학총서의 발간은 앞으로도 계속될 것이고, 따라서 100이라는 숫자는 완결이 아니라 연결의 의미를 지니는 것이지만, 그 상징성을 깊이 유미하면서 발전적 전환을 모색해야 하는 계기가 된 것은 분명합니다.

대산세계문학총서를 처음 시작할 때의 기본적인 정신과 목표는 종래의 세계문학전집의 낡은 틀을 깨고 우리의 주체적인 관점과 능력을 바탕으로 세계문학의 외연을 넓힌다는 것, 이를 통해 세계문학을 바라보는 우리의 시각을 전환하고 이해를 깊이 해나갈 수 있도록 한다는 것이었다고 간추려 말할 수 있습니다. 그리고 궁극적으로는 우리의 인문학을 지속적으로 발전시켜나갈 수 있는 동력이 될 수 있기를 희망하는 것이었습니다. 이러한 기본 정신은 앞으로도 조금도 흩트리지 않고 지켜나갈 것입니다.

이 같은 정신을 토대로 대산세계문학총서는 새로운 변화의 물결 또한

외면하지 않고 적극 대응하고자 합니다. 세계화라는 바깥으로부터의 충격
과 대한민국의 성장에 힘입은 주체적 위상 강화는 문화나 문학의 분야에서
도 많은 성찰과 이를 바탕으로 한 발상의 전환을 요구하고 있습니다. 이제
세계문학이란 더 이상 일방적인 학습과 수용의 대상이 아니라 동등한 대화
와 교류의 상대입니다. 이런 점에서 대산세계문학총서가 새롭게 표방하고
자 하는 개방성과 대화성은 수동적 수용이 아니라 보다 높은 수준의 문화
적 주체성 수립을 지향하는 것이며, 이것이 궁극적으로 한국문학과 문화
의 세계화에 이바지하게 되리라고 믿습니다.

　　또한 안팎에서 밀려오는 변화의 물결에 감춰진 위험에 대해서도 우리
는 주의를 게을리하지 말아야 할 것입니다. 표면적인 풍요와 번영의 이면
에는 여전히, 아니 이제까지보다 더 위협적인 인간 정신의 황폐화라는 그
늘이 짙게 드리워져 있는 것이 사실입니다. 대산세계문학총서는 이에 대
항하는 정신의 마르지 않는 샘이 되고자 합니다.

'대산세계문학총서' 기획위원회